十二金錢鏢

(三)紅顏之劫

白羽——著

白羽 近代武俠經典復刻版

目錄

(三) 紅顏之劫

第十五章　賊施毒計

楊華這一番受辱出來，更不管腳輕腳重，在房上一路行來，踩碎了好幾處屋瓦。楊華絕不顧下面人聽見聽不見，一氣越過四層院落，見已到華宅前院街門，便從牆頭翻下來，剛剛落到街心，忽從街門東、街門西，兩面牆頭上，飄然落下兩個人，向楊華叫道：「楊大爺慢走，我倆送給你一點東西，路上好做防身之用。」

楊華愕然回顧，來的正是那兩個小孩，一個提著彈弓、彈囊，一個提著豹尾鞭和短刀。

楊華眼中冒火，冷笑道：「好好好，你們師徒是英雄！想不到我遠道慕名而來，竟遇見這等待承，也算江湖上少見的事！我楊華領教透了，容日補報吧。」他口裡說著，把彈弓接取到手，且不顧刀鞭，一任它丟在地上；急拿起彈囊，挎在身邊，伸身待掏取彈丸。那彈囊已被用繩捆紮得十分結實。

那兩個小孩把小頭一晃，笑嘻嘻地說：「請吧！好心好意給你送來，你還要打送禮的麼？」說話時，楊華已扯開彈囊。兩個小孩早翻身，嗤嗤地捷如狸貓，竄上牆頭，忽地走了，忽又探頭往下望。

楊華恨極，扣上彈丸，急將弓一曳，陡喝道：「休要張狂，看彈！」「颼」地一彈弓打去。只見那小孩驀然將頭縮回去，翻落到牆裡邊，齊聲叫道：「哎喲，沒打著！」

玉旛杆楊華又取出數粒彈丸，待施展連珠彈法；哪知那兩個小孩卻非常乖覺，隱隱聽得笑聲漸遠，竟不出來了。

楊華恨恨地拾起刀鞭，面對華宅長牆，怔了一會，頓足道：「想不到我楊華遭此奇辱，但得我有三寸氣在，誓報此仇！」說罷回店，時已四更將近。

楊華越牆進店，只見屋門依然倒扣。到屋內點上油燈，照看了一遍；在床底下舊藏行李、刀弓之處，另外多了一個包袱。楊華十分驚異，急忙提出來一看，是一份禮物；正是楊華強送給華風樓的，如今被人家退回來了。

楊華氣忿忿把禮物擲在一邊，又將彈弓、彈囊、刀鞭放在桌上，逐件看過了。把彈囊打開一看，卻除了百十粒彈丸之外，還有三粒鐵蓮子和一錠銀子。這三粒鐵蓮子，乃是前歲初逢岳父鐵蓮子柳兆鴻，拜師認徒時，承柳老贈給的，上面都刻著蓮花瓣。原本收藏在包裹中，這時在彈囊中發見，一定是在楊華暗入華宅時，華老也暗派人，到店中搜檢楊華來了。（楊華卻不曉得有這三粒鐵蓮子，才解去華老不少疑猜。不然的話，更要吃虧了。）還有那一錠銀子，約有四五十兩，這自然是華老按江湖道上的規矩，拿來資助楊華的。楊華對此更難忍受，忿忿地把銀子丟在一邊，一倒頭，和衣臥在床上。

楊華歇息不過一個時辰，天已大亮，便起身招呼店家，打水淨面，盤算著處置這錠銀子的辦法。初想留起來，作個終身恥辱的紀念。繼又想，還是擲還華老，莫教他小看自己，但又無顏再登華門。忽然他想起了一個絕妙的方法，把這一錠銀子，全數買了許多罈米醋和臭蝦醬，告訴鋪家，明天把這一批貨，送到板井巷華家。

有清中葉財物都賤，這四五十兩銀子的米醋和臭蝦醬，真個是洋洋大觀，堆積起來足佔半間屋，用貨車送，也得兩輛車。那醬房主人自然覺得詫異，說：「華老先生買這些東西做什麼？莫非你老聽錯了？」

楊華說：「掌櫃的，你不用管，這自然有特別用項。」遂將那錠銀子拿出來，叫掌櫃的先把貨款收清，然後道：「這是華老先生的親戚定下的，不過放在華宅暫存。你們送貨時務必說清楚了，叫他們收下。告訴他們錢早付清了，要緊要緊。」

楊華自以為辦得很挖苦，稍洩胸中的悶氣。這才回轉店房，算清了店賬，離開山陽。

冒昧投師，竟遭奇辱。楊華在旅途上踽踽獨行，過去事不由得一樣一樣兜上心來。想起柳氏父女，到底把自己看得很重，岳父柳兆鴻對於自己，更是垂青格外，愛惜之至。一見面便許收徒，甫半年便以愛女相許。兩相比較，這華風樓更是可惡之極！

但是可憾者，乃是他那未婚妻柳研青，嬌癡倔強，尤其是說到呼延生那幾句話，刺耳錐心，終不免耿耿於懷，拂之不去。如今自己身在陝省，意外受辱，更無顏重返鎮江了。聽人說，那個呼延生原籍是湖北孝感人。可是這個呼延生是否逃回故鄉，尚未可知；但自己若不一見此人，胸中疑雲，終不會釋然的。

情深則妒重，妒重則偏多猜疑。此日的楊華，正和柳研青乍睹李映霞時是一般心理。總之，青年男女往往一墜情網，便自尋苦惱了。

楊華當晚落店，飯後挑燈，悶懨懨地盤算自己的行止，決計要南遊湖北。一來未婚妻「女俠柳葉青」是先在兩湖成的名，就此可訪訪她的為人。二來也想探探呼延生的底細。再者自己借此在外盤遊一年半載，也可以挫挫柳葉青的嬌性，轉轉自己的顏面。

楊華打定主意，便由陝南走水路，徑入湖北。不意楊華少年氣盛，這一番情場失意，又逢奇辱，更兼僕僕風塵，懊惱過度，在旅途上竟懶怏怏的初患感冒，嘔吐暈船，後又轉了其他病。楊華終於捨舟登岸，在客店中病倒，直纏綿了兩個多月，才見起色。於是又將身邊所帶珍物，變賣了一些。他不再坐船，改由旱路慢慢地走去。

這一天未牌時分，到達湖北光化縣老河口地方，下一站便是樊城。這一站很長，足有一百三十多里。楊華病體初癒，不願過勞，打算尋一家好些的店房，歇息一天再走。

這老河口地方不大，卻是水陸碼頭，倒也很熱鬧。楊華一路尋找，見街南有座大店，似乎很排場，便趨奔過去。將近店門，忽然迎面奔來兩匹健騾。前頭那一匹，騎著的是一個婦女，頭上青絹包頭，齊眉掩鬢，穿一身青緞夾衣，背後有一個長條包袱，繫在鞍後；弓足踏鐙，纖手提韁。後面騎騾的是一個壯年男子，戴一頂大帽，掩住面孔，自鼻以上看不甚明；身穿藍長衫，青褲皂鞋。兩匹騾一前一後，很快地走到大店前，那女子驀地扭頭一顧，把韁一勒，抬頭看了看店匾，匾上寫的是「聚興客棧」四字。楊華此時恰好也到店前，只聽那女子喝了一聲：「吁！」

南方婦女騎牲口的很少，這女子的風姿頗引人注目。楊華不由抬頭，看這女子面色微黑，黑中帶俏，直鼻小口，眼波四射，另有一種丰韻。這女子在店前略停了停，把馬鞭往後一掄，竟驅騾走過去。那後面騎騾的男子卻倏然翻身下騾，把韁繩一搭，搶步進了店門。

店夥們上前招呼：「客人住店麼？裡面有乾淨房間。」便要過來接牲口，那男子搖頭道：「掌櫃，我們不是住店，是找人的。有一位玉皇閣羅道爺，可住在你們這裡麼？」

店夥道：「倒是有一位道爺住在這裡，我給你老問問去。」說話時，那店夥來到櫃房，那客人也跟著進來。店夥隔著窗門，問那司賬先生道：「咱們店裡住著一位玉皇閣羅道爺麼？」

那司賬先生看了看店牌，說道：「西跨院六號，住著一道爺，可不姓羅。」

那客人忙問：「這位道爺可是個白胖子，短短的掩口髫鬚麼？」

司賬先生回道：「不是，是個黑胖子，身量很高，一部連鬢鬍子。」

客人又問：「他可是背著一把寶劍和一個大葫蘆麼？他住在幾號？」

管賬的說：「倒是有把寶劍，可沒有大葫蘆，是住在西跨院六號。客人你老等一等，我叫夥計給你問一聲去。」

那人把眉一舒，忙道：「不用問了，大概不是我找的那一位。這一位姓什麼？哪一天來的？」

司賬說道：「昨天剛到，店簿寫的是一塵道人，不知姓什麼。」

那人道：「哦，不是，不是！麻煩你，我再往別處找去吧。」那人慌忙走出去，飛身上騾，急馳而去。

玉旛杆看這客人匆忙的樣子，倒也不甚理會。只是這個客人年約三旬，肩闊腰圓，四川口音。看他走得敏捷駿快，好像是個常出門、會武藝的人。楊華暗道：「此人和那個女子大概是一路的吧？」當下便叫店家給自己找了一個單間，是北正房的西耳房。

楊華淨臉吃茶，飯後休息一回，天氣尚早，打算要到街上逛一逛，遂吩咐店夥把門鎖了，緩步出店。

這鎮甸街市不大，楊華只走了半個時辰，就已走盡，便信步徜徉回來。忽然背後有兩個雄赳赳的男子，手持木梃，挑著行李，大撒步走來。腳步很快，一眨眼已走到楊華前頭。這兩個男子全是短打扮，穿一身藍布夾褲褂，卻是嶄新的，紮裹腿，穿沙鞋，一高一矮，一直走入聚興客棧去了。

楊華是飯後消食，走得很慢，徐徐地行來，將到店門，忽聽店院中一片喧嘩。楊華詫異，緊走幾步，到裡面看時，原來是剛才碰見的那兩個穿短衣的客人和店夥吵架呢。這兩人氣勢洶洶，口口聲聲說店家欺負他是異鄉人。

別個夥計和司賬先生以及店中客人出來勸解。楊華聽了半晌，才聽明白，這兩個人要找聚興客棧西跨院六號，姓黃的販木材客人。店家告訴他：「六號沒有這人。」兩個人卻不信，道：「我們不是打架。不過是找姓黃的要賬，你們做什麼替他隱瞞？」偏偏六號住的那位客人已經鎖門出去了。這兩位越發起疑，非要店家替他開房門進去看一看不可。

這兩人說：「我們又不是拿他的東西，不過看一看就完，你們店裡頭的人只管跟我進去。只要我們認清是不是他的鋪蓋、網籃，我們就放心，不怕他溜了。」

店家當然不敢擅開客人的門，正鬧著，忽然聽見後面咳嗽了一聲，聲音深洪。

楊華回頭一看，只見從店門走進一個道人，年約六旬上下，頭髮漆黑如墨，頂心挽起一個髮纂，綰著木簪，紫黑臉膛，兩道濃眉，一雙闊目，通鼻海口，一部濃髯掩及胸前，兩太陽穴凸起，從眉宇間流露出一股剛毅之氣。穿藍道袍，青護領，腰繫杏黃絲絛，垂著二尺多長的燈籠穗，白襪雪鞋，高打護膝，背著一把寶劍，卻用黃布套裝著，步履從容地走進院來。

那店夥一見道人進來，齊說道：「好了，好了，客人你就別鬧了，這不是六號住的客人回來了麼？你看人家可是木材商人麼？我們沒有冤你吧。」

那兩個人一齊側身，看了一眼，侉聲侉氣地，互相顧盼道：「咳，敢情真沒住著黃老才呀，俺們可是瞎鬧了。掌櫃的別過意，是俺們多疑了。俺只當黃老才躲了俺們呢。黃老才既然沒在這裡，俺再到別處摸他去。這玩藝太可惡了，竟躲俺行麼？還欠俺二十七串錢呢。」兩人嘟噥著撤身便走。

那道人眼光一閃，上下打量二人，微然一笑，舉手問訊道：「二位施主慢走，究竟是什麼事？」

店夥忙學說道：「是找錯了人的，事情已經完了。」

道人雙眉一挑道：「找錯了人？又和六號不六號有什麼相干？施主請回來。」

那兩個客人連頭也不回，出離店門，急急地去了。

道人把院中看了一轉。看到楊華，竟注視了一眼，然後回頭來，看望二客的背影。他回轉身來，叫店夥開門，仍是追問二客究為何事吵鬧。店夥說：「他找六號姓黃的。我們說六號沒有姓黃的，六號住的是一位道爺。他們不信，說姓黃的躲了，是我們給他瞞著。你老一回來，他自然不疑心了，其實沒有什麼事。」

道人聽罷，哼了一聲，眼光一掃，便吩咐店家點燈，沒事不必再來驚動。道人掩上門，遂將背後寶劍解下，道袍也脫去，在床上盤膝打坐，閉目養神，那把寶劍放在手頭。

那一邊，玉旛杆楊華閑看了一回，也就回房歇息著去了。

到二更以後，楊華便將長衣脫下，只穿著小衣，躺在床上，漸漸睡熟。也不知道睡到什麼時辰，忽然驀地一驚，楊華翻身坐起；側耳一聽，房上嘩啦地一聲響，跟著一聲斷喝道：「鼠子大膽，我山人早就候著你了！」聲音深洪，恰是那道人的口音。

楊華倏然想起，恍然有悟道：「唔，是了，我且看一看。」慌忙地跳下床，開門便往外闖，忽又一想道：「且慢，我怎的這麼沒改性！」急急地從枕下抽出刀鞭，在黑影裡摸著彈弓彈囊，急急地佩帶好，輕輕拉開門，快速縱出，店院中已沒有一點動靜了。

楊華急搶到西跨院六號，六號房門扇交掩，燈影沉沉，悄無人聲。楊華忙舐窗一窺，果然這房中一燈如豆，那道人已人劍俱渺。楊華退轉身來，四面一顧，急一頓足，竄上房頂，向外張望。只見一條高大的黑影，如箭似地向東馳去。他更引目東望，恍惚見極東頭，渺渺茫茫，也有一條人影，兔起鶻落，奔躍如飛。這兩條黑影，一前一後，一奔一逐，轉眼間，沒入夜氣之中。少年多事的楊華挾弓插鞭，也立刻展開飛行術，跟蹤追去。時候正是三更。

原來這後邊追趕的高大黑影，不是他人，正是那六號房的寓客，背劍的長髯紫面道長，所謂雲南獅林觀一塵道人便是。

白天的那兩個找錯人的行客，已經引起一塵的注意。其實，旅店中人來人往，打聽人，找錯了人的事，乃是店中常有，一塵道人並不理會。但這兩人的四隻眼睛卻有點古怪：這兩個人側目旁睨，眼光是那麼銳利，見了一塵，卻又流露出虛怯的神色來，那匆匆一走，更顯得可疑。而且一塵道人已經分明看出，這兩人全是會武功的。一塵道人不動聲色，進到店房，閉目打坐。心靜耳明，身在屋中，精神早已照顧到外面。

等得三更以後，猛然聽見房上微微一響，一塵道人取劍在手，斷喝一聲，立刻從床頭一躍出窗，翻窗一掠上房。他站在房頂上，閃眼一看，果見數丈外，一個夜行人全身黑衣，背插兵刃已從西跨院廂房上，竄到楊華住的北正房上；又從北正房上，竄鄰院牆頭；更從牆頭跳到街心，那身法倒也異常矯健。一塵道人手撚長髯，眉峰微皺道：「唔，這究竟是幹什麼呢？」復閃眼往下看去，只見那人跳到街心，頭也不回地往東跑去。

一塵道人道：「這不是白晝那兩個人，莫非是過路的夜行人麼？」遂飄身來到街心，把口唇一撮，輕輕打了一個呼哨。那夜行人只略停了停，好像並不理會，依舊地穿街走巷，直奔東北。一塵道人覺得奇怪，道：「這到底是幹什麼的？莫非要在此地做案？……也罷，且追下去看看。」他立刻將背後的劍穩了穩，腰間絲絛緊了緊，一貓腰，也施展開夜行術，如箭脫弦，從後面跟蹤追下去。

那夜行人腳程卻也可以，一路行來，倏已走出四五里地。只見那人離開街市，竟奔向前面一座小小村落。一塵道人不即不離地綴著，心中尋思道：「卻是怪事！這種小村人戶寥寥，決沒有富厚之家。像這個人，有如此矯健的身手，怎會照顧到這裡？」他思索著，只一轉瞬間，那夜行人已進入村口。

這村舍過於疏落，村口只有一帶竹塘略可隱身。一塵道人要暗窺此人動作，便隱在竹塘後，暫不追蹤。不意此人在村中並未怎麼停留，似略一巡視，便翻身飛奔村後。

一塵道人笑道：「這個賊一定沒有踩盤，必是出來撞彩。我倒要看看他，放著大市鎮不走，單單光顧這荒村，究為何事？」一塵道人身法迅快，急飛身竄出，繞著小村，前前後後踏看了一遭。忽見此賊又改了方向，竟又奔西北方向而去。

這一回，那人的身法比適才更快，乃至一塵道人繞回來，再尋找賊人的蹤跡，竟已渺然不見。一塵道人不禁悵然自失道：「幸而我是無聊消遣，若果有心要跟綴著他，只這區區小村，反把人綴丟了，傳出去真是大笑話。」

一塵道人天性剛毅，一定要把此賊的蹤跡根究出來方才釋然。遂展眼向四面尋了尋，選擇一個居中的地點，輕輕地縱上茅舍，他就在上面攏住眼光，往遠處眺望。夜色沉沉中，秋風微蕩，哪有什麼人蹤？只偏北兩三箭地外，黑影茂密，是一帶柳林。一塵想：「莫非此賊穿林而過，竟已溜了麼？但是我卻不信他會脫出我的眼下。」他正遊目四望，忽然間聽見一個嬌柔的呼救聲浪斷斷續續傳到耳畔。夜靜聲稀，分明聽出是「救命」二字。

一塵道人不覺愕然！急低頭尋聲四顧，這聲音就在近處，從西邊一所孤零零的竹籬茅舍中傳出來。茅舍小窗，燈光閃爍。一塵道人道：「這燈光剛才卻沒有。」再側耳傾聽，隱隱有女子的驚懼啜泣聲音，夾雜著一個異鄉的壯年男子的叱喝聲。一塵道：「不好，這一定是……」驟然間，那嬌柔的語音一揚，喊出「有賊，殺人啦！救命！」

一塵道人勃然大怒，急飛身縱到平地，如飛燕似地掠到茅舍前。三間茅舍，一段竹籬，一塵道人確記得剛才從此踏勘過，起初並沒有燈光；而此時卻燈光閃映著，小窗上顯露一個影影綽綽的高大人影。一塵道人道：「是了。」輕輕躍過竹籬，果然屋中有啜泣哀告的女子聲音，歷歷聽見道：「好漢爺爺饒命！首飾錢都在箱子裡呢，你要什麼，我給你什麼；只求你老開恩，饒了我吧！」

跟著聽「嘩啦」一聲響，一個粗暴男子腔調，發出怪聲邪氣的笑聲，道：「小寶貝，我要的就是你嘛！你那點東西，大爺我不稀罕。告訴你，你遇見了我，這是你的便宜。大爺我只要你的人，不要你的命；只要你的身子，不要你的錢。你只要給我痛痛快快地樂一夜，大爺不但不要你的錢，我還給你一副金鐲子。來吧，寶貝，麻麻利利的，別害羞。」跟著聽得吱吱一陣竹床響動，又忽拉的一聲，似撩帳子掀被。

那男子發出狎昵的哼聲，那女子卻怪叫起來，大喊著：「救命！」「殺人啦！」那男子怒斥道：「小妮子，你敢喊，你敢掙扎，大爺弄不死你？」語調越來越難聽，那女子喘息著，不住地哀告。哀告聲音低啞，似被兇焰懾住，又像堵住了嘴。床笫之間，發出難聽的吱格聲。

一塵道人怒髮衝冠，略略地窺窗一望，但見一暗兩明的三間茅舍，暗間臥室，一盞油燈挑得很亮，已冒起很高的煙焰。破桌舊箱，是清貧人家。後窗高高支起，靠牆橫陳著一張舊竹床，床上面支著破舊蚊帳，也不知經過多少年月，熏得帳色灰黃，又漏著好幾處破洞。那帳簾一邊低垂，那一邊卻高高掛起。床裡邊有著一個紅唇粉面的少婦，頭罩藍巾，胸襟微啟，燈影裡彷彿姿容很美。她雙手拉住一條半新的紅夾被，緊緊裹住了下體，只露出兩隻小腳來，穿著大紅軟底睡鞋，顫抖抖地正與那個男子掙扎支持。

那男子就站在床前，頭向裡，看不清面貌。燈影裡但看見黑綃包頭，一身青色夜行衣靠，下打裹腿，背插明晃晃一把鋼刀。看身材瘦而長，又不似一塵剛才追逐的那人，卻正嘻嘻地笑著，伸一隻手來抓女子的前胸，另一隻手抓著女子的腳，似要往床邊拖拉。到底女子力氣懦弱，竟被按倒床頭，只一雙小腳亂蹬亂踹，口中發出驚恐的狂叫，卻已喘不成聲，由驚恐轉成怒罵，道：「你敢作踐人！賊子，你殺了我吧！」又驀然喊道：「殺人啦，救命呀！」

那男子似怕人聽見，眼往窗外瞥了一下，猛地一回手，掣出刀來。一手持刀，一手叉住女子的咽喉，口中罵道：「小妮子，找死！我教你快活。」那女子頓然住聲，似已失去抵抗的力量，那男子便動手拉脫女子掩身的被單。

就在這千鈞一髮之際，一塵道人霹靂也似一聲暴喊：「萬惡的淫賊敢來採花，看我寶劍斬你狗頭！」倏然間，一回手，掣劍柄「嗆啷」的一聲，寒光劍出鞘。見雙門交掩，一塵道人一抬腳，「嘭」的一下，門閂「咔嚓」一聲折斷，門扇撲地倒翻在地上。一塵飛身竄到裡邊。

那賊只回頭一瞥，驟將刀往帳內一遞，那女子失聲慘嚎了一聲，竹床上一陣亂響，賊人突翻身出房還刀，口中罵道：「好惡道，敢壞大爺的好事！」迎門猛向一塵道人一刀刺來。那賊人手法很快，出乎意外。「可憐拒姦貞婦，竟遭毒手！」一塵道人咬牙恨怒，見賊人刀到，躲也不躲，反搶步前衝。寒光劍青光一繞，兩刃雙鋒正要相支；哪知這賊卻乖覺，早一撤步收刀，突然翻身，竄進了臥房。

一塵道人冷笑上步，刻不容緩，追到臥房。臥房門的門簾已被賊人扯下一半，一塵順手一劍，將門簾削落，風撲燈搖，臥房中，床頭上，那個拒姦女子滿床亂滾，帳簾半落，僅見纖足亂蹬。一塵道人只一瞥，料想此女必已刀傷要害。一塵顧不得救人，挺劍直取淫賊。

那淫賊好快的身法，才一進臥房，早已竄出窗外，卻隨手把已開的窗扇「呱達」地放下來。一塵道人目光一閃，這窗前擺著一個凳子，知是賊人預備的出入之路，賊人必是蹬著凳子逃出去的。一塵道人腳不沾地的竄上窗台，為防賊人暗算，將身往屋牆一隱，劍交左手倒提，伸右手掀起後窗，微一用力，「咔嚓」一響，把窗扇扯落下來，趁勢將窗扇砍出去。自己這才按窗洞，向外一探，果然聽見外面暴喊一聲：「好雜毛！」「刷」的一聲，從斜刺裡打來一物。

一塵道人眼光充足，早曉得賊人有這一著，只微微一偏臉，便將暗器讓過。這暗器才過，一塵手一按，正待趁勢竄出，不想窗外暗器從對面，從側面，如雨點似分兩路打來。窗台下，牆根底，更有一把尖刀一閃，往上扎來。一塵道人詫然，卻不慌不忙，倏閃過暗器，劍早交到右手，往下一掃，「噌」的一聲，將賊人兵刃削斷。

就在這時候，後面床頭忽起異聲，一塵道人眼注前方，耳聽四面，驀然覺得後面情勢不對，急側身回顧，一件岔事當前出現。

但見那險被賊汙、拒姦負傷的少年美婦，突然從床頭竄起，將掩身大紅被單一抖，頓時站起來，並不是沒穿衣服，卻露出全身的窄裝緊褲，腰繫青絲帶，肩挎豹皮囊，左手從被下抽出一把明晃晃尖刀，石火電光一般。右手早帶著一個赤皮套，皮手套裡早捏著一物，牙一咬，突然向一塵道人發手打來。

斗室狹小，前後夾攻，而且是事出意外，一塵道人道得一聲：「不好！」倏然倒翻身，急從窗台向牆角一竄。哪裡來得及？那少年美婦一物擊來，一塵道人措手不及，未等落地，懸空一閃，僅僅地躲開臉面，肩背後熱刺刺著了一下。因為是暗器橫截，相隔太近，才三五尺。

一塵道人恍然大悟，才知一片豪俠之心，仗義拔劍，除淫賊，救貞婦，反而誤中了惡毒賊人的圈套：「假採花」計。那個女子乃是賊人的同黨！那女子好生歹毒，剛發出兩件暗器，早刀交右手，趁一塵道人應付不暇，惡狠狠邁進一步，刀尖直取一塵軟肋，口中嬌罵道：「一塵賊道，今天姑奶奶送你上西天！」

一塵道人面寒似鐵，怒發如雷，恨叱道：「好賤婢，出這下賤的詭計，我豈能饒你！」提一口氣，把渾身筋力一繃，肩胛後的暗器嗤地迸落於地，是一顆毒蒺藜。立刻，他右腳往前一上步，「巧女穿針」式，寒光劍朝那女子左肋扎去。那女子急撤刀往下一劃，打算用抽撤之力，把一塵的劍震開；不碰劍鋒，向劍身上一搭。哪知一塵道人見這女子身手十分矯捷，並不容她換式，左手劍一領，變招為「乘龍引鳳」。好厲害的劍術，刺咽喉，掛兩肩，「刷」地掃過來。

這女子往下一縮身，刀也往外一展，「老樹盤根」，向一塵雙足斬來。一塵道人「倒踩七星步」，就在這不足方丈之地，左腳往後一滑，左臂的肥大袍袖一拂，滿屋生風，劍隨身轉，「倒灑金錢」，寒光一閃，那女子再閃躲，哪裡來得及？只聽「噌」的一聲，刀折兩截，寒光劍趁勢又一掃，那女子「哎喲」一聲，頓覺得頭頂上寒風一掠而過，絹帕頭髮紛紛削落，一時鮮血披面。她嚇了個亡魂喪膽，粉面焦黃，用盡力把手中半截刀向一塵一砸，急縱身往外一竄，口中狂喊道：「你們快來！」

一塵更不容情，將身軀微側，輕輕用劍一撥，把女子的半截刀打落地上。劍鋒往外一展，「流星趕月」式，復向女子的背後刺去。這一招剛剛撤出，猛聽窗外喝了聲：「打！」颼的一縷寒光，穿窗而入，直撲到一塵右太陽穴。好個一塵，他往前一低頭，劍翻轉來一撩，「噹」的一下，把一支鏢打落。鏢的餘勢未衰，直奔到窗頂上。

那女子乘勢逃出門外。一塵切齒道：「賤賊婢，哪裡走！」一頓足，毫不遲疑地跟蹤而出，緊緊追去。

此時一塵道人已覺得右肩胛由灼熱忽然麻癢，心知不好，已中了那女子的毒藥暗器。一塵道人咬牙痛恨，想不到一世英名，竟為宵小所乘。若按此時的傷勢，應該立刻退讓，作速設法治傷為要。只是他一向自負，又加縱橫江湖數十年，從未挫敗，也未遇過敵手。此次無意陰溝裡翻船，竟敗在一個女人手內，真是生平從來未有的奇恥大辱！更不肯栽在幾個無名小輩的眼前，落個負傷逃走之名。他一心想誅卻女賊，暫泄胸頭之恨，然後放寬餘賊，等傷處治好，再尋鼠輩算帳。卻不料賊人狡惡已極，早定下趕盡殺絕的毒計。

當一塵緊追女賊時，那女賊再想不到一塵道人負傷之後，尚這麼厲害。她一面披髮狂奔，一面撮口唇，慌不迭地連打呼哨，尖聲喊道：「暗青子餵著了，老合們趕緊圍上他。我已經是拋青子，掛彩了！」

一塵是數十年老江湖，什麼唇典切語不曉得？知道這女賊說的是「暗器已經打中了，叫同黨趕緊往上圍攻」。又說她自己「已經拋兵刃，受傷了」。一塵道人一聞此言，心知賊人成群結黨地暗算自己，越發地怒不可遏，非要手刃此女不可。他仗寒光劍，兔起鶻落地緊追過去。

這女子驚慌萬狀，拚命逃走。一塵道人一劍跟一劍，青光閃閃，只在女賊背後弄影。這女賊不斷地打呼哨，喊接應，兩隻小腳如飛竄逃；且跑且掏豹皮囊，把毒蒺藜一個跟著一個亂打出來。一塵焉能再容她打著？一塵此時四面八方，早全留了神。

果然這女子才竄出屋門，立刻有一個男子，怪喊一聲，掄七節鞭，從屋門旁橫截過來。一塵道人只一閃，刷地一劍，七節鞭「吧達」的一聲，五節飛落於地，賊人手上只剩兩節。一塵倏地旋身兜襠一腳，那男子「哼」的一聲，直跌出一丈多遠，倒地不動了。

一塵連看也不看，只眼光一閃，見那女子已奪路搶奔院門。一塵道人輕功絕頂，頓時一頓足，掠空一躍，超越在女子之前，把去路堵住。這女子像鼠避貓似的，越害怕，越慌張，越跑不開；連打出七八個毒蒺藜，全被一塵橫劍彈飛，險些反傷了自己。

這女賊竟被一片劍光裹在當中，急得她想跳牆橫逃，卻連頓足作勢的空也沒有，不住地狂呼亂轉。

一塵身雖負傷，提住一口氣，依然生龍活虎一樣，驀然地一劍刺去。那女子銳叫一聲，往後倒竄出好幾步；腰肢閃了閃，竟倒在地上。一塵濃眉一聳，揮劍要取那女子的首級。就在這時候，忽然牆頭大叫：「師姑不要慌，賊道著打！」頓時如暴雨飛蝗，飛來一陣暗器。

一塵道人唯恐這些暗器也或有毒，不敢大意，急一疊腰，橫竄出兩丈多遠。那個女賊趁此得了活命；但右肩上已被寒光劍劃著一點，當下鮮血迸流，把她嚇了個亡魂喪膽。

那牆上的兩個男子連放出三支鏢、兩支袖箭，一個使鐵拐、厚背折鐵刀，一個使巨斧，已如飛地竄下，橫截過來。那使鐵拐的男子開口罵道：「雜毛，你仗你那把破劍，恣情殺害，武林中人對你懷恨已非一年。今天太爺們為了江湖上的義氣，略施小計，賊道你果然上當。賊道，你的鬼聰明哪裡去了？今夜教你嘗嘗太爺們的手段，太爺們不掏出你那狼心狗肺來，也對不起死去的英魂。」說時掄拐上前，與那使雙斧的男子，要雙雙夾攻一塵。

黑影中看不清面貌，但一塵道人神光充盈，也能恍惚辨出一二。聽說話的語音，雖然改了腔口，卻分明是白晝錯找了人的兩個短衫侉漢。一塵知道賊黨來者不止一人，雖然負傷，依然不懼，如獅子一般，怒吼一聲道：「鼠輩，休得張狂，有膽的報個萬兒來，我山人劍下不斬無名小輩。」

那兩個男子剛要報字號，只聽後面一人石破天驚地喝了一聲道：「一塵賊道，你的死期已到！……」「嗖」的一聲，倏地從茅屋內竄出那個長身男子，他夜行衣靠，背插單刀。他就是那假裝採花的青衣男子，此時卻將單刀收起不用，換了一根四十斤重的齊眉鑌鐵棍，從一塵道人背後，如飛掩擊過來。

這幾個人都有慣用的短兵刃，此時卻都不用；專為對付這把寒光劍，三個男子全換了重兵刃。可見得這幾個人是處心積慮已久，定要把一塵置於死地。這幾人是怎樣的來歷，與一塵是怎樣結的仇，一塵道人直到此刻，還是如墜五里霧中。

三人分三路，先後攻到。一塵道人閃身竄開，喝問道：「賊子你既要報仇，這也是好漢的本分，卻為何使這下賤詭計？你們哪一個是主使的，有膽的快快說出真情實話，我山人還你一個痛快。」

那使棍的橫眉豎目地罵道：「一塵賊道，你想想看，十幾年前四川道上，曾有一個人被你戕害，現在他的英靈不散，特來找你！你是出家人，一定懂得報應迴圈。今天你的報應到了，你要想逃活命，那是癡心妄想。一塵賊道，你仗著你那把寒光劍，削人兵刃，欺人過甚，死在你手下的人至死也不甘心。

「現在天道好還，賊道你來看，二太爺這條鐵棍，就是專為伺候你來的。你要敢削，你就削一削看。這裡還有我們爺幾個的鷹嘴鐵斧、鑌鐵單拐、折鐵鋼刀，你就挨個削吧！二太爺定要割取你的狗頭。依我說，休讓太爺費事，你趁早橫劍自刎，太爺教你免受好些苦楚。」說著鐵棍一揮，摟頭蓋頂，狠狠地砸來。那單拐、鐵斧也一齊蜂擁上前。

賊人這一席話，已明目張膽叫破，專為報仇而來。一塵道人倉猝之間，竟仍想不起結仇的緣由和仇人是誰。但見這三人口吻殘狠，手腕毒辣。一塵道人雙眉一挑，怒焰上騰，卻極力按捺下去。冷笑了一聲，倏地一閃身讓開，用劍一指，叱笑：

「賊子且住！你為報仇暗算我，總算你有志道，情有可原。但是，你任設何種圈套陷害我，我都不惱，你卻與那無恥的賊婢，假裝採花，教江湖上仗義行俠的英雄，從此灰心顧忌，不敢搭救烈女貞婦。小輩，你天良何在？你以為山人身已負傷，你便可如意。小輩，教你試試山人的厲害！」

一塵話未說完，那使棍的賊人早罵道：「該死的雜毛，你還做夢，想嚇唬誰？……」「嗖」地進身，出其不意，掄鐵棍當頭砸來。

一塵道人果然不敢橫劍接架，卻只微微一側身，僅僅地讓過棍風。立刻「白鶴亮翅」，左手掏劍訣，往左一分，右手劍也隨著倏向外一展。青光爍爍，直奔賊人的軟肋刺去。

一塵道人劍術奇特，發招似慢而實快，輕飄飄毫不費力，卻難招架。使棍賊人竟無法躲閃，急忙左腿一撤步，右手的棍已落了空招。他趕緊用力往回一提，坐棍尾，揚棍梢，猛向一塵的寒光劍上一崩。他指仗這鑌鐵棍克著寒光劍。一塵倏然收招，賊人方將這一劍躲開。

一塵道人氣納丹田，神明獨運，左手一領劍鋒，用「回身拗步」，「神鷹攫兔」，寒光劍斜劈下來。那賊急抽身撤步，一個敗式，寒光劍卻容不得他走脫，「嗤」的一聲，劍尖倏從敵人背後左肩頭，直劃到右肋。那賊拚命地往外一竄。一塵道人殺機已起，不留餘地，掌中劍復往外傳遞，想將此賊立斃劍下。但猛覺得背後一股寒風撲到，一塵哼了一聲，早已防到，便不撤招，趕緊右腳往外一滑，半轉身軀，劍隨著領過來，把門戶閉住。後面襲過來的，正是那使折鐵刀的，跟那使鷹嘴斧的二賊。他們的暗算全走了空招。但是，這卻救了使棍賊人的性命。那使棍的賊，夜行衣已被劃裂一長條，鮮血流了出來，這刀斧二賊立刻掄刀揮斧，搶上來迎敵一塵。

一塵漸覺右臂情形不好，咬一咬牙，突然把劍交於左手，反衝過來。將他那獨得秘訣，三十六路天罡劍，反手七十二劍，霍然地施展開來，直如駭電驚濤。這左手劍格外厲害不好招架，兩個賊走馬燈似地奮力攻擊，滿想磕飛一塵的劍，只苦於欺不進身去，反而時被青光逼得倒退。

一塵道人盛怒之下，寒光劍一招緊似一招。剛才是妒惡救人之心勝，才意外遭了暗算；這時候卻是殲仇治傷之情切，寒光劍越發招快而手毒，招招專攻敵人的致命之所在，而且善於以攻為守，反客為主。賊人的招打來，一塵道人不躲不架，仗他身法的迅疾，專走先著，劍鋒一轉，每於極凶險的招術下，窺隙截斬敵人持兵刃的手腕，突擊敵人必救的要穴，牽制敵人不得不撤身救招。

這一來，兩個賊人反被圈在劍光之中，不能招架，不能進攻。突然間，一塵用了招「反手刺扎」，左手劍把那使鐵拐的人右胯點傷，一竄退出。使斧的賊人慌忙拚命擋住。那使棍賊人壯年驍勇，雖然背後受創，尚不肯罷手，只裹了裹傷，掄棍二次打擊過來。一塵道人回身迎住。那使鐵拐的賊也縛住右胯的傷口，大罵著衝上來，三個人如旋風似地圍著一塵亂竄。

一塵道人一口劍力敵三寇，片刻之間，三十六路天罡劍只施展了六七招，便連傷二寇。群賊上場的一共五人，先後竟有男女四人帶傷。那使七節鞭的賊人剛一對招，就被一塵踢著要命的所在，群賊不禁有點膽寒。三個賊刀拐斧棍上下夾攻，竟圍不住負傷毒發的一塵道人，反而手忙腳亂，且戰且退，已衝倒竹籬，殺出院外。

忽然間，那個被削落髮、中劍傷肩的女子，裹傷出現，不知從何處也取出一條鐵棍來，對群賊哭喊道：「晉生，晉才，你們可賣命殺呀！小竇可教賊道踢毀了，你二師叔肯答應你麼？」

那使斧的賊人怒聲叫道：「師姑別著急，這賊道不好力敵，咱們活活累殺他！到時候了，藥力眼到就發作。」一面說，一面掄利斧，向一塵遠遠招架，不住口地罵道：「一塵賊道，你掙命吧！太爺們打不過你，還耗不過你麼？太爺們打定主意，今夜跟你打一通宵。嘿嘿，現在讓你逞英雄，半個時辰以後，太爺要看看你原形出現。……師姑，你老人家快過來，咱們四個纏他一個，不要跟他真打，絆住他，跟他耗時候。」

這使斧的賊人把他的狡計叫出來，群賊立刻氣喘吁吁，且戰且退且罵，一遞一聲說：「一塵賊道，你聽明白了，要累殺你，你的傷疼不疼？一塵賊道，你的毒已經發作了，你活不了啦。」

那女賊也搶過來，揮棍亂打，口中叱罵道：「一塵賊道，告訴你，毒蒺藜沒處討藥去，快快自刎吧。你那口劍趁早獻給我們。我們可以痛痛快快用你的劍，把你那狼心狗肺挖出來餵狗。」

這些話刺激一塵，一塵胸中怒焰驀地上撞，一時竟按納不住，怪叫一聲，覷定女賊，切齒痛罵：「一群鼠輩，你想乘人於危！我山人就是死，也饒不了你們。賤婢，我先割碎你！」左手劍一揮，雙足一頓，憑空躍起一丈多高，從使刀的賊人右肩上竄過去，身未落地，劍已直向女賊斫來。

女賊大驚，急揮棍擋架。一塵道人一閃身，「金蜂戲蕊」，倏向「華蓋穴」刺來。女賊慌張失措，緊翻身拖棍便跑。一塵道人挺劍追去，那使棍的青衣賊一見情勢危急，忙揮棍從後追趕一塵；那使刀斧的二寇也不約而同，分兩側反追上前。他們不約而同，各掏出暗器，刷刷的向一塵背後打去。一塵急閃，三賊擁上來，各揮手中的鐵棍、鋼刀、單拐、鐵斧，沒上沒下地攻到。

那女賊卻已跑遠，立住腳，緩了一口氣，復又揮棍加入戰場。使鐵棍的長身青衣賊，很冷酷地罵道：「一塵賊道，今夜是你的死期，你是準死！放明白些，你趁早自刎，不用掙命啦，太爺今夜跟你陰魂纏腿，就是不讓你走！」

一塵二目圓睜，怒如火炬，震開霹靂一般的喉嚨罵道：「我先殺了你再說。」倏換左手劍，如旋風似地衝上來，長身青衣賊人慌忙挺棍略一招架，急翻身便跑。一塵挺劍急追，腳程甚快。那使斧拐的二寇和那女賊，卻也慌不迭地分三路，從後追趕一塵。且追且罵，兵刃趕不上，就用暗器打。

一塵道人回身閃架，那青衣男賊卻又遠遠地站住，緩一口氣，復又掄棍加入戰場。話休煩絮，這一群強賊擺下毒計，定要使「拉鋸式」的戰法，活活地耗盡一塵的精力，等他毒發力竭而死。他們又不時用極殘酷、極挖苦的話，刺激一塵的情感，搖盪他鎮定的心氣。

這招術只施展了四個來回，一塵道人不禁打了一個寒噤，吃驚變色地歎道：「噫，我命休矣！」頓時間，右肩胛由麻癢轉為劇烈的灼痛，似燒紅了的毒刺，一下一下地亂戳，扯得半邊身子發麻，竟至於眼冒金星。他方寸已亂，頓時氣敗，急閃眼一看，暗想：「我豈容賊子狡計得逞？傷雖重，毒雖發，若要掙命退走，仗自己的腳力甚快，或者不難。」他歎恨一聲，只得向賊虛砍一劍，一語不發，抽身便走。

群賊譁然狂笑道：「一塵賊道，你不是殺了我，才甘心麼？」

一塵怒焰又起，急回身衝殺，群賊頓時又哄然四散。一塵到此，實在支持不住，一頓足，衝出來，轉身就走。

群賊緊追過來，一陣亂罵醜詆。那女賊罵道：「一塵賊道你可逃跑了！雲南獅林觀的一塵道人，被女人打跑了！」

一塵愧怒已極，只好不聽，搶奔來路而去。群賊已激怒不動一塵，卻又換了一番話頭道：「並肩子快上呀，一塵賊道不行啦！罵他，他還是跑。他一定毒發支持不住了，咱們快過去摘他的瓢。誰割下他的狗頭，誰得他的劍。」

那女賊又故意罵道：「這賊道的狗頭是你們砍，劍可是我的，不許你們爭。」

他們故意拌嘴爭劍，竟把一塵當死人看待。一塵氣得渾身打戰，不由得一回身，群賊又哄然四散。一塵道人仰天長歎：「不料我一塵道人一生仗義，竟這樣死法！」只好掙扎著逃去。

這群賊見一塵真個再激不動，知道是時候了，一齊大喜。頓時呼哨一聲，竟拚命地追擊過去，各展開全身本領，把一塵圍住。一塵道人毒發氣衝，眼珠發脹，越覺得納不住丹田之氣。他緊咬鋼牙，奮勇衝殺。群賊到此，更不容情，把一塵緊緊裹定。三個男賊，一個女賊，掄鐵棍、鐵斧、鐵拐折、鐵厚背刀，竄前繞後，夾攻一塵。

一塵頭上虛汗漸出，右肩胛傷毒大發，牽扯得有半邊身子打戰。一塵道人慘叫了一聲，聲如裂帛，大罵：「惡賊！我山人想不到命喪鼠輩之手，我也不教你們好好回去。」突然劍法一展，極力一衝，那使棍的青衣賊挺棍待擊，卻不料一塵人劍俱到！使棍的吃了一驚，知道一塵要拚命，不由嚇得閃身一退。一塵趁此衝出重圍，急忙敗走。群賊呼嘯一聲，又追上去。

一塵逃出茅舍竹籬，搶奔屋後叢林。忽然月影下，叢林前，人影一閃，驀地迎面截來。一塵搖頭道：「死矣！」倉猝間，還想奮劍奪路，後面群賊已經趕到，大罵：「一塵賊道，你就跑到樹林裡，太爺們也要宰你！你就逃回店去，太爺們也要摘你的瓢！」立刻刀棍齊上。一塵咬牙切齒，揮劍再戰，忽聽樹林前，大喊一聲：

「咳，好一群無恥的惡賊，倚多為勝，趕盡殺絕，看我連珠彈取你！」

從那樹林橫截過來的人，已如飛地搶到近前。他讓過一塵，展開了連珠彈法，弓弦響處，叭叭叭，如驟雨飛蝗，直向群賊打去。這一舉，大出一塵意外。群賊嘩然大罵，但當不得這連珠彈乒乒乓乓，接連不絕。瞬息間，久戰力疲的群賊，接連有二人被彈丸所傷。

那使棍的青衣賊人，揮棍喝道：「哪裡來的鼠輩，敢破壞太爺的大事。太爺與這一塵賊道，懷著十多年的深仇，好容易今日尋著他，偏偏遇見你這小子多事！……」一言未了，那連珠彈又叭的一下，使棍的賊人掩胸狂叫了一聲，大罵：「小輩留名！」

那使彈弓的人一陣冷笑道：「一群無恥惡賊，你們四個人殺一個出家人，你還有臉向我發話？太爺行不更名，坐不改姓……」正待往下報名，忽聽一個深洪慘烈的叫聲道：「嘿嘿，這位壯士休要留名，不要上了他們的當。好惡賊，你們找我報仇，你還要跟人家路見不平的壯士結怨！好惡毒賊，看劍！」

一塵道人稍稍喘息，趁著彈弓取勝，立刻揮劍衝過去。寒光劍近取，連珠彈遠攻，三男一女四個強賊猶想拚命，當不得彈法厲害，一霎時人人負傷，呼哨一聲，慌忙翻身逃去。

一塵道人提劍後追，只追了幾步，便即倚牆停住。那使彈弓的壯士將手中餘彈，納入囊中，挾弓抽鞭，亟欲追趕，只聽一塵澀聲地叫道：「趕不得！回來！」

——這壯士非別，正是楊華。

第十六章　英雄遺恨

南荒大俠獅林觀主一塵道長，竟以一時的不忍，為救貞婦，誤中了群賊的假採花計。那個偽扮拒姦貞婦的女賊，竟從背後潛下毒手，一粒毒蒺藜打中一塵右肩胛。一塵道長雖負重傷，仍不可侮，四個賊竟還抵敵不住，便改用纏戰法，來消耗一塵的精力，教他久戰毒發，力竭而死。

果然這毒計才施展過一個時辰，一塵道人便毒氣發作，渾身打戰。正在危急時，玉旛杆楊華從店房奔竄出來，一路尋聲追蹤找到，展開連珠彈法，一路狂打，銳不可擋，把一夥賊人全都打跑。這時候，一塵倚牆拄劍，低頭不語。

楊華挾弓收鞭，走到道人身旁，叫道：「道長！」

一塵道人哼了一聲，半晌才說：「你這壯士，你貴姓？」忽然又道：「你莫要留姓名，千萬切記，你等我緩一緩！」

楊華走到一塵面前；月影下，只見一塵道人穿一件短道袍，左手提劍，靠在牆上，渾身不住抖顫，低著頭，口中的牙咬得吱吱亂響，鼻息咻咻。猛然間「嘔」的一聲，一張嘴，從濃髯中噴出一口血來。

楊華愕然道：「道長，你莫非受了內傷？……」道人猛抬頭，向楊華一看，把楊華嚇了一跳。在月光下，但見一塵道人兩眼瞪視如燈，眸子直如兩個血球，努出眼眶外，跟著傾身往前一栽。楊華急忙扶住道：「道長累壞了！」

一塵搖了搖頭，半晌道：「我受了毒藥暗器，你……你把我扶到那邊，我喝一口水。」遂將右肩一側。

楊華見右肩好好的，還是不明白。（毒蒺藜的傷痕很小，月光下是看不出來的。）楊華以為道人是教他攙扶，伸手便來攙架一塵的右肩。一塵急忙一推，楊華倒退出兩三步，險些跌倒。楊華不悅道：「這是怎的？」

一塵道：「我……右肩中了毒……」說著把左臂一抬，玉旛杆楊華這才將一塵左臂掖起，扶到茅舍裡面。

一塵道：「水，快快！」

這茅屋就是賊人喬裝採花，一塵受傷之所。此時殘燈猶在，悄然無人。楊華找到水瓢，舀了一瓢冷水。一塵道人把寒光劍插在地上，手抖抖地取出一包丸藥來，那丸藥只有梧桐子大，紅色的，共有二十多粒。只見一塵先一陣亂嚼，將丸藥嚼碎，然後和水吞下，喘息一陣，教楊華再打冷水來。一塵伸左手掣劍，把右肩衣服豁開，將那地上的門簾長條，蘸在冷水內，要往右肩上纏。楊華茫然不解，問道：「道長，你哪裡受傷了？」

一塵慘然道：「這裡。」他回身對著燈光，用左手反指。楊華看時，右肩胛後面，有著針眼似的三五個細孔，細孔裡微微地汪著一點黃水，周圍浮起一片紅腫，卻是方位並不大。

楊華道：「這是什麼傷？」

一塵呻吟道：「毒蒺藜。」

這「毒蒺藜」三字，打入楊華耳內，他驀地一驚道：「好厲害的暗器！」他也聽得這種毒器，只是沒有見過。他皺眉想了想道：「道長，我店中有化毒散，待我拿來給你治傷。」

一塵搖頭不語，卻將那沾濕的布條往右肩纏。想是疼得厲害，自己竟繫不上扣，歎了一聲道：「這位壯士，你給我繫上。壯士，你可是店中五號的客人？」

楊華道：「正是，道長可是遇見仇人了？」

一塵點點頭道：「白天那兩個就是。他們，男女五個人……用下賤的詭計，假採花。是我一時救人心切，遭了他們的暗算，毒蒺藜……」一塵忽用眼一尋道：「壯士，你把那毒蒺藜拾起來。」

楊華就著燈影一看，果然看見核大的兩個黑東西，擺在地上。他俯腰伸手，意欲拾取。哪知被一塵一腳踢開，道：「這樣拾不得，你拿布墊著。」

楊華用一塊手巾疊做數層，輕輕拾起來。就燈下一看，這毒蒺藜有核桃大，圓形鐵球，上面有許多小鐵刺，刺長三分左右。其中一顆，鐵球發亮，鐵刺呈暗青色。那女賊在房間暗襲一塵時，共發出兩顆毒蒺藜。一塵只閃開一顆，另一顆毒刺則深深陷入肉內，一塵提起一口氣，那毒蒺藜立刻繃落在地上，上面稍凝血跡。

一塵看了看，仰面慘笑道：「想不到我獅林觀一塵道人，竟喪命在小小毒蒺藜之下，這可是天意了！」

楊華聞言不勝驚訝，上眼下眼看了看一塵道：「哦，道長原來是雲南大俠一塵道長？」

一塵搖頭道：「慚愧！我，咳，竟遭宵小暗算，一世英名付於東流！壯士，承你救我，但是，我命已盡於今日。你救我逃出群賊之手，你卻不能救我逃出毒物之下。我毒已發作，早治還來得及，不幸賊人和我纏戰好久，晚了！」他叫楊華把毒蒺藜包起來，收在皮囊內。一塵倚在竹床上，渾身不住地顫抖。那把寒光劍放在床上，閃閃吐出青光，與那一盞孤燈的黃光相映。一塵紫棠色的面容，此時卻籠罩了一層暗青色氣色。

楊華不由發怒道：「這惡賊也太歹毒，道長不要難過，我店中有藥。……」

一塵道人道：「那不行……」正說處，忽然微風一送，隱隱聽見近處微有聲息。楊華吃了一驚，慌忙摘弓取彈。一塵道長也陡然站起，取劍在手，側耳一聽道：「咳，這不是賊人，這必是本房房主。壯士，你找一找，必定被賊捆在哪裡了。」又聽了聽，道：「大概在院外草垛裡呢。壯士，你快救出他來，要快。」

楊華依言，竄在屋外。果在茅舍院角草垛後面，搜出一個五十多歲的老婦人、一個二十多歲的男子，鄉民模樣，衣履很窮苦，已被賊人堵上嘴捆著。楊華用匕首挑開繩索，也顧不得問話，急轉回茅舍。那一塵道人已一晃一晃地，左手提劍，自己走出屋來，向楊華淒然說道：「壯士，你救人救到底，你把我送回去。」

楊華道：「道長放心！道長英名，晚生久已欽仰，今日得效微勞，理所應當。

就不是道長，陌路人也是我……」一塵不等楊華說完，忙截住道：「好，要快。」

楊華道：「我送你回到何處？」

一塵道：「回回……回店。回店不好，但是別處……還是回店吧。」說時，展眼四外一尋，又叫楊華道：「壯士，你上房瞭一瞭。」楊華竄上房頭，看了看，月光下四處無人。他跳下來說道：「賊人已走，不要緊了。」他攙起一塵，尋路走去。那把寒光劍並未歸鞘，一塵依然倒提在手中。

玉旛杆楊華半攙半扶，一塵道人且走且回顧，腳下加快，牙關緊咬，也就走出三四里地。一塵呻吟道：「壯士，我看我回不去了。此處無人，我求你，我死了之後，你把我掩埋起來。那邊很僻靜，把土弄平了，免得教賊人尋見我的屍體。」

楊華暗暗吃驚道：「他是要自殺！」忙說道：「道長不要心亂，快回店想法治傷要緊。」

一塵道：「路太遠，我越走，血脈越流得快，毒也發作得快。」

楊華這才覺出一塵神氣越發難看，似已支持不得，行走不動。便道：「道長放心，我來背你。」不容分說，楊華一伏身，把一塵背起來，拔步急走。

楊華的外號叫玉旛杆，可是一塵道人比楊華還高一點，體格更是雄偉碩壯，背起來足有二百多斤。店房距此還有二三里路，在平時一霎眨眼便到，此刻卻寸步難挨，覺得路太長了；又兼在這沉沉的淒涼秋夜之中，在這荒曠的野外，不禁有些惕惕。楊華的武功又沒有十分根底，背起人來奔走，煞是不易。他好容易才把一霎背進鎮甸內，聽更鑼已三更二點過了。把個楊華累得通身是汗，氣喘吁吁，卻喜路上平安，未逢意外。

楊華把顆心放下，掙扎著氣力，尋到聚興客棧門前。只見門燈暗淡，店門緊閉。到了這時，想不驚動店家是不行了。楊華放下一霎，掄起拳頭就打店門，叫了好半晌，值夜的店夥方才隔門縫答話：「是誰砸門？我們這裡沒有房間了。」

楊華忙說：「我是五號客人，出去找朋友，回來晚了，你多辛苦吧。」

那店夥說：「大門上鎖了。」只是挨磨。楊華氣得要背一霎跳牆過去。一霎倚著牆道：「不行。你不會跳過去，給我開門麼？」

楊華道：「唉，我昏了。」便不再與店夥嘔氣，飛身竄進店院，怒沖沖推開店夥，嘩啦將店門打開，並怒聲斥道：「快叫你們掌櫃起來，你們店裡出事了，知道不知道？」他邊說邊跑，出來攙架一霎。那錯愕的店夥惺忪睡眼，滿懷不悅，挑著一隻燈籠一照，不由驚叫起來。

楊華是背弓提鞭，滿面通紅，汗如雨下，兩眼蘊著急怒。那一塵道人龐大的身軀，倚牆抖衣而顫，左手提劍，右臂赤露，神情慘厲駭人。

那店夥嚇得擋住門，要想攔阻，道：「你們這是什麼事？我可不敢做主，叫我們掌櫃的來，你再進店。……」

楊華把眼一瞪道：「呸，胡說！你知道麼，你們這店裡鬧賊，這位道爺捨著性命追賊，教賊人傷了。你教你們掌櫃起來，少囉嗦，你們敢是賊店不成？」說著大聲叫道：「掌櫃的快起來，你們店裡鬧賊了！」

嚇得店夥忙攔道：「大爺別嚷，我給你叫去，這是鬧著玩的麼！你老可別這麼嚷，你老別著急，我們哪知是怎麼回事？你老先進來吧。」

楊華不再發威，急扶一塵搶奔西跨院。那店夥滿面驚疑地關上店門，先到櫃房送了個信，跟著提燈隨了進來。此時六號房殘燈已滅，楊華吩咐店夥：「趕快點上燈。」便把一塵扶到床上。一塵搖搖頭，卻將寒光劍插入背後劍鞘內，坐在床上道：「包袱，遞給我。」

有大小兩個包袱，放在床角。楊華伸手全提到一塵面前，回頭吩咐店夥：「快給燒些熱水來。」店夥嘟噥道：「熱水可沒有。」

楊華大怒道：「胡說，快弄去！這位道爺追賊受傷了，你願意店中出人命麼？」嚇得店夥回頭要走。一塵呻吟道：「等一等。」那店夥說：「不是教我弄水去麼，我還得燉去呢。」

楊華忽然靈機一動，從兜肚內摸出一塊銀子，叫住店夥道：「給你這幾兩銀子，好好服侍這位道爺，人家是在你們這裡追賊受傷的。」這一錠銀子足有二兩多，這店夥立刻睡魔全去，驚雲盡消，滿臉陪笑地接過去，道：「你老別著急，我立刻弄水去。」

一塵皺眉道：「你先別走，店家，你們別處還有空房間沒有？」店夥道：「有，南房拐角，十七號、十八號小耳房全空著呢，就是太潮濕。……」話未說完，一塵陡然立起身來，把那個小些的包袱抓在手內，對店夥說：「空房在哪裡？你快領我去。」

楊華道：「道長，你要做什麼？」

一塵顧不及答言，只說道：「壯士，你快跟我來。」將那小包袱挎在左肩上，迫不及待地搶出屋外，急急地用眼向房上房下四面一尋，「嗖」的一個箭步，連竄帶跳，撲到南房，推門進去。

一塵這一番舉動，不但店夥愕然，就是楊華當時也是一愣。楊華急忙提燈跟蹤進去，只見一塵已栽倒屋內，跪扶著那空板床打顫。楊華急忙扶起一塵，催店夥把一塵的被褥取來。一塵喘息道：「快不要拿，你給我打開包袱。」

楊華將那個小黃包袱打開，裡面沉甸甸的，有幾十兩銀子和一個錦囊，幾本書，一個護書，一隻小藥箱，還有一些別的東西。一塵道：「小箱子，打開。」楊華將藥箱打開。一塵並不作聲，劈手搶過來，將藥箱內幾個小磁瓶，找出來一個，拔開塞子，傾出一些粉紅色的藥末。

一塵把藥末乾咽了一半，又將那一半教楊華給他敷在創口上，歎息道：「藥不對症，只能多挨延一會！……」經過這番掙扎，一塵不覺倒在空板床上，卻又掙扎起來，倚著牆，急急地盤膝閉目，打坐運神。那痛楚之相，從楊華眼中看來，似乎較前略定。

楊華把頭上的汗抹了抹，小夾襖兩腋和後背全濕透了。他心上焦躁無措，便將彈弓囊摘下，把腰帶鬆開，小夾襖也脫了，小衫扣鈕也解開了。這時候店中管事的先生因掌櫃沒在店中，已聞耗過來探問。楊華只說是有賊進店，道人追賊受傷，教店家好好伺候。這管事先生驚愕無主，慌忙地退出，暗遣夥計，即刻給掌櫃的送信去了。

楊華坐在床邊椅子上，披襟解領，燥熱頓減。一塵道人忽然把那無力的左手抬了抬，微向楊華招手，紫黑色的嘴唇動了動，隱隱聽得說了個「來」字。楊華忙把放在床邊的彈囊夾襖，往床裡推了推，湊到近前，問道：「道長，你這時覺得好些了麼？」

一塵道人不語，忽然把頭低了，眼皮也微合，呼吸漸漸微弱。楊華心裡吃驚道：「別是要壞吧！」

夜靜聲沉，一燈相對，楊華不禁覺到有一種慘怖的冷氣逼人。又耗了一會，一塵把下頦一俯，喉間微響，楊華聽出一塵是把口中積的津液咽了下去。只見他倦眼微睜，似正調停呼吸，楊華方才放心，知道一塵尚不致有什麼凶險。

忽然一塵嘴唇稍動，發出喑啞的聲音。楊華側耳挨到一塵道人的面前，這才聽見他啞著嗓子，低聲說道：「我仗著四十年來的吐納功夫，和我九轉化毒丹之力，可以苟延一時。可是這獨門毒藥，只憑我的藥力，決救不了我。現在我還有一線生機，求你費心。你快快拿紙筆來，我念著你寫。這只不過盡人事，聽天命罷了！」

楊華忙找來一支破筆，一塊殘硯，拿一張包茶葉的紙，將燈剔亮，都放在床頭。將小茶桌當凳子用，楊華坐在茶桌上，預備好了，拈筆仰面問道：「道長，你說吧。你打算給誰寫信討藥呢？」

一塵道人低聲念道：「不是。你寫『五靈脂』。」

楊華提筆寫出「五齡子」三字，自己看了不懂，抬起頭來，看了看一塵道人，問道：「對麼？」一塵道人眉峰緊蹙，頗有怒意。楊華道：「我寫錯了麼？」

一塵緩了一口氣說道：「不對。是藥名，『五靈脂』是靈魂的靈，胭脂的脂。」

楊華方才恍然，忙把錯字塗改了，重寫出來，抬頭又看了看一塵道人。一塵道人點了點頭。楊華心想：「這一定是自開藥方，往下一定是寫份量了。」跟著聽一塵道人說了個「三稜」，楊華很快地寫在「五靈脂」三字下面旁邊。寫完一看，卻又曉得錯了，這決不像份量。

一塵道人皺眉說道：「『三稜』也是藥名！」

楊華忙又塗改了。他心上很著急：「這不是強打鴨子上架麼？我如何會開藥方！」跟著一塵道人一連念了幾個藥名，催楊華快寫。越快越錯，好容易才將藥方寫完，從頭到尾念了一遍，把錯字全改正清楚了。計有：

五靈脂、三稜、製胎骨、沉香、木香、麝香、兔絲子、肉桂、劉寄奴、蒲黃、川杜仲、紅花、地鱉、五加皮、廣皮、血竭、破故紙、飛硃砂、胎髮灰，共十九味藥。

楊華看了看，心中暗暗著急：「這等小鎮甸，這等時候，還不知有藥店沒有，買得來買不來？」楊華擎著筆，等著寫份量。

一塵道人一口氣念完藥方，閉了閉眼，略緩一口氣，便催楊華道：「不用寫了，快快買去。」

楊華道：「份量呢？」

一塵咬著牙說道：「這十九味，除了麝香跟血竭各買一錢，其餘十七味全買三錢。壯士，你快快去，我的生死全在這一著了！我只能等你半個時辰。若是耽誤稍久，只怕我撒手紅塵了。」

楊華不禁憬然，忙站起來說：「道長寬心，我立刻就去，只盼望這裡能夠買著，我決不耽誤。道長保重，千萬強自支持，不要，不要……」「自殺」兩字咽住沒說，抓起小夾襖來，立刻拔步就走。

那一塵道人聽了楊華這話，強睜著那失望的眼，喟歎了一聲：「我命付於天，盡人力，聽天命而已！我雖說仗義除奸，這也是過去犯殺戒過多之報。你去吧！不要忘了多帶銀子，藥很貴。」說話時，楊華早已搶出門外，隔門口答道：「我這裡有錢，足夠。」卻是聽到「很貴」二字，忙又轉身，只好從道人包袱中的銀兩中抓了幾塊，急匆匆地奔將出去。

楊華搶到店門前，這才想起，自己並不知道藥店何在，忙又返回來，大叫店夥。那個值更的店夥本來答應給燒開水去，現在經過這麼大的工夫，還沒見他把水送來。

楊華忙找到廚房，廚房果然有燈光。剛才那個夥計大約睏極了，竟坐在凳子上，伏著菜案子睡著了。灶上燉著一把水壺，已開得沸沸騰騰的。灶內柴炭還在很旺地燒著。靠裡面一架鋪板，睡著一個廚師傅。楊華左手提燈籠，伸右手照店夥腦後，「啪」地打了一掌。那店夥叫了一聲跳起來，睡眼迷離的，一見是楊華，立刻想起那二兩多銀子，忙說道：「大爺，你老往裡頭請吧，水這就快開了。」楊華惡狠狠地啐了一口，罵道：「放屁，水壺都快熬乾了，還沒開麼？快提過去，那道人都快死啦，等水吃藥！」

這裡一陣搗亂，那個廚師傅也醒了。楊華急忙催問店夥：「這地方哪裡有藥鋪？」店夥揉著眼說道：「有一家很遠，在鎮甸盡東頭哩。」楊華忙將碎銀子拿出一把來，先抓給店夥兩三塊，說道：「你快跟我買藥去。」又抓幾塊給那躺在床上的廚子，說道：「大師傅快起來，你快把這壺水給老道送去。老道受傷太重，這是救命行好的事，快著快著。」

那廚師比夥計更愛財，忙光著膀子爬起來，說：「客人不用花錢，我就送水去。」又向店夥說：「劉頭，別犯睏啦。出門在外，有個病不容易，我給你關門去。」

店夥也立刻清醒過來，接過楊華手中的燈籠，說道：「大爺別著急，這時候不好砸門，咱們就碰碰去。要不，你老把錢都給我，我給你抓藥去。」楊華略一尋思說：「一塊去吧。」立刻，三個人一先二後，搶到店門前。廚師傅開門關門，楊華催他送水照應一塵道人。然後跟那店夥，挑著燈籠，如飛地奔向大街，去砸藥鋪門。

秋日風勁，夜氣凝寒，玉旛杆楊華少年熱血，扯住店夥，如飛地奔跑。空曠曠、冷清清的一條街，只有二三野犬聞聲狂吠，引起一群狗來，東一聲、西一聲亂叫。楊華心頭火熱，那店夥卻似怯寒。楊華恨不得一步趕到藥鋪裡，好不虛自己救人救徹的心願；而且得與雲南大俠效勞，把他拯救了，在江湖上也算自己值得誇耀的際遇。他心急腳快，扯著店夥，跑似地急走，所幸不遠，便已來到一個地方。

那店夥突然站住說道：「大爺，到啦。」

楊華說道：「藥鋪在哪裡？」

店夥把燈一提，往左首一照說：「這不是麼。」

楊華一看，並沒有沖天招牌，只有一個虎座子門樓，橫著一塊匾，上面寫著：「積德堂。」大門緊閉，門那邊還有一塊木牌，上寫「儒醫胡壽峰」。仔細看時，門兩旁還掛著五尺來長的兩塊招牌，寫著：「本堂虔制湯劑飲片丸散膏丹」，「採辦川廣雲貴地道生熟藥材」。牆上還有七零八落的幾塊「妙手回春」、「功同良相」的匾，原來是醫寓兼營藥店的。

那店夥走上台階，拉鈴叫門。楊華迫不及待，奮拳一陣亂砸。過了好半晌，才有人隔著門問訊。店夥說是聚興客棧來抓藥的，那門扇方才忽隆地開了。

一個青年男子光著腳，散著褲腿，提著個小燈，揉眉擦眼地說：「什麼時候了，是什麼急症？你們掌櫃又犯老病了麼？」

店夥忙說道：「不是，他那病還能老犯麼。少先生，擾你老的覺。」說著一閃身，指著楊華說道：「這位也是朋友，勞你駕，給抓一副藥吧！黑更半夜，多驚動你老了。」

楊華忙上前稱呼道：「少先生，你多費心，病人太沉重，急等著用藥。……」楊華忙將藥方送了過去。那青年看了楊華一眼，說道：「誰給開的方子？」楊華忙說：「是自己的成方。」青年便不再問，關上街門，讓兩人跟了進去。

到了屋內，楊華這才看出，是一暗兩明三間診室，中間擺八仙桌。左邊擺著矮腳藥櫥，上面放著不多的藥瓶藥罐，也是一張小小櫃檯，橫在左邊屋前。那青年把燈裡的蠟燭點著，屋裡腐舊的景象越發顯露出來。想見這個醫寓兼藥店的生意，不甚興隆。

那青年接著藥方，正要細看，忽聽裡屋有個蒼老的聲音，咳嗽了一陣，說道：「紹基，是誰抓藥？深更半夜的，必定是急症，你別胡出主意拿藥，給我惹事呀！」

那青年答道：「人家是成方。」

說罷，那青年趕緊拿著藥方子，轉身走進裡屋。楊華目送過去，看這暗間，掛著茶青色舊門簾，橫楣上有一塊橫額，煙熏塵蒙，彷彿是「藏診」二字。楊華坐在椅子上拭著汗，很焦灼地等著。半晌，聽得房屋中人且咳嗽，且說話，卻聽不清楚說什麼。楊華著急道：「請你快著點吧，我們有危重的病人，實在不能久等。」

那青年慢吞吞從屋裡出來，拿著藥方，來到櫃房邊，對楊華說：「你老的藥方是治什麼病的？這藥的份量，按君臣佐使說也不對。方上有幾味藥很貴，在我們這藥鋪裡，可是說不定有沒有。你要是明天午後用，還可以配齊。」

楊華聞言愕然：「費了半天事，藥還是買不全，看起來一塵道人的命不容易保了！」楊華急得心如火焚，向青年說道：「先生，你不論如何，總得想法子，把藥給配全了才好。這是我們祖傳的秘方，你不用管份量對不對，我們自己擔責任。」

那青年聽了，搖頭道：「這藥材不比別的，可以將就，這一點也不能含糊。」

楊華搓手無計，想了想，只好說道：「不知哪味藥沒有？」

青年道：「我還不知道哪幾種藥沒有貨，我給您看看去，大概麝香、血竭是沒有。」當下這個青年借著燈光，拿著藥方，從東面拉開藥斗子，由西面拔開藥瓶塞，連看了幾處，轉臉向楊華說道：「不錯，血竭和胎骨沒有。麝香倒有點，大概至多五分，不夠一錢。三稜這味藥，簡直沒上過藥架子，連沉香還是前天給人看病，現買來的。說實在的，這種細藥我們這裡不預備，輕易也賣不出去。你老是用不用，自己拿主意吧。」

楊華坐來站起地著急道：「怎麼辦呢？」暗想：「就是買不全，也不能空手回去，索性盡現有的買了拿回去。萬一有效，豈不救了一塵道人的命？就是不行，我的心已然盡到，也實在沒有別的法子了。……」楊華只可對這青年說道：「先生，請你按著方子快抓吧。只要有的，你就給配出來。全單包著，包上請你全標明了。」

那少先生見藥不全也買，立刻高興起來，這副藥足有二兩多銀子可賺。那少先生隨即拿了戥子，把藥一味一味給配起來。全配齊了，淨短三味。楊華瞪眼看著，見還短一味胎髮灰，忙向青年問道：「胎髮灰可有麼？」

少先生忙答：「有，有。」隨即在藥架子前，放了一個凳子，腳登著凳子，從架子頂，拿著一個標著「紫河車」的盒子。上面塵封土滿，打開盒蓋，拿出一個紙包來。從裡面取出一把短髮，拿到外面，耽隔好久，才用紙托進來，這已焙成髮灰。

楊華此時心頭一陣陣起急，催著把藥包好，將錢付過，只說個「謝」字，立刻拔步搶先出門，催店夥趕快回店。哪知就在楊華買藥的工夫，店中又演了一幕慘劇！

一塵道人剛才強支病體，口念那解毒藥方，急過了力，禁不得一陣陣暈眩。一塵導引之功已到爐火純青之候，自知丹田元氣一散，毒氣立即攻入心房，再有仙丹，也恐回生無望。一塵雖在昏昏沉沉的時候，仍自強打精神，不敢把元氣懈散。

這時候，那廚房的廚師受了楊華之托，已披衣起來，將灶上坐的一壺沸水提了下來，打著呵欠，往西跨院走。他將到六號房間，窗前黑忽忽的沒有燈光，廚師道：「病人許是睡了吧！」一面開門，一面招呼道：「道爺，水來了。」

屋中沒有動靜，門卻信手推開了。廚師道：「人哪裡去了？」提壺回身，猛然一抬頭，看見山牆上人影一晃，倏地伏下身去，把廚師嚇得一哆嗦，水壺險些出手，連忙抽身退出跨院，搶到正院。

就在這時候，突聽得南房十七號耳房中，大吼一聲：「惡賊逼我太甚！」跟著聽得「哎呀」一聲，靠風門一帶，吧吧吧，連響數陣。廚師失聲大喊：「有賊！」

廚師這一聲未喊完，忽然，東房房脊後，悠地打來一瓦片。恰巧廚師正一扭身，瓦片掠耳根擦過去，「叭啦」地打在牆角。廚師吃了一驚，拔腿便往前院跑，扯喉嚨大叫：「有賊了！」

驀然間，從南房黑影中，「嗖」地竄出一個人來，明晃晃刀光一閃。這廚師慌不迭的，把手中提的沸水壺掄起來，照賊人抖手打去。只聽「嘩啦」地一聲響，壺底朝上從賊人頭頂飛過去，壺沒有碰上，沸水卻澆了賊一頭面。

鐵壺「刮」地暴響一聲，掉在磚地上，聲音很大。賊人吃了這個虧，抹頭便跑。這一鬧，全院客人頓時驚醒了不少。有幾個隔著屋子的客人，也答了聲。只聽那東牆上賊人連投下幾塊瓦片，口打呼哨，公然叫道：「並肩子，風緊，扯活。」

那被沸水澆頭的賊人，立刻竄上房頭，如飛逃走。那個廚師邊跑邊喊，櫃房中的一個管賬先生、三個夥計和馬號裡一個更夫，各提著門閂、鐵通條，虛驚虛乍地趕出門口外，一陣亂嚷，賊人早已走得沒影了。

那廚師一見人多，膽子也大了，趕過來指手劃腳地表功道：「賊讓我趕跑了，賊讓我趕跑了！」管賬先生搖頭道：「掌櫃的偏偏今晚回家，偏偏今晚出事。看看動了哪屋裡沒有？」大家點上燈籠，忙忙亂亂各處搜賊，恐怕賊人也許潛藏在暗處。搜了一回，那管賬先生便說：「咱們這裡從來沒有這事，留神看看，是內賊是外賊。」

廚師忙插言道：「是外賊，我全看見了。一共三四個呢，西牆頭上，東牆頭上都有。還打我一瓦片呢，沒打著。哈哈，好大膽！有一個賊從十七號房竄出來，明晃晃拿著一把刀，教我一開水壺，澆得叫了一聲，上房跑了。」

管賬先生不悅道：「怎麼都讓你看見了呢？黑更半夜，你拿開水壺做什麼，咱們這裡多咱鬧過賊，這麼瞎炸廟！」

管賬先生還想掩飾，卻有一個夥計說：「是真的，我看見房上那個賊了。」廚師氣忿忿說道：「怎麼樣，我不是說麼，給六號房道爺送水吃藥，我剛走近西跨院……」

這廚師正要往下說，忽聽大門擂鼓也似地「嘭嘭」一陣亂砸，眾人倉惶之間，不由駭然。側耳傾聽，有人在店門不住聲的亂敲，並大叫：「快開門，快開門！」

那管賬先生驚驚惶惶地說：「先別開，問一問再說。」

那廚師恍然大悟地說：「對了，這是給六號道爺買藥的回來了。六號道爺不是受傷病重了麼？」果然在一個躁急的異鄉人腔口外，還夾著熟人叫門的聲音，正是店中那個夥計和楊華抓藥歸來。

眾人忙去開門，楊華搶進店院，手中燈籠也跑滅了。他見院中站著好幾個人，不禁吃了一驚道：「怎麼樣了？那一塵道人莫非是死了？」

廚師搶著說：「別提了，楊爺，又鬧賊了……」

楊華道：「哎呀，不好！」飛身搶奔南耳房十七號房間，大叫：「一塵道長，一塵道長！」急搶步開門，陡然間燈影裡，聽一塵慘烈地叫道：「好惡賊！」抖手打出一物。玉旛杆楊華嚇了一驚，急抽身閃避，劈面揚來一把碎土，打得楊華滿面生疼。那一塵道人怒目圓睜，目眥盡裂，一條腿登下地，一條腿跪在床上；一隻手按床框，一隻手亂抓。

楊華放在床邊的彈囊，竟被一塵抓得粉碎，百十粒膠泥麻紙做的彈丸，堅硬如鐵，也被一塵抓成團砂。一塵神智漸昏，手爪渾如鋼鉤，床邊木框也抓透好幾道深溝，木屑紛紛。楊華乍入，一塵誤道是賊人又來了，將抓碎的彈丸撈了一把，迎面打來，卻只揚了楊華一臉砂。楊華急叫：「道長，是我！」一塵忽然精神一懈，「哦」了一聲，撲地栽下床來。楊華急忙扶住，一塵一隻手緊抓床框，已經人事不省。

原來，那群賊敗逃之後，也忙著救護那個被一塵踢壞的少年，一時沒有趕來。但群賊尋仇之心不死，恐一塵萬一得救，不但報不了仇，還有絕大的後患。群賊一狠心，留一個人背走那個受傷的人，其餘三賊二次追尋到店中。果不出一塵所料，群賊竟奔西跨院六號房，卻撲了個空。一塵回店時早已料到，已潛藏到十七號房間去了。賊人疑心一塵沒有回店，竟往別處尋了一圈。那女賊頗饒智計，問那探店的賊：「可曾到鄰號房間探看過沒有？」

那個叫晉生的說：「沒有。」被女賊惡狠狠啐了一口，罵道：「廢物！」教那使棍的青年賊人，結伴再去探看，先探看五號房，楊華的行李尚在，人卻不見。又到六號房窺看，一塵的一個大包袱和被褥也都沒動。群賊疑惑起來，旋在店中潛蹤細搜，竟尋到南耳房拐角處，瞥見十七號房微露燈光。一塵傷重疏忽，楊華去後，忘記了熄滅燈亮，竟被男賊發現形蹤。那男賊使倒捲簾式，才攀窗內窺時，又被一塵聽出。

一塵道人命在垂危，餘威猶在，楊華的彈囊恰在床邊，一塵怒吼了一聲，爪裂彈囊，抓一把膠泥麻紙彈丸，劈窗打去，賊人應聲落地。賊人忍痛手發暗器，當不得一塵神勇，刷刷刷，連把彈丸打出，奮身要掙下床來，與賊拚命。就在這時，廚師一聲驚叫，水壺出手，全院譁然亂嚷，把巡風賊人驚走。

一塵道人神昏氣沖，右手抓床框，左手不住地把彈丸撈一把，打一把。十七號房的門楣窗紙，被打得稀爛。那青年賊人猜想一塵道人不能追出，必已毒入膏肓；又見全店驚動，楊華的連珠彈過於厲害，遂不敢怎樣，飛身竄房逃去。

玉旛杆楊華當下扶住一塵的龐大身軀，一塵早已氣閉過去。那隻負了傷的右手臂青筋暴露，手指頭深深抓入床框內，牢不可拔。楊華獨力難支，忙叫夥計快來。

店中人擠進房內，剔亮殘燈，一看這一塵道人，面目紫腫，兩個血球似的眸子努出眼眶之外，牙關緊咬，青色的唇吻邊沁沁出血，個個都嚇得驚疑萬狀，失聲道：「怎的了，怎的了，是什麼急症？」沒人敢說是教賊傷著了的。忽然有一個人叫道：「你們瞧，這是什麼？」大家齊看時，迎門屋牆上，明晃晃插著一支鏢。原是賊人打的，沒打著一塵，釘在牆上了。

掌櫃不在店中，人命牽連，不是小事，那個管賬先生驚懼失措。那抓藥的店夥劉二悄悄告訴管賬先生幾句話，管賬忙轉身低問楊華：「客人，可與這位道爺是朋友麼？道爺怎麼鬧成這樣？要是看著不好，咱們請個先生來。萬一出了意外，也好，也好……」

楊華無暇對他深談，只催店夥趕快弄熱湯來，灌救一塵。經眾人幫忙，此時已將一塵放在床上。那深入木床的手，已由楊華給拔出來。楊華抹去頭上汗，這才把管賬先生拉到沒人處，低聲說道：

「這位道爺和我並不認識。他這是重傷，不是病，這裡的大夫決治不了。你們這裡鬧賊，他追賊受了毒藥暗器。我呢，不能見危不救。其實我連這道人的名姓也說不清，他也不知道我是誰。不過都是出門在外的，都是武林一脈罷了。

「掌櫃的，事情你是遭上了。客人是住在你們這店裡，賊是在你們這裡傷的人。咱們都是外場朋友，你讓我們過得去，我們也教你過得去。咱們誰也不願意吃人命官司。外面都要保密一點，聲張出去，都有不便。我們現在是先救人，救不活，也就沒法了，那時再想法子了事。現在你們先去吧。有這位劉夥計在這裡伺候，足夠了。再待一會兒，看出起落來，我再到櫃房找你細談去。」

管賬先生唯唯地答應著，說道：「你老多費心吧，都是出門在外的人，用什麼，你老只管吩咐。只要不出事，大家都好。」說到這裡，轉身向那直著眼發愣的廚師一點手，一同退出去，把別人也邀了出去。那個店夥劉二提著半壺水，走進屋來。

玉旛杆遣走眾人，教夥計劉二斟了半杯熱水，親到五號房內，將自己包袱打開，取出一包藥來，用水化開了，拿一根竹筷子，把一塵牙關撬開，慢慢灌救下去。半晌，一塵呻吟了一聲，喃喃罵道：「奸賊，趕盡殺絕！」楊華忙附耳叫道：「道長醒醒，賊人早打跑了。」

一塵忽然甦醒過來，叫道：「你是誰？哦，是你。」霍地爬起來，雙手按著床，從唇吻邊迸出幾個字道：「藥呢，藥呢？」

楊華道：「藥買來了，只是差幾味。」那一塵道人只聽得「藥買來」三個字，陡然精神一振，雙目尋視道：「快拿來。」

楊華忙從床上拿起藥包，叫店夥道：「快找藥吊子，還有小火爐、炭。」一塵伸出左手，急口的說道：「快給我。」楊華遞過藥去，一塵慌不迭地教打開藥包，自己抖抖地將一味一味的藥，用手挑揀著，先拈了一些，往嘴裡送。有的多拈一些，有的少拈一些，抓好了便塞入口中，一陣亂嚼亂咽。

楊華看出一塵道人先吞硃砂和麝香，口中嚼著，那左手依然掂分量，抓別的藥。內有不好咽的藥，一塵澀聲說：「水，熱的；熱的沒有，涼的……」

楊華忙斟一杯熱水，送到一塵唇邊；一塵把著楊華手腕，直著脖子，連灌了數口水，連吞了幾味藥。一塵瞪著眼看定那十幾個藥包，忽然說：「唔，血竭呢？怎麼沒有？」

楊華道：「血竭藥鋪沒有，一共短三味藥呢。」

一塵渾身一戰道：「什麼？短三味？血竭沒有，還有什麼沒有？」直著眼睛看看藥包，哎呀一聲道：「血竭、三稜、胎骨……」突然雙睛一翻道：「荷荷……我命休矣！」龐大的身軀猝然一挺，突向前一栽，「咕登」一聲，頭臉向下，栽倒在床上，將藥包、水碗整個都砸在身子底下，立即人事不醒，又昏厥過去了。把個楊華、店夥都嚇了一跳，急上前呼救。

一塵那赤露的右肩，從傷口赤腫處微微流出一點黃水。兩個人將道人的身體，慢慢仰翻過來。楊華捫了一捫，一塵渾身灼如火炭，那右肩胛肌肉竟似熱鐵一般，又燙又硬。

楊華頓足歎息道：「可憐一世的英雄！……」

那個店夥手足無措地說：「這道爺神氣不好，我叫先生來吧。」楊華不答，將手去摸一塵的口鼻，好像呼吸欲斷。又來摸胸口，胸口跳動漸微。

孤燈慘澹、秋風淒厲，從那彈丸打穿的窗紙破洞，陣陣寒風吹來，吹得燈光閃閃爍爍。陰濕的房屋，空板的木床，仰臥著鬚眉如戟、毒發氣厥的一塵道人，這景象直令人周身起慄。

夥計劉二毛髮悚然地推門跑了。那玉旛杆楊華側坐在凳子上，目對著已失知覺的一塵道人，禁不住汗流浹背，心火上騰，卻又一陣陣打寒噤，牙齒錯響。這時，忽聽一塵道人喉嚨格的一聲。楊華忙起來道：「完了！」伸手來再試呼吸，手還未觸著，卻聽一塵噓噓地連吹了幾口氣，眼皮也似轉動。

楊華驚喜道：「莫非藥力醒開了？」楊華無可為助，便俯下腰，要給一塵按摩胸口。驀然，一塵道長吁了一聲，兩眼睜開，卻目光瞠視，似醒不醒。楊華道：「道長，好些了？」

一塵忽然若有所悟，把脖頸抬了抬，卻是力盡筋疲，竟抬不起來。半晌，唇吻微動。楊華忙挨過去，只聽一塵道人低低地說道：「壯士……」

楊華道：「道長，你此時覺得怎樣，可好些麼？」

一塵搖頭，微微道：「我不行了！……壯士，你扶我起來，我有話。想不到我一塵縱橫一世，竟有今天這麼一個結果！」

楊華將一塵輕輕扶起，盤膝坐著。楊華細看一塵道人的臉色，兩顴發紅，唇焦吻裂，血紅的二目陡發異光，楊華不由慘然。一塵無力的左手抬了幾抬，似要撫摸右肩胛傷處，卻又抖抖地放下來，放在膝上。他搖了搖頭，一字一頓地說道：「壯士，累你了。……我一塵，仗著四十年導引之功，自信天再假我十年，當另有成就。何期陡遭魔劫，續命無方。數十年轟轟烈烈，竟這樣糊糊塗塗，葬送在幾個無名男女手內。我，我實在死難瞑目！……」說著將牙一咬，從眼角滴下熱淚來。

楊華眼見一塵神智轉清，滿以為藥有回天之力。誰想一陣白忙，一塵終於說出這樣話來！楊華強攝心神，扶著一塵，忙安慰道：「道長，不要心亂，我看道長這工夫好多了。」

一塵慘笑一聲道：「天之絕我，不可為也，我死期已迫！我現在覺著肚內發空，心中發慌。……就是藥能買全，也誤了時候，僥倖不過保住一條殘命，數十年苦功也必盡棄。如今，藥是缺了幾味主藥，又加賊人二次來擾……」

正說處，外面一陣腳步聲響，楊華急回手抄取兵刃，那夥計劉二已引領著管賬先生，管賬先生陪著從家內找來的掌櫃，先招呼了一聲，相隨開門進來。管賬先生一指床上道：「就是這位道爺……」

掌櫃是五十多歲的一個矮胖子，抱著一肚皮的懊惱，在屋中一站。他這一進門，便已看出一塵道人神色不對，忙向管賬先生發話道：「你們都管幹什麼的？這不是服毒麼？怎的不早給我送信，怎麼反說追賊受傷了？」回頭向楊華發話道：「客人，趁著病人走得動，你們趁早遷動遷動吧。我們小店……」

楊華勃然大怒道：「混帳！這道人是受了你們店裡賊人的毒藥暗器，我不過也是住店的，你想攆誰？」

店主板著面孔，剛要說：「不行！」突然間，一塵道人怪叫了一聲，身子一挺，瞋目叱道：「一群萬惡的奴才，出去！」不知從哪裡來了一股氣力，「嗆」的一聲，左手將寒光劍拔出，把掌櫃嚇得一哆嗦，倒退到門口。楊華趕過去，抓住掌櫃的肩頭，叱道：「剛才不是告訴你們了，有話回頭櫃上說！你是要我聲張出來，願打人命官司麼？」

掌櫃忙說：「不是，不是！我是聽說道爺病了，看看請大夫不請？」

一塵道：「滾！壯士，趕出他們去。我有要緊話，對你說。」

楊華立刻將店家一齊趕出屋門外，回轉身來，見一塵神智越發興奮，只是鼻翅大扇，抬頭紋已開，面色已透紅光。一塵道：「快過來，這邊坐，聽著。……我我我一塵，我實姓朱。告訴你，我命在俄頃，承你搭救，我已無法報答你。但是，我還有幾個徒弟……」說到此，喟然長歎道：「若不是徒弟，我還不至於慘死在此地！……壯士，時不及待，不能細談。我是雲南獅林觀……」

楊華側坐床邊，手扶一塵，忙攔道：「道長，你先歇歇吧。道長的英名，弟子早已耳熟……」

一塵搖頭道：「你聽著，我一塵，近因聞江湖傳言，我的第四個孽徒和一個徒孫，竟不守規戒，賣身投靠清廷一個朝貴，為虎作倀，並依仗權勢，欺壓百姓，罪惡累累，還犯了淫惡大罪。我這次北上，就是與我的第二個門徒，分道前來，查究此事。不想路經此地，遭賊暗算。……」說至此，喘氣漸粗，似乎方寸已亂。

只見他閉了閉眼，緩了一口氣，又支持著說：「壯士，承你救護我，人力扭不過天命，也就無可奈何！我現在還想有求於你，不知你肯否念我在末路垂斃，助我一臂，替我走幾百里路，送個信麼？」

楊華忙應道：「道長只管吩咐，只要弟子力所能為，不遠千里，皆當效力。」

一塵點頭道：「你聽我說，我等不到出太陽，必死。死後第一件，我求你將我屍首焚化，裝入骨瓶，送到豫鄂邊界青苔關，找我的第三個弟子，白雁耿秋原。我的大弟子名秋野，也是出家人，遠在雲南。我的二弟子尹鴻圖，此時的蹤跡不定，不好找了。你找著耿秋原，教他給我報仇……不是的，是教他轉告我所有的弟子、徒孫，限他們三年之內，尋找仇人，給我報仇。

「仇人大概是四川人，四男一女，有兩個男的，叫晉才、晉生，還有姓竇的。壯士你可將今晚情形，詳細告訴他們。賊人的年貌口音，你學說給他們聽。……第二件，我死後勿要驚動官府——你最好跟店家說，不要驚動官面，免得驗屍裸體。你務必設法，將我的屍體隱藏起來，埋藏在隱密的地方。我怕賊人……我怕賊人還要殘害我的屍體，你明白麼？」

楊華眉峰一皺道：「這惡賊！……我明白了，道長放心，我一定照辦。」

這一些話，一塵說得力竭聲嘶。喘息一陣，雙眼呆定地看住楊華，叫道：「壯士……我死後煩你之事，你真能照辦麼？你要實說，你不要騙我垂死之人。」楊華不由悲涼心酸，歎道：「道長，你老萬一不幸，弟子一定跑到青苔關去一趟。如果言而無信，教我不得好死。」

一塵道人道：「慚愧，壯士不要起誓，我信你就是了。壯士，我垂死之人，空有感激之心，無以為報。」忽然眼光一瞥，將寒光劍抓了一抓，眉峰一皺，面現毅然之色道：「壯士，這把寒光劍，乃是我家傳，也是師門相傳的無價之寶！先父遺言：只傳給掌門弟子。我如今感你盛情，我算收你為徒，要把這劍相傳給你。你須把送信、報仇、掩藏屍體，全辦到。」

楊華道：「老師放心，弟子一定盡心去辦。不過這樣重寶，弟子受之有愧。」口說著連忙跪下去，叩頭認師，叫了一聲：「師父。」

一塵皺眉擺手道：「咳，我已是死人了，不要耽擱時候，你現在快把包袱遞給我。……還有一件很要緊的事，你告訴白雁，教他轉告大弟子，務必將廣州那件事辦了。他若不辦，就不是我的徒弟。我那第四個孽徒，也要他們追究，不許徇情。」

楊華連聲唯唯，將包袱遞過來，打開了。一塵手指錦囊道：「解開。」楊華依言解開，內有兩本黃皮書，和小小兩本墨筆抄寫的書。一本厚有一寸多，一本厚有半寸，長只有巴掌大，都是綢面絲訂，彷彿很珍重。另外還有幾封信札，一個紙本子。

一塵叫楊華端過燈來，指著信札道：「把這個燒了。」

楊華應命，把信件燒毀。一塵自己要過那兩個抄本，握在手掌內，看了看，歎了口氣，忽然親手將一本薄些的送到燈火上。枯紙遇火，烘地燒著，一塵一鬆手，卻落在床頭，仍然呼呼地燃燒。楊華忙抓下來，丟在地上，用腳踩滅，道：「老師，燒它做什麼？」一塵搖頭不語。

一塵喘息了一會，將倦眼睜開，叫楊華快取筆硯來，並強自掙扎著，教楊華幫忙，要親寫遺囑。倉促間沒有紙，便將包袱內那兩本黃皮的大本書，取了一本，就在書的底頁上書寫。一塵右手臂已抬不動，就用左手抖抖地寫。寫的是：

我行經鄂北，為賊毒……

一塵神智漸又昏惘，那支筆只是晃，卻想不出蒺藜二字怎麼寫法。只見他字跡傾斜，僅辨形體，他往下寫道：

我行經鄂北，為賊毒吉利所害。限爾等三年內復仇。……

一塵忽問道：「壯士，你叫什麼名字？低聲說，附耳告訴我。」

楊華道：「弟子叫楊華，河南永城人。」

一塵茫茫地說道：「你叫什麼？我聽不見。」

楊華只得大聲說：「弟子名叫楊華。」

一塵拈著筆，竟畫了些黑圈，咳了一聲道：「你叫楊什麼？你叫楊化？你扶著我的手寫。」楊華忙把著一塵的手，又寫道：

譜傳三弟子，劍贈楊華。……

實在不能寫了，口中念誦，叫楊華捉腕代筆，寫道：

楊華乃救我之人，爾輩當以師弟待之；同學劍術，誓報此仇。仇人為四川口音，名晉生、晉才，俱係青年，自稱與我有十多年舊怨。我之心事，爾輩皆知，當勉完吾志，匆匆勿忘。此囑：秋野、鴻圖、秋原等，一粟諸師弟均此。一塵絕筆，年月日。

一塵好容易將遺囑寫完，似乎心事已了，雙目漸瞑。突又一驚地睜開眼睛，叫楊華捉腕，換紙另寫。一塵一字一歇地念道：

我雲南一塵道人，在客店為賊人毒器所傷。承同店客人楊君，念在武林一脈，力加施救，毒重無效。又念我為出家人，慨允出資，將我屍體焚化掩埋。我情願將遺物贈楊，與店家無干。臨危書此為憑。……

一塵叫楊華扶著自己的手，親自署了「一塵道人具」五個字，連同遺囑一併交給楊華收執。這才擲筆一歎，閉上雙眼，意要躺下待絕。楊華忙叫道：「老師，這遺囑送到什麼地方？」

一塵睜了睜眼道：「青苔關，三清觀。」隨又將手邊抄本，和那把寒光劍，指了一指道：「這把劍給你。這本劍譜，你務必交給他們。他們三個人都是用劍。你跟大師兄學，他遠在雲南，不久必來。跟二師兄學更好，他也是俗家人。你跟他們三人，共同看譜。那兩本書，黃皮的，是我手抄的《黃庭經》和《易筋經》，就專先傳給大弟子，做個遺念。」

一塵又道：「你，這把寒光劍非同小可，削鐵如泥，你要好好用它。不要教人奪了去，不要教行家打眼，好好地保藏著。你現在算是我末一個弟子了，休要忘了我的話。……你從前的師父是誰？」

楊華道：「弟子從前的業師，是商丘懶和尚毛金鐘。弟子現在是鐵蓮子柳老英雄門下。……」

那一塵道人目注楊華，盯了一晌，道：「你是誰的徒弟？你是鐵蓮子柳兆鴻的徒弟麼？」

楊華道：「正是！」

一塵忽然呻吟道：「噫！你是柳兆鴻的徒弟？寒光劍給你，呵呵，這這這可真是天意了！」面色一變，咽喉一響，將嘴一張，痰和血都湧上來。嗚呼：

崆鶴銜箭，徒興鎩羽之悲；

白龍魚服，竟死細人之手！

「咕登」的一聲，屍體倒在床上，渾身筋肉一陣抽搐。楊華急上前扶救，但見一塵兩腿蹬了蹬，呼吸頓絕。雙睛突出，從眼耳口鼻沁沁地溢出血來。其時，曉風習習，太白焰焰，群雞一聲聲亂啼，已是五更將破曉的時候了！

第十七章　遠道投書

一塵已死，玉旛杆楊華止不住流下淚來。想自己負氣逃婚，投師被辱。客途上搭救一塵道人於受傷垂危之時，原想救人救徹，積得一樁義舉。何期一夜辛苦，落個白忙！這麼一個雲南大俠，身懷絕技，手握利器，竟遭三五個無名宵小暗算，教小小一顆毒蒺藜，害得再三藥救，百般掙扎，終不免撒手歸陰。雖說怨毒所中，這是江湖上一樁仇殺事件，究竟太殘酷，太悲慘了。

楊華又想到自己這幾月，所遭所遇，盡是拂逆之事。當此慘象，不由得越發悲從中來，深覺浮生若夢，為歡幾何。生前轟轟烈烈，死時慘淡悲涼，這真是禍福不測，人事無常了！

忽然，耳畔聽門扇吱地一響，楊華驀地一驚，伸手抄起那把寒光劍來。他閃目一看，卻是夥計劉二，乍著膽子，推門進來了。

這夥計劉二好像在門外窺伺已久，一進來便說：「楊爺，道爺是過去了，你老心也盡到了，總算對得起朋友了。你老別盡是難過，我們掌櫃的請你過去談談呢。人命關天，這可不是小事啊！」

楊華拭去眼淚，道：「你先頭裡去，我這就到。」

店夥疑疑慮慮地推門出去，楊華遂將自己的一條手巾，蒙在死者的臉上，默默禱告了幾句，便取過劍鞘來，把寒光劍插入鞘內，佩在自己腰間。

一塵道人另外的遺物，最要緊的是那三個手抄本，楊華都包起來，收在自己身邊。他正要對著一塵遺體，整衣下拜；那店夥劉二探頭道：「楊爺快請吧！這位道爺過去了，還遺留下不少東西呢，這得在地面上有個交代。」

楊華怒道：「不用你管。」

楊華行了禮，立刻回到五號房，將長袍穿上，然後走到前邊櫃房內。那個胖掌櫃正和管賬先生低一聲、高一聲，講究著呢。

楊華進來，兩人頓時住口，全站起身，讓楊華坐下。

胖掌櫃沉著臉，向楊華說道：「楊爺，剛才聽說那位道爺是死了。難為楊爺為朋友盡心盡意，又是抓藥，又是服侍。交朋友交到楊爺，真算落著了。不過道爺死得太暴，那死時的情形也很不好。我這裡正跟我們先生商量著，咱們該報官了。人命關天，我這小買賣實在吃不起。好在道爺生前、死後，都是楊爺你一手料理的。我們開店的連看也沒看見，我們也不知道是怎麼回事；這事情全在楊爺你老身上了。我們剛才想了，打算還得勞動楊爺，跟我們一同走一趟。省得往返費事，白教官面上挑眼，並且也顯得你老辦事有始有終。楊爺，你看對不對？」

玉旛杆楊華雖然是個紈絝公子，但他已是二十八歲的人了，當下已經聽出店主的意思，暗罵了一聲：「該死的奴才！」將面色一沉道：「這位道爺活潑刺刺的一條性命，竟在你們店裡教賊人給害了。來的賊人又不止一個，鬧了又不止一次，究竟這夥賊是怎麼來的，我不過是個過路客人，哪裡摸得清？趁早報官，棉花裡包不住火。賊人二次來擾，我雖然沒趕上，反正鬧得不輕，住店的客人都是見證。官面查一查，到底這裡面有沒有別情，賊人是不是在你們店裡有底線？根究一下，也省得死鬼地下含冤。

「我呢，不錯，給病人抓過藥，由你們夥計幫著，也服侍過這位道爺。可是我跟這位道爺，一個住五號，一個住六號，恰好是隔壁，有動靜先聽見了，趕上了，不能袖手見死不救。好在店簿上寫得明明白白，我是今天才到；這位道爺聽說在你們店裡住了好幾天了。」

店主忙插言道：「沒有，沒有，剛才我查過了，才來了三天。」

楊華道：「不管幾天，反正我和他，是一個南來，一個北往，誰也不認識誰。見了官，我自有我的話，我犯不上替別人擔這麼大風險。本來住店鬧賊，在你們這裡也許是常有的事。客人教賊弄死在店中，也不能說從來沒有。官面來了，一定要查明白。道爺臨死還說了好些犯疑的話，求我給他伸冤。我見了官，自然一是一，二是二，該怎麼說，就怎麼說。走吧！我陪你一同去，辦完了，我還好趕路。」

胖店主一聽楊華的口氣很硬，立刻換了一副面色道：「楊爺，你老別誤會。我想報官，決不是有別的心思。因為一個住店的客人暴死在店裡，要是隱匿不報，教官面知道了，我們反倒無私有弊了。再說鬧賊的事也是防不勝防。不怕楊爺過意，我這個小買賣從開市那天起，從來也沒鬧過賊，這還真是頭一回。

「楊爺你放心，報了官，麻煩是有點，妨礙卻沒什麼。咱們在官面上，大小有個人情，巡檢、驛丞、諸位老爺跟咱們都是朋友。我因為昨天家裡有點小事，從一清早就家去了。這還是夥計們打家裡把我找來的。道爺生前、死後，我實在是一點也不曉得。楊爺你是個熱心腸人，我們一看就知道。道爺身死，你老始終在他身邊。官面如果打聽起來，只不過煩你搭句話，作個見證。

「我想楊爺也是外場朋友，把道爺這場事辦完了，那才是全始全終，不枉你好心一場。所以我把你老請過來，就是要請教你，跟你商量商量，我們怎麼辦才好。楊爺要是另有什麼高見，也只管說出來，咱們大家斟酌著辦。至於道爺臨死說過什麼話，也請你告訴我，咱們也好揣摩揣摩。其實死人口中無招對，這一面之詞，官面上也不會拿出來做準的。」說罷一笑。

楊華也微微一笑道：「官面上信不信，那就用不著我們多慮。我只知道，有什麼說什麼就完了。掌櫃的，我不是說推乾淨的話，我跟已死的道爺素不相識，你可以問夥計就知道。道爺這場事，一開頭我也說不清。只不過今天夜裡，我睡得著著的，忽然聽見六號房裡鬧賊，動靜很大，我又住在隔壁，把我驚醒了。出去一看，只看見這位道爺站在牆頭上喊，有幾個賊從你們跨院竄出來，竄上了房。不知怎麼一來，這道爺從牆頭栽倒牆外邊去了，好像教賊抓著腿，掀了一把似的。

「我一時著急，也爬上牆一看，才看見道人受傷。問起來，說教賊打了一暗器，中了毒了。如今道人因傷致死，總算是在店裡出的事。都是出門在外的人，兔死狐悲，物傷其類，報官追究一下，倒是正理。道爺的身後，該著怎麼辦，憑官判斷。我一個出門做客的人，不願意多管這些閒事。官面上問到我身上，我實話實說就是了。反正是店裡鬧賊，全店裡的人都知道。抓藥也不是我一個人去的，有你們夥計跟著呢。」

楊華說到這裡，站起來就要走。掌櫃覺得不是味，心想：「這位道爺不是病死的，一經官府，牽連甚大。這個姓楊的萬一回答的不釘對，官面上自然要扣他起來。扣起他不要緊，萬一歪在我身上，我這個小買賣可就一場官司全葬送了。我是有身家的，犯不上為他一個光棍漢饒在裡頭。」連忙站起來，陪著笑臉說道：「楊爺別走，我還有話商量。」

楊華重又坐下。掌櫃的道：「楊爺，我是個粗人，說話有不周到的地方，你老多多包涵。你看這件事，咱們怎麼設法把它辦完全了，兩免麻煩。我這個小店本鄉本土的，倒不怕累贅，只是你老出門在外的人，自然有正經事要辦，當然也怕耽誤。只要楊爺想出好辦法來，咱們一定往周全上辦。夥計倒茶來，楊爺吸菸不吸？」

楊華見掌櫃的似有畏事之意，遂立刻也和緩了面色，道：「你想我一個過路的客人，誰願找麻煩？報官我是不怕。我這個人一生就是不怕事，怕事我夜裡還不起來呢。不過我們誰也沒有這大閒工夫，跟著找不心靜。再說道爺臨危時，口角中很露話風，賊人大概跟他有仇。只是道爺住在這店裡，外面沒人知道，道爺疑心你們這店裡的人給泄了底。要不然，賊人怎會成群結夥地來尋仇呢？

「這也不怪道人多疑，本來這事就怪。他臨死時還央求我，給他喊冤報仇，又要求我給他送信。我想我究竟是個旁人，我何必多事？況且賊人是誰，我也不知道。人死無對證，官面根究起來，沒處下手，自然一定要找你們店裡，要個下落。我何苦給你們找麻煩呢？所以我一開頭，跟你一樣，也想報官。後來細一琢磨，當真報官，我固然是個見證，掌櫃你卻更跑不掉要吃罣誤官司，我犯不上累人累己。

「還有一節，我說句不瞞你的話，這位道爺不是沒有來歷的人。據他說：他就是雲南獅林觀的觀主，廟產極豐，手下有許多徒弟，一向是結交官府，很有勢派。他這是許了三年願，要在外面雲遊三年，化修廟宇。不想教人害了，所以他的屍首必得好好地葬埋，將來人家的徒弟們定來搬屍。若是把屍體暴露了，遺棄了，那時的禍害更大。若是一報官，少不得張揚出去。倘或賊人再把道爺的屍體給殘毀了，人家弟子一旦找來，掌櫃的，只怕你打點不了！」

店主微笑插言道：「人死不結怨，毀屍骨有什麼用？他的弟子不過是一群出家人，又能抗得官面不成？」

楊華冷笑道：「我這話你自然不信。江湖道上的事，掌櫃你是不大明白，你也不必細問了。告訴你一句實底，你可知道少室山少林寺麼？」

店主道：「少林寺武技出名，就在我們鄰省，誰不曉得。」

楊華道：「你知道這個，那就好明白了。出家人裡面，道家有雲南獅林觀，就如同釋家有少林寺一樣。你難道看不出這位道爺是會功夫的人麼？那夥賊一定是他的仇人。不然的話，一個出家人，又沒有金銀財寶，做賊的何必再一再二地找尋他？江湖上尋仇的事，你想必也聽說過，告訴你，後患大著呢。道人的屍體一天不埋，你就提防著吧，賊人準有個二次重來。萬一賊人把道人的屍體弄毀了，哼哼，賊人是不再來了，你可留神獅林觀裡那夥老道！」

店主是個久經世路的人。報官他真怕事，不報官他又恐有後患。看著楊華年紀輕，很想把他嚇唬一頓，將全副擔子都丟給楊華。不想楊華態度更硬，店主不覺又軟下來。

楊華起先說的那些話，店主聽了，並沒十分耽心。但一聽到這是仇殺事件，不由面目變色，越想越害怕。少林寺在地方上的聲勢，他又是曉得的，到此他真沒有主意了，不禁失聲說道：「這還了得！楊爺，我看你老也是會功夫的人，必然懂得這江湖道上的規矩。你看獅林觀的道人真會來查問我麼？」

楊華道：「我說真來找，你也不信，你只往後瞧吧。」店主越加發慌，站起來向楊華一揖到地道：「沒什麼說的，道爺一死，前後都是你老一手維持的。以後該當怎麼辦，才面面周到，請你老務必想個法子。總要教賊人不再來找尋，官面上也不致來挑眼，道爺的徒弟們不致於找到我——不致於找到咱們身上，那才好。」說著，把頭上的汗抹了一把。

玉旛杆楊華故意皺眉想了一回，半晌才說：「依我想，倒有一個好辦法。把道爺的屍首現在先給掩埋了，怎麼簡便怎麼辦，頂好先不知會官面。」

胖掌櫃忙說：「這法子使得麼？那豈不是私埋人命？」

楊華道：「你聽我說呀，那道爺臨咽氣的時候，也恐怕賊人至死不饒，曾央我去到雲南獅林觀，給他徒弟送信，來搬運靈柩，把地名也告訴我了。這一來，不久屍體便有交代，不止把掌櫃你的干係擗開了，就是官面知道，苦主到場起靈，又有死者遺言，我們還怕什麼？」

這位店主雙眉緊皺，眼珠轉了轉，答道：「這個法子倒也不錯，這私埋人命的事，不過只掩埋一時。只有一節，道爺的徒弟來了之後，萬一……」

楊華笑道：「你先別說萬一的話，我的話還沒講完呢。掌櫃的再替我想想，我不過是個過路客人，我還有我的事。往雲南去，你知道多遠？我這趟出門，是往廣西去，雖然說是順腳，到底我得多走出好幾百里路。我是受了誰的買托？一不沾親，二不帶故，老遠地跑這一趟，我圖的又是什麼？」

店主忙道：「話固然這樣說，誰教楊爺是個熱心腸人呢！你老又是會武藝的人，你和道爺是武林一脈；你老跑到雲南送信，這位道爺的法嗣，難道還不報答你老么？」

楊華道：「謝犒倒一準有，掌櫃你何不去一趟呢？……我還有另外一個辦法。那道人臨終也曾想到埋屍不易，起靈艱難，曾對我說，莫如將他的屍體，用火焚化了，裝到骨殖瓶裡，懇求我送到雲南，一來免移柩奔波，二來又防賊人尋屍殘害……」

楊華話未說完，那胖店主凜然變色道：「焚屍可使不得，這又加上毀屍滅跡的罪名了。這可不是鬧著玩的！萬一走漏了風聲，教官面查出來，或者道爺的徒弟們起了疑心，那我們擎著吃人命官司吧！……倒是楊爺剛才說的頭一個辦法，暫且瞞著官面，先把道爺的屍體秘密地成殮了，趕緊給他的徒弟送信，比較穩當得多。有屍首在，萬一出了閃錯，還可以少擔些沉重。……不錯，這法子很好。到底楊爺是有見識的人，我很願意照辦。楊爺是外場的朋友，一切事我都得跟你老討教。我還沒領教楊爺台甫，貴處是哪裡？」

楊華道：「我麼，我姓楊，名叫硯青，是河南商丘人。」

掌櫃的帶著很驚異的口吻說道：「你老可是住在商丘南關麼？」

楊華道：「不是，我是住在城西楊家堡。我們住在那裡有二百多年了。」

掌櫃立刻很失望地說道：「這就不對了。我有個換帖的弟兄，也是河南人。他對我說過，我若到商丘去，可投奔南關外楊宅。這位楊大爺據說是商丘縣的財主，很容易找，不知可跟你老是同族麼？」

楊華暗罵：「好一個奸詐的東西！幸虧我在商丘住過八年。」便搖頭答道：「不是同族，商丘縣南關，沒有這一家姓楊的財主，你別是記錯了吧？」

店主故作尋思道：「也許……哦，大概是東關。」

楊華失笑道：「東關也沒有姓楊的，只有城裡拐棒巷，有我們一家同姓，可是同姓不同宗，也只是小康之家，夠不上大財主。」

那店主道：「我太沒有記性，記不得了。楊爺哪裡恭喜？出這麼遠門，是往廣西就事哩，還是探親？」

楊華答道：「我麼，也可以說是探親，也可以說是就事。新近我們舍親劉兆鴻劉大老爺，調任廣西副將，寫信來叫我去給他幫忙，我才路過此地。不瞞你說，我在下年紀雖輕，也有個小小功名。我是個蔭生，咱們閒時再談。現在商量正事要緊，我乏得很，還想躺一躺呢。」

胖掌櫃肅然起敬道：「原來是楊老爺，失敬了！楊老爺說得很是，你老那個辦法很好。不過你老還得想想，這裡可擔著偌大的罪名呢。頭一件隱匿命案，二件是私埋移屍。這裡要是有一位苦主親丁出來應名，倒也說得下去。好在這個小鎮甸沒有官人，不過這種事總瞞不嚴。若是把這位道爺作為同道客人，病重死在店中，暫托我們寄埋，將來再起運靈柩。這便圓全了，外面一定壓得住閒言閒語的。楊老爺請想，若沒有一個人出頭，開店的硬埋死人，這怎能壓得住口風呢？」

這店主繞了很大的圈，到底還要楊華出來擔責任。楊華哈哈笑道：「掌櫃，難為你怎麼說來！你的意思，可是教我冒充孝子麼？」

掌櫃臉一紅，連忙分辯道：「這個，這不是那話，這裡面實在為難……」

楊華笑了一陣，把面孔一整，慨然說道：「掌櫃的，你真算把好手，你真行就是了。你不要作難，別看我說不管。你只要順情順理地商量，不來硬拍，我倒看在死人面上，不能推託了。你不是顧忌這個，顧忌那個麼？好，就由我出頭，算是這死去的道爺，和我是一路來的。……」

店主這才放心，大喜稱謝，卻又一躬到地道：「楊老爺真是有擔當、有義氣的英雄。我一看，就知道你老不是尋常老百姓。你老既肯擔這一肩，一事不煩二主。楊老爺，就請你老費心，隨便寫幾個字給我。等你老走了，倘若有人問起來，我也好答對人家。教他們看看，這是人家寄厝的靈柩，那就再不會出閃錯了。」

楊華一聽，哼了一聲，心想道：「好個難纏的傢伙，竟找我要起把柄來了。這我怕什麼，當真出了麻煩，看你這東西往哪裡找我？」遂冷笑道：「掌櫃，你不要不放心，我要是真跟你過不去，就不同你這麼商量了。現在展眼天亮，咱們先商量這道爺的屍首吧。應該趁早收殮起來才好，天亮就人多眼雜了。」

胖店主皺眉道：「這倒是難事，這個小鎮甸沒有棺材店。要買棺木，還得天亮到縣城去買。」

楊華道：「那可不行，要是那麼一折騰，還嚴密什麼呢。你要小心提防，有人來假託名義，拜訪道爺。那來的如果不是道人，可就一定是他的仇人！」

店主沉吟一會，向楊華道：「我有一個簡便救急的法子，不過我擔的嫌疑太大了。有人問起來，還得你老往身上攬，免得令人猜疑。我這裡有幾副做木床的木料，全是二寸多厚的木板，暫時救急，先用它釘起匣子來，把屍體裝殮了，從後門抬出去，往店後一埋。往後天涼了，屍首也許不致腐爛。容得搬屍的來了，再換棺木成殮。這麼辦，楊老爺，你看怎麼樣？」

楊華道：「就這麼辦，事不宜遲，咱們就立刻動手。」

店主忙站起來，從賬桌上拿起一支筆，又抓來幾張信紙，對楊華說：「楊老爺，你老看著怎麼寫，隨便寫幾句吧。咱們是一切彼此心照！」

楊華看了店主一眼，略一尋思，知道字據不寫，店主一定不肯動手入殮。遂笑了笑，接過筆來，寫道：

茲因路逢舊友雲南獅林觀主一塵道人，染病於湖北光化縣老河口聚興店內，不幸病重不起。一塵親留遺言，囑我代為料理身後事宜。因路遠不便立時起運靈柩，由我楊硯青出名，暫托店主代厝此處。嗣後一塵道人門徒前來移靈時，亦托由店主，照拂一切。今書此紙，以資憑證。某年月日，河南商丘縣楊家堡楊硯青拜託。

楊華一邊寫，店主一邊扶著桌子看，辭句倒也寫得切實，只是原稿上「不幸病重不起」，直接「路遠不便立時起運靈柩」，楊華卻廢了另寫，添上：「一塵親留遺書，囑我代為料理身後事宜。」店主心知楊華要減輕本身責任。店主卻要求楊華在「暫托店主」字句上加添：「由我楊硯青再三情懇，承店主垂念客子，始允暫代覓地浮厝。」並加上「如有牽涉，概由我楊硯青自認，一切與店主無涉」。

雙方爭執了一回，店主作揖打躬地懇求，到底加上「一切與店主無涉」七字才罷。店主又請楊華把一塵道人獅林觀的地址附記在紙上，然後笑吟吟地向楊華作揖道：「楊老爺你老費心，給印個指印兒，教別人看見了，省得疑心是我假造的。」

楊華大怒，道：「我犯了什麼罪了，教我按手印？」

店主再三央告道：「你老有圖章，鈐上一個也行。」

楊華便伸手要摸圖章，忽然想圖章上卻是「楊華之印」和「仲英」幾字，這又不對了。遂故意冷笑道：「掌櫃的，你真小心！來，咱就按一下。黑墨可不行，拿紅泥來，我嫌黑色喪氣。」

店主忙將印色盒打開，於是楊華按上了斗記。

斗記已按，這店主伸手便要來拿字據。楊華一手按住，將臉色一沉道：「掌櫃的，你別忙，咱們索性把話說明了。掌櫃的，你這回事一半是行好，一半是給自己摘干係。可是我姓楊的跟這道爺本不是朋友，你如今硬將全副擔子都栽在我身上。這固然是你能辦事，手段老辣。說句不客氣的話，我姓楊的把柄全落在你手裡了。我決不怕你反悔。我要怕，還不寫呢。

「掌櫃的，告訴你，你只要敢反悔不認帳，別生枝節，姓楊的要不敢撂兩條人命，甩手一走，那算我在世路上白跑了！你莫道我是個公子哥，你要把招子放亮了，認清了人。你要不信，你問一問你們夥計，救了道人之後，我是怎樣進店的？你看我手底下有這本領沒有？」說到這裡，將字據「啪」地撂在店主面前：「掌櫃的，你瞧著辦吧！」

楊華此時面色鐵青，把一腔怒火都發洩出來。

店主忙堆著笑臉道：「笑話，笑話，楊老爺怎麼說這個！我不論如何，也不敢做那下作的事，咱們辦正事要緊。」

當下楊華和店主一同來到南間十七號房，店主叫來三個夥計，幫著料理。好在一塵道人行囊之中，還遺留下數十兩銀子；楊華就拿這錢分給店夥，每人五兩，作為辛苦錢。那個廚師也搶到頭裡，問掌櫃用他幫忙不用。楊華知道他曾經驚走賊人，於是也拿出五兩銀子來，就便邀他幫忙。廚師傅很歡喜地收了，搶著過來動手。

楊華向幾個店夥說明，自己有要緊事，不能耽擱：「這死去的道長是我的朋友，我自己一人無法運走，只可暫時停厝在這裡。我自去給他的弟子送信。不久便有人來起靈，那時候還要諸位幫忙。他的門徒是闊老道，廟產很豐。屆時必重謝你們，你們諸位一定不落白忙。如今這件事以速為妙。咱們是心裡明白，諸位多受累吧。」

那店主也向夥計們，暗暗地吩咐了一番。眾店夥點頭會意，立刻動起手來。從空房內取出好些木料，全是床材。二寸板似乎薄些，倉促之間只好將就用了。楊華看著眾人，挑了四塊厚板，廚師傅找了把鋸，鋸了兩塊前後擋，用大釘子釘好了。

於是該入殮了，店夥們相率到了停屍之處。一個店夥道：「該入殮了，也得打點紙錢燒燒吧。」店主把眉峰一皺，楊華搖手道：「不用了，他是出家人。」遂由西跨院六號房內，將一塵道人的長袍取來，要給死者穿上。龐大的屍體僵挺在空板床上，三個店夥互相顧盼著，誰也不肯先動手。

楊華心急，上前將一塵道長的蒙面手巾撤下。但見好慘的屍象！面皮暗青而綻紫，床上頭下凝著一灘血；白齒磷磷地張著嘴，嘴唇都咬破了，鬍鬚上也糊著血沫；眼角大張，雙瞳瞠視屋頂；凶死之象昭然在目。店夥們吸了一口涼氣，越發袖手不敢近前。

楊華怒視店主道：「快入殮呀！」店主對楊華低聲說了幾句話。楊華從身邊又掏出十兩銀子說道：「你們誰給入殮，就拿了這十兩銀子去。」

那廚師傅從人背後擠了過來說道：「我，我不怕，這是行好的事。」這一有人引頭，眾夥計不覺地都搶著動起手來，將死者口鼻間的血跡擦淨，穿上長道袍。兩人搭著屍體，抬入到這板櫃似的薄棺之內，然後加上板蓋，用鐵釘釘牢。這威鎮南荒的大俠，就如此地了結了一生！

店院中叮噹鑿打，腳步踐踏，雖然力求悄靜，聲音也很龐雜。所幸客人們奔波勞累，在鬧賊之後，都已重入睡鄉。這一樁裝殮抬埋的事，只有店家和楊華知道，別人事不干己，就是聽見動靜，也不願多口。

這時候，店主忽借著一事，故意落後。玉旛杆楊華面寒似鐵，厲聲叫道：「掌櫃的，往哪裡抬？你該引路啊！」胖店主無可奈何，忙又搶到前頭，招呼店夥，拴繩穿杠，持鍬帶鋤，悄悄開了店後門。後門牆外不遠處，就是野地。店主一指前面一片竹塘，眾人抬著薄棺，來到竹塘邊。此地土質濕軟，遂擇一塊暗僻之處，在一地勢較為高燥的地方，大家動手刨坑，不一刻，掘好一個淺坑，把這具薄棺掩埋了。

楊華目對著這六尺薄棺，一抔黃土，不禁慘然落淚。他吩咐店夥，趕快將黃土平散開了，不要留起墳頭，省得露出形跡。然後審視附近的形勢，要留個暗號。恰巧近處有幾棵高槐，幾塊巨石。楊華命店夥將巨石抬過來，壓在墳頭之上以免顯形，且便尋找。為恐早行人瞥見，楊華不敢留戀，草草辦完，立刻隨著店中人，一齊回店。這時候天空已泛魚肚白色，東方雲層已然微透紅霞，太陽快出來了。

這一副重擔子，幸得卸了。楊華頓覺精神十分頹懈起來，說不出的難過。那店主還要絮叨一塵道人的事，兼商量一塵道長遺物的處理辦法。楊華皺眉說道：「掌櫃的，我累極了，咱們等會再談，我還得睡一覺。」

楊華將十七號房中的包袱，提在手中，吩咐店主，先將西跨院六號房門鎖上，餘事回頭再談。楊華便站起來，一直來到五號房內，將寒光劍摘下，壓在枕頭下面，回身掩上了屋門，將門扣住，於是倒頭便睡。

直睡到過午時候，楊華方才醒來，卻喜沒有另生枝節。楊華打點行囊，預備要走。所有一塵道人的遺物，也都包紮起來。那店主卻已來找過了兩趟，力勸楊華再住一兩天。楊華說：「為什麼？」

店主找出一條又一條的理由來，嘮叨了半晌。其實他要看看私埋人命以後的風色。楊華堅不肯留。麻煩良久，才允再留一天，第二天吃過午飯，一定動身。

這一夜，楊華加倍小心。店主也留了神，密囑店夥，如有打聽一塵道人的，就說天亮就走了。防備了一通夜，卻喜賊人並沒有再來相擾。

轉瞬天明，楊華吃過午飯，算還店賬。那胖店主又走了過來，口頭上千恩萬謝，那意思還是看楊華的面色，盼望他多耽擱一會兒。但是楊華字據已開，死者埋葬已竣，店主又欲留無辭，更恐怕把楊華招翻了，於是虛聲虛氣地說一陣，笑一陣，自以為話頭很動聽，卻不知楊華早已惱得胸中火一冒三丈。

楊華將隨身行囊打好，雇了一頭牲口，這便登程。他看見店主屈死鬼似的，在身邊纏繞，面目可憎，語言無味，忽然笑了一聲，將那扯下來的書頁，從身邊取出，向店主眼前一晃，說道：「掌櫃的，你不用心裡打鼓，我知道你犯嘀咕，我給你看點玩藝吧。」

楊華遂把店主拉到自己屋裡，將一塵道人臨終時寫的那張遺囑，從頭到尾，念誦出來：「我一塵道人在客店為賊人毒器所傷，承同店客人楊君力加施救，毒重無效，慨允出資，將我屍體焚化掩埋。我情願將遺物贈楊，與店家無干，一塵絕筆。」

楊華念罷，目視店主一笑，將這書頁折疊起來。那胖店主睜大眼睛聽著，字字分明，尤其是這末尾「與店主無干，一塵絕筆」九字，真是一字千金，比聖旨還值錢。店主眼中冒火，一伸手便要接著。楊華早左手一攔，右手順勢往身上一塞，哈哈大笑道：「我的好掌櫃，你找我要把柄，我就不會找人要把柄麼？」說罷出屋，便要上驢。

店主滿面通紅地說：「楊老爺，楊老爺，你留那個有什麼用？……勞你駕……交給我……借給我抄一抄，日後也好，也好……」

楊華大笑著，雙拳一抱道：「掌櫃的，咱們下輩子再見！」立即驅驢出店。出了大門，楊華這才轉向那目瞪口呆的店主說道：「告訴你，我一準給人家徒弟送信去，不久便有人來。你只管放心，楊大爺說一是一，說二是二！」大笑著走了。

楊華離開了老河口聚興客店，策驢東行，直奔豫鄂邊界青苔關。頭一天晚上，落店住宿。飯後尋思所遭遇的事情，不禁將那寒光劍拔出鞘來，在燈下展賞。果然一口利劍，但見一股瑩瑩青光，撲面生寒。劍長四尺，份量很重，劍背很厚，鋒刃卻很薄，像一張薄紙似的。用手彈了彈，堅剛無比，剛中有柔，確是一口堅鋼百煉的利劍。劍上並無題款，只劍柄上鏤著「青鏑寒光」四個古篆。楊華張目一尋，店房牆柱上釘著一支大鏽釘，他信手用劍削了一下，「噌」的一聲，釘子迎刃而飛，木柱被掃著一點，紛紛落下木片來，果然犀利無比。

玉旛杆楊華插劍歸鞘，想起一塵道人的遺書來。那本小小厚冊子還沒有顧得細看，楊華便取出來。這個袖珍綢面絲訂的小冊子，長才六寸，厚卻有一寸。玉旛杆側臥在床頭，就燈下翻覽，展開封面，扉頁上題著八個行書字，寫成兩行：

未奉師命

不准傳抄

年月日，一塵切囑

再往下看，開卷題著：

天罡劍譜，鳳陽朱鑒潛光著

楊華暗想：「久聞天罡劍法三十六路劍術超奇。江湖傳言，近代武林沒有人會的，好像失傳已久了。原來一塵道長卻有此絕技，怪不得威鎮南荒，稱一代大俠了。但不知這朱鑒潛又是何人？莫非是一塵道長的師尊麼？為何又是個俗家人？」楊華不知自己把人家的署名念錯了。這人乃是「朱鑒」字「潛光」。

這部抄本書法蒼老，前頁有序文，字是行書，以下卻是工楷，字跡很小，又很整齊，想見抄寫時頗費精神。楊華且不看序文，翻開了目錄看時：開篇「練劍築基」；第二篇「練精，練氣，練神」；第三篇「劍術統宗」，泛論各家劍術派別及其精要所在；第四篇「天罡劍精義」；第五篇「天罡二十四劍點」；第六篇「劍訣直解」；第七篇「劍神合一」。

再看第八篇，便是「天罡劍三十六路總圖」、「天罡劍三十六路分式圖解」；以三十六路化為反正一百零八手，每手變化俱都繪圖附說，解釋非常詳明。末篇「劍客門規」，說明技成後各種應守的規戒。最後十數頁語句幽幻，頗費思猜，好像含著許多隱語。再後又有「跋尾」一頁。跋文前還有一二十頁白紙，只是前幾頁寫著一些字，記得是「劍術傳授淵源」，內說：「某年某月，在某地，收某人為徒，授予某種技術。」寥寥十數人，中間還有塗抹勾改之處。

楊華看了半晌，又將序跋看了，方才恍然省悟，這鳳陽朱，原來就是一塵道人的俗家姓名。從序跋上看，這天罡劍久已失傳，由一塵道人得師指授，又獨自探究各派的劍法，冶各家劍術於一爐，才寫成這本劍譜。序內再三告誡學劍抄譜者，不許妄傳他人，不經一塵允許，不准借給別人看。

楊華展玩良久，心生感喟：這樣一個大英雄，到底敵不住五六個後生小子的陰謀暗算。可見人心險惡，力不敵智了。

楊華又將一塵的遺書翻閱一回。那冊《易筋經》是墨筆抄本，有許多碎筆簽注。那本《黃庭經》卻奇怪，前數十頁還像經文，後面卻是另有記載，說的全不是道家的話，倒像是江湖上的昬典。

還有一塵道人臨歿時親手焚毀的那個小冊子，當時被楊華弄在地上踏滅，也只剩下一點殘燼。楊華一時好奇，拾了起來，此時便也拿出來翻看。這一本六寸長的袖珍小冊，只留下不到掌心那麼大一塊。前後焚毀，只剩二三十頁。他信手一翻，燒焦的部分便都碎落。

楊華暗想：「到底一塵道人臨死掙命時，為什麼定要燒毀它，這裡面莫非有文章？」他便擇那有字未毀之處，仔細尋繹。不想看了好幾處，並沒有什麼刺目之辭。那語句好像是日記。就那殘頁看來，內中頗有：「某年月，某地，為某甲誦經。某年月，某地，為某乙看陰宅。」

這正是道人本色，測究不出這一本出家人的隨筆，到底含著什麼機密。楊華自然想不到這「誦經」和「看陰宅」乃是暗語，是一塵道人圖謀大事、殺貪官誅惡豪的暗語。

再往下看，又有「為某丙誦經，某丙懺悔。……為某丁、某戊看陰宅，某戊避去，當再尋。」楊華看至此，方才覺著有點奇怪了。又看了一會，倦意漸來，遂將寒光劍、劍譜、遺書都包在行囊內，枕在頭下，熄燈入睡。因為一塵道人臨終有言，這劍既是奇寶，須防被人奪去，所以楊華不敢隨便佩帶在身邊。

現在的楊華，既感念一塵道長贈劍之惠，復垂矜英雄末路之悲，一心要到青苔關走上一趟，這倒把自己種種煩惱忘了。

次日天明，重上征途。好在青苔關是個著名的地方，不難尋找。走到第七天頭上，已經是大別山在望。楊華一打聽當地土著，知道距青苔關尚有七八十里。他當日住在店中，歇了一晚。次日又雇腳程，跋涉山徑。盡一日的工夫，趕到山麓，已然是暮靄蒼茫的時候了。仰望山勢，蔥郁雄偉，峰巒起伏，關城蜿蜒，夾在亂峰之間，非常險峻，山根下盡是編茅為屋的農戶，數十道炊煙嫋嫋地飄上天空。

楊華原想當日找到三清觀，不意山道難行。天色已晚，且還不曉得三清觀在什麼地方。想了想，還是找個店房歇宿，明早再訪廟投書為是。他遂在山腳下，找了一家比較清潔的小店住下。

晚飯後點燈，楊華向店夥打聽三清觀的方向，因為語言不同，費了多少唇舌，也沒打聽明白。楊華又找到櫃上，用筆寫出：「找青苔關三清觀觀主耿秋原」數字，面問那店家。

那店家雖也識得幾個字，卻也不曉得這三清觀。這一來，楊華倒疑慮起來。他怕一塵道人臨歿時精神恍惚，把地名觀名說錯了，也未可知，那可就沒法子尋找了。楊華輾轉不能成寐，翻來覆去。直到三更，方才入睡。

次日，楊華起得很早，出了小店。關山起伏中，景物迷濛，曉風吹來，頗有寒意。這時路上已有行人。楊華到了青苔關口附近，逢人打聽，方才曉得這「三清觀」是在關口西北六里地以外，已是河南省境了。沿著山上羊腸小徑往西北去尚不難找，當地人都叫這觀為「獅林下院」，反把真名掩沒了。

楊華迤邐行來，依著土人指引的方向，約摸走出四五里地，望見叢林掩映處，隱約現出一角紅牆，知是快到了。

楊華穿過叢林，看這廟宇左右跨院，前後共有三層，其建築很壯觀。門口有一塊藍底金字匾，正是「三清觀」三個大字。

一向廟宇都有那「敕建」二字，這裡卻沒有。楊華暗想，這還是獅林觀的下院，就有如此的格局，可見已故的一塵道長來頭實在不小。

楊華將包袱放在台階上，舉手叩門。敲打了好一會兒，朱門一啟，有一個挽著雙髻，年約十四五歲的小道童，出來應門。這小道童穿著青護領、半截藍道袍、白襪布鞋，很是樸素乾淨，彷彿一塵不染似的。這道童向楊華打量了一眼，隨著稽首道：「施主，是來拈香拜聖，還是找人？」

楊華道：「我是來拜訪耿秋原耿道長的。這裡可有一位秋原道長麼？」小道童忙道：「那是我師父。你老有什麼事情？您貴姓？」

楊華道：「我姓楊，是從湖北來的。持有一塵道長的緊要書信，要面交令師，煩你回稟一聲。」

小道童哦了一聲道：「你老還帶有我們師祖的信麼？你老在哪裡遇見我們師祖的？」

楊華道：「就在湖北老河口，事情很要緊，請你快回稟一聲！」

小道童一側身道：「楊施主，你請進來吧。」

楊華隨著小道童進了廟院。小道童回手仍把山門關了，引領楊華到客堂落座。他對楊華說道：「請你老稍候，我這就給你通報。」說罷，轉身出去。

楊華將包袱放在桌上，看這客堂陳設，倒也窗明几淨。迎面大殿上，也是朱扉靜掩，悄無人聲。那天空的野鳥，在這寂寂道院的空庭中，倏起倏落，喳喳地叫著，另有一種悠曠氣象。工夫不大，那小道童從裡面出來，向楊華施禮說道：「怠慢得很，家師請你老到裡面坐。」

楊華提起包袱，又隨著道童，走出客堂，由角門繞過了三清正殿，走到後面一座竹欄的八角門。門內花木扶疏，碧草如茵，漸見紛披，已帶出了初秋景象。當中一條甬路，直通丹房階下。迎面一排精舍，共有五間，虎皮石壘成的牆，當中一道穹門，兩旁四個蕉葉式的窗子，上面遮簾探出三尺多長，把窗外陽光恰好遮住。楊華暗讚，好一座清修之地！

已到丹房門首，小童將門曳開，請楊華先行。楊華提包裹，輕步進門，只見當門立著一個彷彿年紀很輕的道人，看面貌也就在三十歲上下：矮身量，細皮白肉，面如滿月，牙齒雪白，口唇上微留短鬚。兩眼很有精神，頭上挽起髮髻，橫貫玉簪。穿藍道袍，青緞護領，腰繫黃絛。神情藹然，很是恬靜。

這道人面含微笑，向楊華略一打量，舉手訊禮說道：「施主，尊姓可是姓楊？」

楊華放下包袱，向前還禮道：「在下楊華，仙長可是俗家姓耿麼？」

道人謙然回答道：「貧道正是耿秋原，施主請坐。」

楊華說道：「久仰！久仰！仙長可是一塵道長的第三位高足麼？」

耿秋原答道：「不敢當，正是貧道。剛才聽小徒說，壯士曾與家師相遇，帶有諭帖前來。不知壯士何時得與家師相遇，那諭帖也煩賜示。」

楊華喟歎一聲說道：「老道長的遺書，就在包袱之內！」

秋原急問：「什麼？」

楊華說道：「一塵道長，不幸遭逢意外，已經仙逝了。」

耿秋原渾身肌肉陡然一戰，頓時目瞪口呆，向前走進一步，面對楊華道：「壯士，你說什麼？這話你是從哪裡聽來的？」

楊華道：「是我親眼見的，他老人家在湖北老河口，死在仇家的手中了。」倏地兩行熱淚，從耿秋原臉上流下，只見他倒噎了一口氣，面色突然變青，身子搖搖欲倒，又突然挺住，厲聲問道：「他死在誰手裡？在什麼地方，哪一天？」

楊華也不勝淒然，忙說道：「老道長就在我手裡斷的氣，是七天前，在老河口地方，死的情形很慘。……」

耿秋原猛一把抓住楊華的手腕，張目疾視道：「在你手裡斷的氣？」

楊華忙說：「一塵道長受了仇人的暗算，中了毒蒺藜，是我伺候他老人家至死。」

耿秋原一陣酸軟，鬆了抓楊華的手，倒退到桌旁椅子上坐下，定醒一會兒，忽然又跳了起來，瞪定楊華，厲聲問道：「仇人是誰？你說！」

楊華看見耿秋原急躁的情形，想不到一個溫文爾雅的青年道人卻變得這麼個凶相。楊華心中不快，隨口回答道：「仇人是幾個無名的小賊，有你師父親筆寫的遺囑，你自己看去。」

耿秋原站起來問道：「遺囑在哪裡？」

楊華道：「在這裡呢。」遂伸手打開包袱。秋原道人很是心焦，在旁很著急地等著。楊華將行囊全部打開，寒光劍、劍譜、遺囑等一塵道長的遺物，全在裡面。他解開結，將那黃袱錦囊包著的劍譜和兩部手抄本，拿了起來。

耿秋原兩眼看著，一看錦囊、劍譜，淚落如雨。他雙手接過來，略一展視，立刻放在神座上，將身跪倒，不禁放聲痛哭起來。

半晌，耿秋原方才哽咽說道：「壯士，我乍聞先師仙逝，寸心如搗，方寸已亂，請恕我失禮！……可憐二十餘年追隨履杖，如今永別了！」說著又痛哭起來，良久，才收住眼淚。耿秋原道：「先師的諭帖在哪裡？究竟是怎麼教人害的？壯士務必費心告訴我。」

楊華說道：「令師的遺囑就寫在那兩本書底頁上呢。」楊華將那部《黃庭經》的抄本，由神座上取下，翻轉過來，指給秋原看。

秋原忙側身接過，跪在蒲團上閱讀。只見遺囑裡，劈頭一句便是：「我行經鄂北，為賊毒蒺藜所害，限爾輩三年內復仇。……」秋原一字一字往下讀，淚眼模糊，越急越看不清。他忙用手抹去眼淚，手抖抖地捧讀良久，看完，又痛哭起來。

耿秋原忽然把遺囑一放，突然立起，雙眸瞠視，咬牙切齒道：「我不給先師報仇，誓不為人！」「啪」地將手掌一劈，那花梨木八仙桌，竟被劈下一角。楊華不覺駭然。

只見那秋原道人，矮矮的身量，細闊的面龐，此時，目突臉赤，神情非常暴厲怕人。耿秋原一步搶到楊華面前……忽然醒悟過來，見楊華還是插著手站在那裡，並沒有就坐。秋原忙強堆下笑臉來，向楊華稽首道：「驟聞厄耗，貧道心膽俱裂，太簡慢了！壯士請坐。」他又向小道童道：「泡茶來。」遜坐之後，秋原道人將遺囑捧在手中，從頭到尾，再細看了一遍，禁不住又順臉流下淚來。

耿秋原站起身，向楊華噓唏道：「可歎先師一世英雄，縱橫江湖四十年，一身絕技，滿腔熱腸。何期竟遭宵小暗算！可憐他老人家，桃李盈門，一手栽培了許多弟子，臨命時沒有一個人在眼前侍視……多承壯士陌路援手，代為成殮。我耿秋原無以為報，我大師兄又不在這裡，我謹代我同門諸人，叩謝大德吧！」說罷，失聲痛哭，俯身磕下頭去。

玉旛杆楊華連忙搶先跪下說道：「道長……師兄快不要如此。我玉旛杆楊華，末學新進，陌路上偶遇老觀主，承他不棄，已經慨允收錄門牆，列名第八個弟子。他老人家教我一面傳送遺書，一面還要教我轉求師兄們，傳授劍術。老觀主的遺囑上，說得很明白，我就是你老的師弟了。就是危難中曾經救護過老觀主，打走了群賊，給他老人抓過藥，成過殮。但既已一日為師，這也是做弟子的應盡之責，你我都是一樣。按規矩，我楊華還該叩見師兄才是。師兄請上，小弟叩頭。」

秋原揮淚說道：「先師遺命，自當敬謹遵行。不過是，不過是此事體大，我們還有大師兄在。……至於先師危難中，既承壯士救護，又蒙遠道傳書，秋原敢不叩謝大德？」耿秋原一定要行禮。兩個人推辭了一回，兩人對磕了頭，方才起來。秋原遂命小道童二次獻茶。

秋原神智稍定，方才向楊華打聽一塵道人臨歿的經過，道：「壯士，你與先師怎樣相遇，先師怎樣被惡賊戕害？以及壯士仗義救護的情形，請你費心詳細見告。」

楊華遂將路遇一塵道長，被女賊巧設採花計，一塵道人誤中毒蒺藜，倉促負傷的話，從頭說了一遍。

楊華忽然想起來，便從行囊中，將那兩顆層層包裹著的毒蒺藜，找了出來，交給秋原道：「老觀主就是死在這個上頭的。這一顆毒蒺藜，是打在肩胛上了。若不是賊人成群的纏戰，以致藥救失時，老道長還不致於殞命哩。」他復將自己兩番相救的話仔細說了。

秋原是認得毒蒺藜的，輕輕將包打開，咬牙看定，忽然長歎道：「這真是劫難了！先師這次北遊，秋原事先並不知道。只是二師兄上月匆匆路過此地，才曉得我那無恥的四師弟犯了門規。先師一怒，親去根究。……若不然，先師何致喪命鄂北？四師弟，你對得過恩師麼？……這麼小小一顆毒蒺藜，可憐先師數十年苦修！」耿秋原說著又恨恨不已，涕淚橫流。

楊華跟著將一塵臨終寫遺囑的情形一一說了。秋原叩問那仇人的姓名，遺囑上只有人名，並沒有姓。楊華又將賊人四男一女的年貌口音，學說了一回。秋原道人皺眉苦思，想不出仇人是誰。他只曉得這毒蒺藜是四川唐大嫂的獨門秘傳，而賊人又是四川口音，揣想仇人必是四川綠林道上的人物了。

呆了半晌才又說道：「這件事可惜我也說不出，這只好問我二師兄和大師兄了。我二師兄是俗家，卻是侍從先師最久，他或者能夠知道。不管怎樣，先師慘亡，我們同門眾友，一定糾合起來。焚香設誓，三年內定將仇人尋出，以慰先師在天之靈。」

當下，秋原道人又吩咐小道童，快傳集全廟道眾，預備香案法服，將大殿開了。然後，秋原將那寫遺囑的《黃庭經》和《易筋經》，以及劍譜、錦囊等件，都取了下來。他命一個小童，從前面取來一個長盤，上鋪黃綾氈墊。再恭恭敬敬，把一塵道長遺物捧放在托盤中。

耿秋原忽然看見一塵道長的那把寒光劍也在楊華行囊中，行囊是已經解開了，正散放在桌上。秋原向楊華說道：「壯士，我們同門幾人，都是專傳先師武功劍術的。本觀道眾一共四十七人，也少半是先師的道侶、法嗣，多半是先師的再傳弟子，由雲南獅林觀來的。不幸先師慘亡，我們必須傳集他們來，當眾宣佈噩耗，開誦遺囑，還要在正殿上，叩拜先師誦經招魂。至於先師這些遺物，也要供奉起來，好教這些法嗣們頂禮。」遂請楊華稍候，吩咐另一小童，給楊華換茶備餐。

秋原道人說罷，便將寒光劍，從桌上取來，拔出看了看，也放在托盤中。他回顧楊華說道：「壯士，先師遺物都在這裡麼？我記得先師還有一本《道行日錄》，是一向隨身帶著，不肯暫離的。壯士可曾看見？」

楊華說道：「這倒沒有看見。……哦，我記得老觀主臨歿時，曾經親手焚毀了幾封書信和一個小紙本子，那本子就和這本劍譜相仿。……」

耿秋原驚叫一聲：「呀！燒了麼？」

楊華說道：「燒了，不過還沒燒完，還有一點殘燼，我也拾起來了。現在也在這包裹裡面。」

楊華遂將那個燒殘的本子，也從行囊中找了出來，雖用一塊手巾包著，卻是一路顛頓，早已揉搓得枯紙零落，所剩無幾了。

秋原雙手接過來，一看道：「正是這個。」也忙放在托盤中。又問楊華：「先師還有別的遺物沒有？」

楊華道：「還有些衣服和一個包袱，幾十兩銀子。衣服我已經裝殮在棺木中了，銀子俱已花完。要緊的東西，我全帶來了，這黃包袱裡面全是。這裡還有一隻小藥箱，此外沒什麼了。老道長的遺物並不多。」遂又將藥箱、包袱取出，都給放在托盤裡面。

秋原點頭稱謝，忽又想起一事，手指那本《易筋經》後面寫的字句，向楊華問道：「這上面所說，先師的法身是請壯士焚化，不知壯士可真焚化了麼？骨瓶可曾帶來？」

楊華搖頭說道：「沒有焚化。老觀主臨終前，曾再三切囑我務必將屍體焚化，以免被賊人尋著殘毀；只是店家堅持不允，恐有毀屍滅跡之嫌。就是掩埋他老人家，那店主也曾再三累贅我，逼我親筆具結，認作我與死者是故舊，方才應允掩埋。店家是一定要報官驗屍的。老觀主也曾顧慮到這一層，才於臨咽氣時，另給我寫了這一張要緊憑據。」

秋原聽了，一陣難堪，眉峰一皺說道：「既沒焚化，到底報驗了沒有？」楊華道：「還好，沒有報驗。」遂將自己與店家極力交涉，威誘兼施，方得私埋的話說了。接著又說道：「老道長的遺體，是趁天剛亮還無人時，悄悄掩埋在老河口聚興店後面曠野竹林中。我在那地方已經做好了暗記。老觀主遺命，還教師兄們移靈呢！」秋原聽了，越發感激稱謝。他取過紙筆來，請楊華把一塵道長埋骨之地，詳細寫明，還請他畫一個草圖，指示著葬地的方向。楊華依言寫了，秋原道人又問了幾句，將這草圖好好地收起來。

於是耿秋原讓楊華坐在丹房中，教一個道童陪侍著，催著預備晨齋。秋原向楊華道歉告辭：「請壯士稍候，我這就來。」

所有一塵道長的遺物，書卷、遺囑、劍囊、藥箱、寒光劍等物件，都一樣一樣擺在托盤中。命一個小童雙手高舉，頂在頭上。秋原親自開門，讓小童先行，徑奔前邊大殿去了。

楊華一人留在丹房裡，聽廟中飛鳥驚噪，雲板連響。漸聞人們腳步聲音往來橐橐，乍聆旋寂，猜想全廟道眾，都已聚集在大殿上了。約摸過了半個時辰，忽聞哭聲隱顯，忽然法器大響，靜寂的道觀，泛起一片唪經之音。又半晌，聲音轉寂，已將近晌午時分了。

又過了一會，秋原道人兩眼紅紅的，同著三個年長些的道人進來，齊向楊華稽首道謝，隨後重問前情。幾個人翻來複去，問了又問，打聽得非常仔細。內中一個赤紅臉、生著長髯的道人，更再三探詰一塵道人書寫遺囑的前後情形，和仇人的年貌、口音、兵刃。詢問了好久，那三個道人站起來告辭，對秋原說道：「餘事請觀主酌量辦吧。」便相率出去了。

第十八章　遺囑疑恨

秋原道人到主位上坐下，沉默良久，先問楊華：「飯吃好了沒有？」

楊華道：「已領飽德，師兄不要客氣。……老觀主臨危遺命，贈劍傳書，教小弟投拜三位師兄，同學劍術。大師兄遠在雲南，我已聽老師預先告訴過了，二師兄也遊蹤不定，現在只有三師兄在此。三師兄在上，容小弟叩見。說一句不客氣的話，這大禮一日不行，小弟就一日不得安心，總算是身在師門之外。」

玉旛杆楊華雖是少年公子，究竟不是一點世路不通的人。他以為遠道送信前來，按常情說，秋原應該先認了師弟。不想秋原始終以客禮相待，這就有點玄虛。而且寒光劍本是利器奇珍，秋原道人原說借去供奉，以便闔廟道眾，共同瞻拜一塵道長遺物。可是現在禮也完了，經也念了，劍和譜全沒有拿來，楊華開始有點嘀咕了。當下以拜見師兄為辭，楊華站起來，又要行禮。他心中暗想，秋原若還是推託不肯，那就有些可慮了。

不想楊華剛要下拜，秋原道人依然攔住，對楊華說道：「壯士，且慢。先師雖有遺言，又承壯士遠道仗義送信，愚兄弟實在感激盛情。若得吾兄同門習藝，正是貧道求之不得的事。……不過這還有一節，先師慘亡，所有繼掌獅林觀、傳宗傳法的大事，這都得由大師兄主持。師門規戒森嚴，貧道實難代主一切。

「吾兄英才好義，但凡武林，皆所欽愛。所有入門學劍的事，統請稍候大師兄趕到，再行商計。說句不客氣的話，敝同門之間，現在已沒有心情忙這些不急之務。第一步要趕緊召集同道，大會同門，先定法統，推舉宗主。我剛才已派人飛騎馳報雲南本觀。大師兄一得先師噩耗，自必星夜馳來。第二步，自然是要報仇，要移靈。一切餘事只好從緩。」

楊華聽了不悅，思索半晌道：「只是，這雲南距此並非近道，大師兄豈是十天半月就能趕到，小弟我可怎樣辦呢？」

耿秋原欠身抱歉說道：「是的，我想壯士此次路遇先師，一定別有貴幹，這一來也把吾兄的要事耽擱了。……吾兄高誼隆情，貧道萬分感念。別的事我不敢做主，這一件事，貧道還可以擅做主張，我這裡已然預備了。」一回頭，對小童說：

「端來。」

只見小童端來一個托盤，上面也是鋪著黃綾氈墊，有小小一個紅盒，端到秋原面前。秋原雙手捧著，站起來恭恭敬敬，放在楊華面前，說道：「我想楊兄身在客邊，攜帶銀兩，過於笨重。這是五十兩金子，區區不腆，聊表敝同門一點感忱。」說罷，深深稽首。

楊華玉面上倏然變紅，站起來將手一背，哈哈地笑道：「這是做什麼？我楊華還不是市儈圖利之人，老觀主身在難中，雖然略有效勞，終不能救於一命。後來以情相感，承他老人家慨然贈劍，收歸門下。遺命諄諄，囑我與師兄們同學劍法，這並不是我楊華有何覬覦，乃是老觀主一番垂情。諸位師兄們願欲承認我這個師弟，我就是一塵道長門下第八個弟子；不願收我這個師弟，我還是我楊華。這兼金厚贈，愧難拜領！」

秋原眼珠轉了轉，忙道：「楊兄請坐，這實是貧道辦得糊塗。但貧道也有不得已的苦衷，少許微儀，還請收下。」

楊華道：「道長一定教我收，那就是視我為路人，不以師弟相待了。其實這也沒有什麼，雖然我末學後進，不配列入大俠門牆，不配與諸位雁序，究竟還是武林一脈。陌路救危，遠道傳書，這乃是我的本分，值不得居功。道長請坐，小弟告辭！」說著便來收拾包裹。秋原心中暗暗佩服。

只見楊華把包袱一攏，抬頭向白雁耿秋原說道：「那把寒光劍，想已用完了？那是老觀主臨歿時，親手贈給在下的。這是至寶，我楊華不敢貪受利器。只是老師雅意殷殷，感我在危難中曾效微勞，言之至再，堅令收受，我也沒法子違命。因為令先師當時的意思，必得我答應了受劍，然後教我遠道傳書，這才放心。所以我不便推諉，以慰死者之意。現在請道長把劍給我；我還有要事，咱們改日再談。」楊華滿面上帶出悻悻之色來了。

秋原道人把面色整了整，連忙滿臉陪笑，攔阻說：「楊兄，楊兄，快不要如此。楊兄你這可是誤會了。請坐下，我還有下情。」

玉旛杆楊華哪有心情留戀？他非常著惱，勉強坐下，側耳等候秋原的話。

秋原道人沉思了一會，向楊華舉手道：「楊兄！先師慘死，是本門一件極大禍變，也是獅林本觀一樁重大事故。貧道名列第三，主持下院。一切大事，師父仙逝了，全得靠掌門師兄主持。就是貧道在這小小三清觀內，名目上是觀主，可是事事還得跟那幾位師叔商量。剛才我們已然商計過了，這把寒光劍是本廟鎮觀之寶，一向師徒相傳，授給大弟子的。所以此劍按理說，應該由秋野師兄承繼。不幸先師慘亡，把劍贈給楊兄，這乃是一件非常之事。但先師遺命，怎敢有違？而本觀成規，又必須遵守！所以這事只好等大師兄來到，聽他主張就是了。

「我大師兄也不是敢違師命、貪得奇寶的人；只要先師遺命果然不假，這劍當然由大師兄親手獻給楊兄。這不過請楊兄稍候一個多月罷了。我只恐楊兄或者別有貴幹，所以略備微物，意思是請楊兄暫且取用，楊兄不妨先去辦事。你我兩個月為期，屆時大師兄必然趕到。那時再請楊兄抽暇惠臨小觀，我大師兄一到，我們還要大會同門，奉請楊兄分神領路，前往移靈呢。

「至於楊兄投列門牆的事，大師兄一到，自然同時定局。其實並無別意，只不過請楊兄有事辦事，暫且耽誤些日子罷了。楊兄若是沒事，能在敝觀小住些時，稍候些日程，那更是貧道求之不得的事。」

楊華聽了冷笑一聲，對秋原說道：「我明白了！……我來請教一件事，道兄剛才說，遺囑果然不假，這劍便該歸我。究竟老觀主贈劍時是怎樣的情形，只盡口說，也不足為憑。但是這裡有遺囑在。足下既然相從令師有年，難道不認得筆跡麼？對這遺囑還有什麼疑惑麼？有話儘管說明！」

秋原道人面色一變說道：「我正有兩句不該說的話，再請教楊兄，我只是不好開口。楊兄既然這麼說，那就恕我無禮了。到底這遺囑可是先師親筆寫的麼？」

楊華勃然大怒，說道：「你自己看去！」

耿秋原一言不發，吩咐將遺囑取來，對楊華說道：「我師徒相從二十年，先師的筆跡，我就是閉著眼，也認得出來。楊兄請看，這一開頭，筆跡還有些相像，這後面的字與前面截然不同，如出兩人所寫，這又是何意？」

楊華這才想到遺囑是有破綻，他不禁氣得面目改色，大聲說道：「哈哈哈，道兄你還以為我假冒筆跡，來騙取寶劍麼？我如果心貪奇寶，那時候令師懨懨垂斃，仇人又二次尋仇，我難道不會乘危奪劍一走？又大遠地跑到你們這裡送信作什麼？告訴你耿道長，這遺囑是你師父臨咽氣以前寫的。當時已然力竭聲嘶，執筆不能成字；店家又跑來趕逐他出店。……若不是我楊華……哼，我楊華不用居功，若不是我楊華飛彈驚走群賊，老觀主身受毒蒺藜，恐早教賊人亂刀分屍了。

「現在我大遠地跑來送信，也不過看在令師是個絕世英雄，怪我一時年少無知，徒仗一腔熱血，忘了人間機詐，這才放下自身要緊的事不幹，跑來給你們送信。我不送信，你們會知道令師教人害了麼？我不送信，你們知道這遺囑有假麼？」

耿秋原臉色也是一變，聽到此，忙稽首相攔道：「楊兄請坐，有話慢慢講。……我剛才把先師遺囑對眾宣誦時，一經傳觀，大家竟說筆跡前後不符。又說先師戒律森嚴，早有此劍不傳外人之誡；斷不會把這鎮觀之寶，自己破例授給外人。……」

楊華冷笑道：「那個須問死者去！他願意送給我，我知道是怎麼回事！令師臨危時手寫遺囑，寫到一半，便眼昏手戰，教我扶著他的手勉強寫。到後來實在連坐也坐不住了，才煩我代筆。……閣下要知道，他那時劇毒發作，人已經是不行了。……」

秋原道人點頭說道：「哦，那就是了。不過……」

楊華忙道：「我攔你清談，你且聽我說，我再把令師臨危的情形講一講。七天以前，老觀主身經老河口，被賊人喬設採花計，毒疾藜已經打在身上。」楊華拿手一比道：「就在這地方。群賊一擁而上，包圍纏戰；老觀主身負重傷，毒氣發作，脫身無法。賊人用種種惡言醜罵，老觀主一世的英雄，氣也氣死了！而賊人心毒手辣，生要把你師父活活累殺，教他毒發自刎。

「那時節，若不是我玉旛杆楊華，路見不平，捨死忘生，不管自己人單勢孤，冒險相助。那時節，他老人家項上的人頭必被賊人割去，結果還要亂刃分屍！——這不是我說，這是賊人叫出來的。——那時候你們的鎮觀之寶，恐怕也教仇人得去，你們連看也看不見一眼吧！現在我奔波數百里，走了七八天，老遠來了，遺囑筆跡又不符了！我當時得了劍，要拋下一走呢！」

耿秋原聽了這些反射的話，皓如滿月的臉，頓時激得焦黃，嘴唇也微微顫動。但他到底有涵養，把氣強咽下去道：「楊兄，你的大德，我們不是不知感激，但這事卻是變出非常，遺囑和門規起了矛盾，我們不能不審慎一些。這最關係著我們掌門大師兄，大師兄又不在此地。是我無可奈何，才想出這麼個權變的法子，不想因此反大拂楊兄之意！楊兄暫請息怒，我們總可想出兩全其美的法子來。……」

楊華冷笑道：「什麼兩全其美的法子，我卻想不出來！我只知贈劍要劍。我楊華一陣彈子，驅走群賊，把令師救出來。他老人家那時已經毒發不能行動，是我楊華把他背回店中，累了一身臭汗，還時時怕賊人襲擊。好容易到了店房，店家又不給開門，是我拚命與他爭吵，才得入內。然後我這才忙著給你師父抓藥，半夜砸人家藥鋪的門。不想賊人趁我不在，二次來擾。幸而我抓藥回來，你師父與賊人拚命，賊人雖被我們驚走，你師父已然藥救失時，救治無效了。然後是你師父遺書贈劍。……

「我也知道劍是你們的寶貝，我也曾推辭不受。但是你師父那時神色大變，很是著急，唯恐我不受重寶，便不給他遠道送信，力逼我收下劍，認我為徒。並且叫我對天起誓，必須把遺囑送到。……你師父也曉得此劍人人生心，個個覬覦，怕被那貪心的人奪去；這才告誡我許多話，又教我起誓立保此劍，不可教人騙奪了去。我為了安慰死者的心，免得教他死不瞑目，也就依言起了誓；說是我楊華一息尚在，必不令此劍被奪。……

「現在，可好，劍倒沒教外人奪去，卻教他老人家的徒弟扣留下了！……你不要小看我楊華，我楊華也是名門之徒，我師父就是兩湖鼎鼎有名的鐵蓮子柳兆鴻。我決不屑貪心覬覦別派歷世相傳的寶貝玩藝，我當時是力拒不受。可是現在，我又非要不可！……」

耿秋原忙攔道：「楊兄！」

楊華不聽那一套，還是直著脖子滔滔往下說道：「秋原道長，你想我一番拚命救人，千里傳書，反落得個贈劍被奪之名，這恐怕於你我都不甚光彩！……現在長話短說，拜投師門的話，我也不想高攀，我本來就不想高攀！這把劍你是給也不給？你說！」

秋原道人聽著，剛要答話，楊華卻又一口氣說下去：「你只要說一個不給，我楊華拔腿就走，決不留戀。咱們誰是誰非，教武林公斷！」緊跟著又找補上一句道：「告訴你，秋原道長，你師父臨咽氣時，人家開店的不擔那個沉重，非要報官驗屍不可，把全副擔子，都丟在我楊華一個人身上。劍是給我了，我要是站起來一走呢，還有我的什麼事？我卻不肯，到底給人家畫押具結，擔當私埋人命的官司，你師父才得入土為安。然後我千里迢迢跑來給你們送信。現在我的話說完了，耿道長，你看怎麼辦吧！」

楊華說著，岔然站起來，兩眼看定耿秋原。秋原道人面色乍紅乍白，剛要答話。突然門一響，走進那赤面長髯的道人，厲聲向楊華道：

「楊施主，你的話我全聽見了，你的理我也全明白了。但是，任你說得天花亂墜，我們一塵師兄的死因，我們還是事非眼見，不能做實。我們必須要查看查看。施主你休把這事看小了！你千里送信，我們感激；但是你不能這樣趕落我們，我們有我們的門規。這劍累世相傳，衣缽相繼，照例應歸掌門大弟子所有。鐵蓮子也是一世的豪傑，我們彼此也都誰知道誰，這個理教他評評，他也得原諒我們的難處。

我師兄慘死，我們必須大糾同門，前往起靈柩，問真相，克期報仇。只要我們到了老河口，訪問無異，人確是由你救過，劍是確已贈給你。楊施主，我們不但獻劍，我們還要博詢眾議，改訂門規，說不定還要會推你為掌門持法之人。我們那時候一定把本門劍術，全都教授給你。劍之所在，就是法之所在，我那大師侄一定肯讓位。楊施主，你不該得理不讓人，嘮嘮叨叨說了這些話，把我們當小人看待！你不該自己居功，口口聲聲把我們一塵師兄描畫得可憐不堪，臨死還教他窩窩囊囊，栽跟頭栽在你手裡！你很能誇口，我們可怎生禁受？施主，你想你對麼！

「楊施主，告訴你，我們只是看出你也是一個正人君子，假如換個人來，敢到我們三清觀撒野，妄想冒名詐騙。朋友，我恐怕他進是好進來，出卻出不去！我們只因你相救之事未明，傳信之德卻不假。所以我這秋原師侄忍了又忍，耐了又耐，這也就夠受了。告訴你，拿這五十兩金子，換這把寒光劍，乃是我們這三清觀全觀的公意，不是我白雁師侄一人之見。你既然說我們小看你了，好，我們要大看你。朋友，劍是留下了，你瞧著辦吧！」

玉旛杆楊華一聽大怒，明知他們人多技強，自己勢孤不敵；但既已到此，不能不算。性命又算什麼，玉旛杆仰面一陣大笑道：「好好好，你們人多，你們嘴多。

這是你們家窩子，這是我楊華來得太渾蛋了！姓楊的小子，你幹什麼不拐了劍一走？你幹什麼不把一塵道長的死屍丟在店裡，教賊人亂剁？你幹什麼大遠地跑來，找人家侮辱？現在人家把劍扣下了，還要扣人！嗐嗐，你這位道長貴姓高名，我倒要領教領教！……咱們外面說去。」「刷」地將長衫甩了，把彈囊挎上，抓起彈弓、鋼鞭，搶步奪門便走。

那赤面道人也勃然大怒道：「姓楊的，你還這麼說話，我可要對不起你了！」也將道袍一甩。

楊華叫道：「院外地方大。走，你們人多，你們全上來！」

這時候，秋原道人眼含痛淚，目閃威稜。忽然間將赤面道人攔住，厲聲說道：「師叔，師叔……你你你請回吧。」此時，楊華已飛身撲出丹房。白雁再三地攔住了赤面道人，急忙縱步出來。玉旛杆早搶到院中，插鞭在腰，掏出幾粒彈丸。玉旛杆閃目四顧，找到一個地方，站住了，厲聲叫道：「你們來！」

玉旛杆楊華決計要拚命了，白雁耿秋原「刷」地一竄道：「楊兄，楊兄，不要走！」

玉旛杆左手拽弓，右手扣彈，身形一側，左腕一甩，「刷」的一彈，彈似流星，直奔白雁面門打來。白雁耿秋原長袍飄飄，「撲」地一伏身，「嗖」地一竄，彈已打空。他急忙搖手道：「楊兄住手！」

楊華倏然紅了臉，咬牙切齒，展開連珠彈，不想左手腕已被人托住，右手也被人抓住了。耿秋原急叫道：「楊兄，楊兄！」

玉旛杆急一挫身，騰起一腳。那後面襲來的，正是那個赤面長髯道人。赤面道人拿住了楊華的手，只一閃，躲開這腳。楊華怒吼一聲，使「劈掛掌」，渾身努力一奪，兩人錯開身。楊華信手一揮，掌中彈丸霍地打出來。那赤面道人微微一側閃開。

玉旛杆一墊步，嗖地連竄出兩三丈遠，退奔牆角，急急地開弓扣彈。不意這赤面道人絕不容他展開手腳，魁梧的身形，輕快的手法，早一陣風似地撲到面前，展開「十八路截手法」，要奪取楊華手中的彈弓。楊華驀地又一閃，急抽取鋼鞭，兩個人便要交手。

百忙中，猛聽見身後微微響動，楊華急側目閃身。不知什麼時候，已從角門進來了二十幾個道士，扼腕奮拳，躍躍欲試，漫散在門邊，卻人人一聲不哼，齊將眼睛盯住了楊華。

玉旛杆楊華怒喊一聲道：「你們全上來！」楊華到此，已不顧一切！

就在這時候，白雁耿秋原忽然暴怒起來，厲聲叫道：「師叔，師叔，你這是做什麼！不怕教江湖上見笑麼？我們人多勢眾，又在我們這裡，師叔快不要動手，就算是非還未分明，恩怨還難斷定，也不可這樣待人！」又一揮眾道人道：「你們快回去，謹守門戶，不可擅動，諸事有我哩。」

秋原道人到底不愧為三清觀一觀之主，抑住了心中的感情，搶上一步，向楊華深深稽首道：「楊仁兄，楊恩公，暫請息怒！凡事都看我薄面，我出家人決不能恩將仇報。」

楊華說道：「言盡於此，請只管上來，我要領教領教！」

秋原道人雙手連擺道：「楊仁兄，我決不敢無禮，你我斷無動武之理。你就打死我，我決不還手。」耿秋原將雙手高高舉起，走了過來，向楊華低低說道：「請到丹房，我想我們總還有兩全之道。總之，遺囑如果不虛，我們斷乎不能忘卻大德。」

楊華向丹房瞥了一眼，說道：「你們想把我誘進屋去麼？你們意欲何為？」

白雁耿秋原眉峰一皺道：「豈有此理？……」話還未說出，那赤面道人忽然又從門邊閃出來，大叫：「姓楊的好漢，你真有膽，你真敢在我們三清觀動手！我們很佩服。我們現在是非未明，恩怨難定。我們至多只承你遠道傳書之情，寒光劍休想拿走。我們就把這劍收藏在正殿上，你有本領的話，三天為限……」

楊華冷笑道：「你的意思，是你們把劍詐騙了去，還教我把劍偷盜出來？楊二爺一生什麼事也做過，就是不會做賊！你們是出家修道的人，我是個俗人，我不懂得偷盜。」

赤面道人勃然大怒，說道：「你敢口出不遜？」

白雁耿秋原忙搶道：「師叔，你就請回吧，這事由我辦好了，我們何必口角爭執，我們自然有妥當法子，做得盡情盡理，兩面都過得去。」

隨又向楊華舉手道：「楊恩公，盜劍的事未免太小瞧了楊兄，我現在想了一個仁至義盡、兩全其美的辦法。我們已然飛騎去請我大師兄。由雲南至此，往返約有兩三個月，一定趕到。就請楊兄盡這三個月期限，隨便設法子來取劍。取得出去，劍歸你有；我們廟中這些道侶不會怪我辦事不當了。就是取不出來，三個月限滿，我大師兄必然趕到。那時候我們定依原議，查明遺囑不妄，立刻獻劍。我們還要向楊兄謝罪，還要請楊兄加入門牆，一同學劍。這法子，我覺著面面周到，楊兄以為如何？」說著將那二十多個道人，揮手遣出去，然後把楊華請到丹房。

楊華到這時，想要動武，則已明知不敵；想要取劍，自己又沒有盜劍的本領。但是事勢逼到這裡，不答應吧，當時就要栽跟頭。當下哈哈一陣狂笑，道：「好，好法子，法子真漂亮！何必三個月，現在我就來領教，請你們防備好了吧！」

楊華毅然把自己的包裹提起，大灑步走出丹房。也不待耿秋原相送，一邊往外走著，一邊暗自留神這觀中房屋的部位、出入的道路，全暗記在心中。那耿秋原卻依然隨著送出來，口中說道：「楊兄這麼絕裾而去，顯得貧道太已過意不去了！……」

楊華寒著面色，岔然轉身道：「耿道長的盛情，我已銘心刻骨，謹謹記牢；答謝厚意，誓所必為。我楊華來是自己來的，去還是我自己去。耿觀主，你不勞客氣了！」說到這裡，只把右手往左手包裹上一搭，微然一拱手道：「再會！」說罷，轉身就走。

楊華走出兩三步，聽得耿秋原微吁了一聲，說道：「這麼，我就不遠送了。」

楊華連答也不答，傲然走向山門。朱門倏啟，楊華頭也不回，匆匆出廟，耳中只聽得「忽隆」一聲，山門重門上了。

楊華止步回顧，只見觀門緊閉，四處依然寂靜。他怔怔地站在那裡，泛起思潮，想著：「我這番受辱，不比在華風樓那裡，那是我自找的苦惱。這次救護一塵，完全是激於義憤，路見不平，拔刀相助；事情落到自己身上，無法擺脫。受一塵道長臨危付託，迢迢數百里，送信傳書，反招得耿秋原他們心上疑忌，寒光劍生被他們施詐術扣留，這真是奇恥大辱。我不把寒光劍奪回，枉自為人了。我就是把性命斷送在三清觀，也得盜一盜看！」

玉旛杆楊華越想越氣，忘了走了。頭上一陣陣群鴉鳴噪，把楊華驚覺，他轉身奔原路走去，順著山道來到青苔關。關口附近，有一家大運客棧，商賈們採辦貨物，在此堆疊過關，以便分運。店內地勢很大，客人也多。只是單身客人少見，因為這裡不是驛站。楊華見此棧守著三清觀近些，只得說了謊話，告訴店家，自己是等候同伴辦貨的。店家看著他穿著打扮，不倫不類，但是守著關隘附近，關吏戍卒是多的，也不怕什麼，遂留楊華住下。

楊華在店中悶損異常，自己躺在床上，琢磨著怎樣奪回寒光劍。他暗想：「那耿秋原既是一塵道長親傳弟子，現在已能執掌三清下院，武功定必可觀。看他那掌劈桌角，足見掌力驚人。自己若是盜劍，再落在他們手中，那不是更丟二回醜嗎？

若是就這麼罷手，寶劍憑白被奪，心下實又不甘！」楊華把這件事反覆思索，終於決定：「無論如何，也要見識見識他們，到底有多大本領，敢這麼霸道！」

當下吃完晚飯，熄燈休息。挨到起更以後，聽了聽，外面人聲已然漸寂，同棧客人多已入睡。玉旛杆楊華更忍耐不得，趕緊起來，收拾俐落。背彈弓，挎彈囊，插豹尾鞭，將油燈撚撥下去，只留一點微焰；又輕輕把門扇拉開，看了看外面，寂寂無人，立刻出屋門，將門扇輕輕掩好。恐教客棧中人撞見，急忙飛身縱步，竄到西北角。西北角一段矮牆，恰通店外；楊華一頓足竄了出去。

這時附近幾家小商鋪，多已閉門入睡，但也有幾家，從門縫中透出燈光。數箭地以外，青苔關關卒的燈光三三兩兩，乍明乍滅，如數點寒星閃爍。楊華飄身落到店旁的山道上，繞著店後，辨認路徑，直奔三清觀而去。

楊華究竟不是夜行人物，夜間走山路，煞是不易；危岩崎嶇，倍須留神。所幸他白天已經來過一趟，路徑依稀還能記得大概。於是逐步小心，趕到三清觀前那片松林。這一帶茂密的松林，中夾小徑，白晝初來時不很難走；這一到夜晚，山風怒吹，松濤狂嘯，倍顯得陰森森，黑魆魆。昏暗中松枝突出，如有鬼物張手攫人。一片濃影把三清觀掩住，乍入松徑，幾乎辨不出來東西南北。若不是白晝記清了方向，到此時簡直無法找尋。

玉旛杆踏著亂草青苔，深一腳，淺一腳，轉出松林，已望見三清觀門頭燈高懸。火光映照下，朱門緊閉。只有門前那對石獅子，傲然地分踞在兩邊。楊華不覺愕然止步，心中暗想道：「我來早了，還是他們已有準備？」楊華不敢前進，恐怕廟前埋伏著人。他借松林黑影隱住身形，默運目力，向前窺察多時，又往四面窺探了一遍。風搖燈動，黃光閃閃，朱門依然紅，石獅依然白，三清觀前依然悄靜無人。

楊華猶豫好久，發狠說：「不入虎穴，焉得虎子？我不能就這麼栽給他們！」立刻插豹尾鞭，摘弓握彈，搶出松林。提耳側目，防備暗襲，又一縱步來到廟前。他倏然轉身，繞到廟旁暗處，攏一攏眼光，辨了辨方向。又傾耳聽聽，然後面現毅然之色，背弓收彈，牙咬口唇，一聳身，竄上廟牆。

已到廟牆，楊華試望全廟，有的地方尚有燈光，有的地方卻昏昏沉沉了。那座大殿巍然立在廟中心，殿柱高懸明燈。那丹房，白晝與耿秋原對談爭執的地方，此時已沒入夜影之中，不知準在哪裡了。再看近身處，牆下是一段箭道式的小院落，與那大殿隔著一段重牆。楊華也按夜行人的規矩，將彈囊中的彈丸取出來幾顆，

「啪」地投下去，聽了聽，下面全是實地，這才飄身落在下面。他心中一想，應當先奔角門，到白天所到的客堂，再往後轉奔丹房。「他們雖說把劍藏在大殿上，我偏不信，那是豈有此理？越寶貴的東西，人們越要藏在近身處。而且這劍也決不會交旁人看管，一定是在白雁耿秋原身邊帶著。」

楊華想罷，曲折潛行，借物隱身，直奔丹房。偌大的三清觀，盡楊華亂竄，並無阻撓之處，也無防護之人。這要教神偷九股煙喬茂遇見了，恐怕倒教他害怕吧！而楊華反倒放了心，一直撲到丹房，急繞奔後窗，舐窗內窺，裡面黑洞洞的，當然任什麼也看不見。

假如是慣偷，還可以撬窗入室，幌火折照著。這在楊華可就沒法了，他試繞到門口，推了推，門扇緊閉。楊華便想設法開門，可惜身邊只有一把匕首，便將匕首抽出來，插入門縫中，也想仿照夜行人的手法，試著撥門。不意才一下手，忽聽後面輕輕地咳嗽一聲。

楊華急忙閃身，退到黑影中，手握彈弓，張目尋思：「只要有人來動手，我就先下手為強，先賞他一彈弓。」誰知他四顧不見人來。過了好久，才聽見角門履聲橐橐，由遠而近，又聽見重重地咳嗽了一聲。

楊華急忙轉回身，猛聽得北首有人大聲說道：「來了麼？」楊華大吃一驚，暗想：「他們看見我了？」急忙縮步，將弓比劃好。

跟著聽角門外邊有人答聲道：「來了，來了。端出來，又教風刮滅了。」跟著聽見腳步雜踏聲音，似有兩三個人走路，竟奔大殿去了。

玉旛杆搔首尋思，忙又背上弓，躡手躡腳，尋聲偷綴過去。他轉過角門，只見一個小道童端著燭台，用手遮著風，往大殿上走。旁邊一個長身量的道人，手捧四尺長的一件長物，兩人挨肩走著。

楊華驀地心一動道：「這是一把劍。」急急地躡足跟來，努眼光細看，相隔較遠，隱隱看出尺寸大小，確是一把劍，還拖著長穗，卻辨不定究竟是不是寒光劍。

那道人與那道童，一個掌燈，一個捧劍，直上殿階。楊華兩眼幾乎努出來似的，遠遠盯著。只見這兩人推開緊掩著的殿門格扇，直入大殿裡面去了，卻是並未回手關門。門扇大開，殿內燈光輝煌。

玉旛杆楊華賈勇冒險，竟從角門貼牆挨壁，溜到偏廡，隱身在明柱後，閃身向內窺視。他這一窺不禁歡忭：「他們真的不失信，把劍放在大殿上了！」隱約望見大殿上塑著三尊神像，大概是三清道祖。儘管佛燭交插，四面還懸著掛燈，可是殿中依然昏黑，那供桌上的蠟燭，只閃出昏黃的火焰來。黃幔分垂，香煙繚繞，三清神像一點看不清。供桌上卻分明放著那只托盤，托盤中分明放著一把劍。

楊華不禁大喜：「他們真算膽大，只是我怎麼盜法？」更定睛一看，卻又愕然，在供桌前燭光微照處，兩邊分鋪著蒲團。原來有四個道人，在大殿上打坐哩。低眉垂目，似正默運靜功，每人面前都放著一把劍，黃穗綠鞘，樣式一樣。那剛才進殿的捧劍道人和秉燭道童，卻又不見了。

楊華又一琢磨：「或者捧著的劍許是寒光劍。如今此人在殿中看不見，大概是繞著殿後門走了？」

楊華這一猜，真個猜著。楊華急忙退出來，仍走角門繞到殿後，果然看見東面燈光隨著腳步聲音，忽亮忽暗，正是那道人和道童。楊華再綴下去，曲折走來，越過兩層殿，穿過兩層院，到一偏院，那道人和道童又推開東廂屋門，走進去了。楊華急急追過去，身臨切近，放輕腳步，挨到窗前，舐窗向裡一望，這才看出三間屋也像丹房。房中兩鋪雲床，有三個道人：兩個道人合據一榻，一個道人獨據一榻，也在閉目打坐。在每人面前，也各放著一把劍。那個捧劍道人進了屋，就坐在雲床空座上，守著劍，閉目打坐起來。

照這樣，楊華東窺窺，西探探，竟在這三清觀內瞥見了二十幾把劍，而且有幾把劍，借著屋內的燈光，看得清清楚楚，可以說全是四尺來長，杏黃燈籠穗，綠鯊魚皮鞘，和寒光劍一模一樣。若不拔出來，簡直辨不出來哪個是假的，哪個是真的。而且三層大殿，有兩層大殿燈光輝煌，大殿供桌上都放著一把劍，兩邊都守著四個道人。正不知哪一把是寶劍，哪一把不是寶劍。

楊華偷巡一遭，目瞪口呆，不知如何是好！他本來是個紈袴公子，雖也懂得一點江湖道上的伎倆，可是如今真個做起飛賊來，簡直乾瞪眼，不知怎麼樣分辨真劍、假劍。就是分辨出來，也不知怎樣下手偷盜。要他一直闖進去，搶來就跑，人家勢眾人多，就算連珠彈打散了這群老道，可是得來的如不是真劍，豈不是打草驚蛇？

玉旛杆楊華退站在偏廡柱後，眼睜睜望著第二層大殿，一點法子也沒有。他既沒有學過江湖上神偷八法，也不懂得這竊盜之事，應當趁人家日久防範鬆懈之後。三個月限期，頭一天他就老早地來了，來了雖然來了，卻只能看著。他正在眼巴巴發怔時，忽然聽大殿上一個道人咳了一聲，把眼睜開，看了看，口中說道：「桐師兄，我們該換班了。」說著伸胳臂伸腿，打了個懶腰，便將一條腿伸出來，穿上蒲團旁邊放著的雲履。

上首一個道人睜開眼說道：「再等一會，到了時候，自然有人換你來。」

那道人道：「我不比你，你只管看劍，我明早還有別的事哩。」竟站起身來，似欲出殿。

楊華連忙斂藏身形，連大氣也不敢喘。過了一會，只見那道人站起之後，似很無聊，又打了一個哈欠，竟在殿中走溜起來。這道人走來走去，忽然把佛燭剔一剔，忽然把劍摸一摸，好像心裡很浮躁，不似剛才打坐那麼安靜。

驀然不知從什麼地方，雲板連敲了數下。楊華吃了一驚，只見三個道人也都伸足登履，從蒲團上坐起來，互相顧盼著說：「又是什麼事情？」這四人立刻將自己面前放著的劍，俯拾起來，繫在身背後。

內中一人說道：「既然雲板響了，是傳集咱們。咱們是全去呢？還是留下一半看著寶劍呢？」

又一個道人道：「全走，就完了。那個姓楊的就算年輕不懂事，他也不會頭一天就來盜劍。」

又一個道人道：「何止頭一天？我看他言談舉動都嫩，很像個公子哥兒，他自己未必有這盜劍的本領。師兄不信，我的話放在這裡，真個有盜劍的來，總得在半個月以後。他一定邀請能手，才敢前來探廟。」

又一個道人道：「別說啦，雲板響了一會子了，去晚了恐怕犯規，我可要先走了。」

這個道人一發話，那三人也說：「咱們一塊走。」於是四個人一齊出來。

那藏在暗影中的楊華，心中暗喜。不想這四人剛出殿門，那先走的一人卻止步道：「真格的怎麼全走啊？那可太大意了，要不你們三位去，我在這裡看劍。」這個道人又翻身回去了。那三個道人竟從大殿轉走角門，向後邊去了。

楊華心中大喜，卻又忐忑，恐怕這大殿上的劍未必真是寒光劍。他想：「如果真是寒光劍的話，這道人把自己的劍背起來了，我突如其來地賞他一彈，把他打倒。我就伸手去搶劍，搶了劍一走。……可是，萬一不是寒光劍？……那也不要緊，好在三個月限呢。我先自己試盜幾天，盜不著，再去邀能人。……」盤算好了，立刻向四面一瞥，急急地、輕輕地將彈弓摘下來，注目看那道人。

那道人獨自留後，進了大殿，忽然低頭，忽然仰面，在供桌前走來走去，走到供桌旁，站住了。忽然間，聽這道人向殿外一看，喟歎了一聲，大聲說道：「一世英雄，而今安在？」似乎想起了一塵道長，竟用衣袖拭臉，想是哭了。玉旛杆不覺怔住了。猛然間，楊華將牙一咬，伸手探囊，取出彈丸來……

倏然間，再看那道人，那道人驀地伸手，從托盤中將劍取來。一側身，「刷」的一聲，將劍拔出鞘外，頓然間，佛燭黃焰中，青瑩瑩，寒閃閃，映出一道似水的光來。——「這是寒光劍！」

楊華大驚大喜道：「哈！」又見那道人倏然轉身，對燈看劍，卻又淒然長歎道：「物在人亡了！……」道人對劍怔了一會，忽然又一轉身，只見他擺了一個架式，頓時劍光閃閃，寒風嗖嗖，展開了一套出奇罕見的劍法。青瑩瑩的劍光，把大殿映得似乎變色，把個握彈待發的楊華，看了個瞠目神馳！

那道人練了一套劍，倏然收住，很珍重地插劍歸鞘，很珍重地放在桌上托盤內，也走溜開了。在大殿上，由東到西，由西走到東，有大殿格扇擋著，楊華有時看得見他，有時就看不見。

楊華心想：「這是個機會！」便想動手，卻又遲疑。就在這遲疑的時候，聽見腳步急遽的聲音由遠而近，由角門傳到大殿，也是個少年道童，一進殿就叫道：「桐師叔，你老怎麼還不走啊？觀主正等著你哪！」

那桐道人說道：「什麼事情？」

道童道：「全廟師叔們全聚在齋堂了，觀主要正門規。……你老快去吧。」

桐道人道：「但是我去了，誰替我呢？你在這裡看一會兒吧。」

道童道：「不行，我還得催別位師叔去呢。」說罷，小道童匆匆走了。

桐道人要走不走，好像正在打主意。忽然又跑來兩個道人，匆匆地從殿前走過，招呼那桐道人道：「師兄你怎麼不去？觀主和一瓢師叔鬧翻了，動起門規來了。全觀的人都給一瓢師叔跪求著呢。觀主一定要處置一瓢師叔，師叔不受。……真是禍不單行，老觀主剛剛仙逝，又鬧起家窩子來了！」

桐道人詫然道：「真的麼？」

兩個道人很著急地說：「快走吧，告訴你，今天觀主大發雷霆。去晚了，恐怕連你我也被怪罪下來。」這兩個道人非常慌張，邀著桐道人，立刻跑也似地走到後面去了。

桐道人已去，玉旛杆喜從天降道：「天假其便！」更不猶豫，「刷」地一個箭步竄出來，搶上大殿。大殿之中，燈光輝煌，寒光劍擺在托盤之上。玉旛杆膽大包天，只閃眼略一看，殿中黑影裡，只有雪白的泥像的臉，睜著琉璃泡的眼珠，瞪著楊華。

楊華左手握弓，右手倏地向托盤一抓，早將寶劍攫得到手。一頓足，竄出大殿，急搶角門，貼牆挨壁，一路狂奔。

楊華在路上，正遇上一個道童跟一個道人走過。楊華急待閃躲，已來不及。只聽那道童失聲問道：「誰？」

楊華慌答道：「我！」黑影中暗張彈弓。

只聽那道人催道：「快走吧，觀主等著呢！」一拉那道童，步履如飛，抹過中庭，直奔後邊齋堂去了。

玉旛杆楊華道得一聲：「僥倖！」急將寶劍插在背後，左手持弓，右手握彈，容得道人走遠，慌忙飛步搶向來路，只幾轉，便可逃出廟外。

猛然間，只聽過道中有人喝問了一聲：「是誰跑？……哎呀！不對，你是誰？」

楊華急閃眼看時，黑影中有兩個人站著，手中似拿著兵刃。

楊華還想使詐語，不意那兩人大叫起來：「有賊，有賊！盜劍的來啦！」兩人從斜刺裡搶截過來。

楊華慌忙一扣彈，左腕「刷」的一甩，只見對面人影一晃，「哎呀」一聲，

「咕登」一響，兩個人全倒下來。

楊華大喜，「嗖」的一個箭步，竄到廟牆根。忽然又見北面跑過來一人，大叫：「好大膽，把劍留下！……」一語未了，楊華「刷」地又一彈丸打出去，只聽那人也叫了一聲，身形一晃，止步不追了，猜想也必是受了彈傷。楊華冷笑一聲，急疊腰，「嗖」地竄上牆頭。只聽裡面連叫：「有賊！有賊！」楊華早一飄身跳下牆來，如飛地奔向廟前松林而去。

這把寒光劍，楊華已經盜取到手！

玉旛杆楊華又驚又喜，且跑且環顧四面。想不到這三清觀道士功夫盡好，防盜的本領竟如此粗疏：「哦，是了！他們一定猜想我不會當天晚上就來，這就叫『出其不意，攻其不備』！」

楊華越想越高興，腳下使勁，步履如風，不一刻已到松林小徑。楊華不由東張西望，心虛起來，恐怕松林中有敵人埋伏。卻是僥倖已極，這群道士們既沒有追來，也沒有埋伏，竟容楊華奔到松林裡面去了。

已到松林，楊華抹了抹頭上的汗，止步回頭，歡喜非常。他心想：「這真真太湊巧了！原來那赤面道人竟是白雁耿秋原的師叔！他們叔侄若不翻臉，四個道人共看著一把劍，我真沒法子奪，更沒法子盜。真正奇緣湊巧，他們竟鬧起內訌來！三個月的限期，我當天夜裡就給盜來了！這就叫運氣！我把這劍練好了，有這利器，一定成名。只可惜那本天罡劍譜，白白地還了他們了！」

楊華又想：「我不會用劍。現在我逃婚出走，已經半年多了。莫如我回去，見我岳父。我得著這樣奇寶，也可以對得起我那位夫人了。可不是，她就是使劍，我把這劍顯播給她看，也教她佩服佩服我。」楊華越想越美，恨不得立刻奔回鎮江，持此利劍，「驕其妻子」了。

玉旛杆又想：「我還使我這條鞭吧，把這劍給研青？……不行，不行！不能就給她，她一定愛……但是我們兩口子公用。不能就給她，她功夫本來比我強。我給她這劍，那可是如虎添翼，她可真成了雌老虎了，我更不是她的對手了。不行，不行！」

玉旛杆楊華腦中的思潮，忽東忽西，一路狂想。腳下卻也忽高忽低，轉眼間已到青苔關。山路崎嶇，奔走不易，楊華只顧急走，在路上磕磕絆絆。有時候踩著石岩，有時候踢著石塊，有時候幾乎栽倒。他也滿不介意，只顧跑。不一時，來到客棧前，他仍從側面飛身竄過牆去。一時得意忘形，險些教棧中人看破形跡。

這時候，客棧中偏偏有一個起夜的人，看見牆角上黑影一閃，不禁叫了一聲，楊華急忙藏起來。過了好久，他才悄悄溜到自己房間門前，悄悄地摘開了門閂，輕輕地推門進去。

這時候，玉旛杆跑得渾身是汗，將寶劍、弓鞭放在床頭，回手撥燈，忽然想：「呀，我要小心，留神他們追來！」慌忙將燈撥小了，忙又探頭，向院外窺看了一眼，店中寂然無人，也沒有追者。

玉旛杆大放心懷，迫不及待地又將燈撥亮，將身遮著燈光，取劍在手。他一按繃簧，「格登」一響，把劍拔出鞘來，寒光閃閃，青光瑩瑩，果然是一口寶劍。

玉旛杆不由哈哈大笑……他忽然省悟過來，連忙咽住笑聲，「撲」地一口把燈吹滅，將身往床上一倒，手就握著寒光劍把，和衣而臥，以待天明。

但是「人逢喜事精神爽」，這數百里的奔波，多半夜的盜劍，本來很勞累，偏偏睡魔不來。楊華兩隻眼睜得炯炯的，躺在床板上翻來覆去，想一想這個，想一想那個，心中說不出的痛快。

往遠處想，想到自己奔回鎮江，面見自己的未婚妻柳研青，當面獻劍逞能，也教她吃一驚：「啊，雲南大俠獅林觀的一塵道人，代代相傳的重寶，現在到了我姓楊的手裡來了！我姓楊的本來沒有能耐，沒本領。嗐嗐，可是有點小運氣，這寶物自己會找我來！她那時一定又羨慕，又要拿話堵我。她定要說：『瞎貓碰見死耗子了。』那時候，我再告訴她：怎麼救人，怎麼送信，怎麼打賭盜劍。

「……不不不，我不要告訴她真情，我只閃閃爍爍地說。她那種性格，一定要跟我打聽。……我硬不告訴她，憋她一下子。她一定磨纏我，我就告訴她：楊華哪有什麼本事？我不過是拾得來的，誤打誤撞揀來的。研青，研青，你越問，我越不說；你越想打聽，我就只說半句話，教你猜不透！……就是岳父問我，我也不要說實底。……教他們納悶，胡猜亂想……」

想到這裡，楊華閉不上嘴了，簡直要笑出聲來。他一時忍不住，復又一翻身坐起，想點燈再看看劍。可是他身邊一點引火之物也沒有。他又不吸旱煙，也沒有火石火鐮。他只好索性又躺下，卻在黑暗中，又將劍拔出來一看，黑影中照出青光瑩瑩，果然是好寶貝。玉旛杆用手摩挲著，輕輕彈了一下，鏘然作響，愛不忍釋地想：「這可真是我的了！贈給我，我歡喜；可是這喜歡來得太容易了。盜回來，我更喜歡；這種喜歡才是真喜歡，才喜歡得夠勁呢。」

這玉旛杆楊華，直在棧房折騰了一夜。聽到外面已經雞叫，忽想不好：「我總得睡一會兒，明天趁早一走，別教他們追了來，翻臉不認賬，再找我硬奪。他們可人多勢眾啊！剛才我跟他們拚命犯得上，現在重寶已到我手，我犯不上跟他們拚命了。我是一走完事。」

於是，楊華打定主意要睡。但是，竟自睡不著，又想道：「不好，睡過梭了，白天就不好走了，萬一碰見老道呢？」

楊華打定主意要不睡。但是，這睡魔真怪，他剛想不睡，可又睏起來了，於是和衣側身而臥，插劍歸鞘，就把劍抱在懷中，朦朦朧朧地睡去。

睡夢中，果然夢見白雁率眾前來奪劍，又夢見柳研青來奪劍，又夢見華風樓來奪劍。猛然一聲大響，驚得楊華一躍而起。睜眼看時，天已大亮，窗外院中人聲嘈亂，商人們正在裝貨上車。

楊華趕忙看劍，寶劍仍在。拔出鞘，青光依然，這才放了心。

楊華推門一看，天色已過辰牌了。楊華揉了揉眼，心想：「這一覺，睡過勁了。」急忙招呼店夥，打洗臉水，也不吃早點，也不用早茶，收拾收拾，將劍包在行囊中，立刻算清店賬，起身便走。楊華出了青苔關，唯恐碰上老道，不走正路，單走小徑。一直北上，有路便走。當天，楊華一口氣便走了一百五六十里。

第十九章　敗訴成讎

到了這時，楊華喜歡勁兒過去了，跟著是「疑心生暗鬼」。路上遇見走道的人，貼身而過，難免我看看你，你看看我。楊華卻不禁也疑慮起來。他回頭看了看，慌忙找一無人處，連彈弓、彈囊、豹尾鞭，都包起來，他要扮成一個文墨之人。

他恐怕三清觀的道人們一定不饒，一定來追，一定來奪，於是把幗子戴低，長袍馬褂的，雇了一頭驢，徑向鎮江出發。

他走了一段路，忽然又想，先回家看看母親，再到鎮江找岳父鐵蓮子和未婚妻柳研青。可是轉念一想，又要先到鎮江，趁早獻寶以驕其妻。

想了又想，末了他打定主意，還是先回鎮江；到了鎮江，就辦喜事。然後夫妻雙雙還鄉，也教老母歡喜。楊華主意打定，第二天一清早登程，當晚落店。這是個小店，未敢打開包裹。晚飯後，隔著包袱摸了一摸，寶劍儼然在，方才放了心，倒頭睡下了。

第三天，他又走出一百多里地，投店止宿。摸了摸，囊中的劍依然具在，囊中的弓鞭也依然還在，楊華很放心。晚飯吃過，點燈喝茶，楊華坐在床邊上慢慢地品茗，慢慢地想。他想：「我已經走出三四百里路了，老道再找不到我了，我可一塊石頭落地了。」但到底忍不住，又解開了行囊，要再鑑賞鑑賞這寒光劍。

剛剛解開行囊的繩子，他忽然想：「還是小心一點吧！」忙推門出去，到院外巡視了一遍。回來，關門，上閂，然後又看了一看窗格、窗紙沒有破洞。

楊華這才動手解開了包囊，抽出寒光劍來。杏黃燈籠穗，墨綠鯊皮鞘，甚是愛人。他輕輕拿過來，眼望著窗戶掂了掂，隨手摩挲了一回，然後一按繃簧，格登一聲，鋼鋒出鞘。——楊華「哎呀」了一聲！這寶劍一出鞘，映著燈光，發出白亮亮的光華來，不再是青瑩瑩的光華了！

楊華失聲叫道：「怎麼啦？」急忙舉到眼下看，又湊近燈光看，又掂了掂。——杏黃燈籠穗，不錯；墨綠鯊皮鞘，不錯；四尺來長，不錯。但是那寶光沒有了，青光變成白光了！彈一彈，也還鏘鏘地響。

劍的青光變白，玉旛杆楊華的白臉倏然變青了！楊華不由叫出聲來：「不好，糟了！」楊華還不死心，四周一尋，看定了門環上有個鐵釘，「嗖」地一砍。

「噹」的一聲，火星亂迸。

楊華急忙驗看劍鋒，劍鋒砍釘，倒也沒傷分毫；看鐵釘，鐵釘微微留下一點缺口，門框砍了一道坑凹。楊華忽然站起來，搶步出門欲喝：「掌櫃的，有賊！」忽又一想，又連忙縮步吞聲，「啪」地把劍丟在床上，愣在屋中，半晌無言。

又半晌，楊華一側身坐在床上，再驗看那劍：「咳，不知什麼時候，真劍被人抵換了假劍了！這是誰呢？」

楊華仔細地想：在路途上，斷不會被人偷換。這一定是在住店時，自己出去小解，或者自己睡熟了，被人暗綴上，給偷偷地換掉了。「但是誰呢？」

楊華細想住店的情形。走了三天路，連這日共住了三個小店，當然不是今天在這店裡丟的，因為：「我並沒有離身。」那當然是在前兩天了。楊華想：「頭一天住的是小店，加倍地留神，大概不是。這一定是昨天住大店，失神了。可是哪一個人偷的呢？」

回想起兩天的情景，記得第二天住店時，有一個胖子，曾經盯了自己兩眼。又記得有一個商販模樣的人，曾和自己擦身而過。並且還有一個人，當自己進店時，好像曾經注目看過自己的行囊。……

楊華再想頭一天住店時的情形，也有兩三個人，情形很可疑。

再一想，昨天在路上，也遇見幾個形跡可疑的人，總在自己身後跟著走。……就是今天，在路上也迎面碰見了一個可疑的老者。……

楊華越想越覺可疑，幾乎路上店中，凡是他所遇見的人都像是偷盜寒光劍的人了！

楊華氣忿忿地把這假寒光劍，往地上一撩，厲聲罵了一句：「倒楣！……怎麼辦呢？我，我斷不能甘休！」他恨恨地說道：「這一定是那群老道，這一定是白雁耿秋原！再不然，就是他師叔赤面道人！」

楊華對著孤燈，怒焰滿胸，又是忿恨，又是疑悶。但是，寶物得而復失，失而復得，得而又失。……「到底我楊華還有得這寒光劍的命沒有？我倒要跟命運爭上一爭。我楊華自從與柳研青訂婚之後，樁樁遇上倒運之事，這個女子難道是我命中的剋星不成？」

楊華胡思亂想，忘了睡覺。一時打算再奔青苔關，二次盜劍去。一時又想到萬一這劍不是道人盜的，或者路上遇見別的能人，被轉挖了去；那麼，「我反而找到三清觀，這豈不是自形其醜，自找麻煩？」

這一夜，楊華心中難堪，也是直熬了一個通夜。到快雞叫時，方才睡著。心中卻已打定主意，就這麼糊裡糊塗把劍丟了，實不甘心。明天早起，一定要尋原路，追究下去才罷。

次日天亮，楊華命店夥代雇牲口，收拾著要動身了。忽然外面走進一個店夥，叫道：「七號客人姓楊麼？」

楊華心中一動，忙搶出來問道：「什麼事？我就姓楊。」

店夥手中提著一個小包，先看了楊華一眼，說道：「楊爺從哪裡來，你老台甫？」

楊華說道：「我從南邊來，什麼事情？」

那店夥說道：「有人找新從青苔關來的楊華楊大爺。」

楊華吃了一驚，忙問：「誰找我？我就是楊華。」

那店夥放了心，臉上便堆下笑來，說道：「楊大爺，剛才有人給你老送東西來了，是你老托他買的。」說著把小包遞過來。

楊華情知必有蹊蹺，忙將小包接過來，急問：「人在哪裡？姓什麼？」

店夥道：「人在櫃房呢。」

楊華急忙出來，趕到櫃旁一問。

櫃房司賬說：「走了。」

楊華忙問：「什麼時候走的？」

答道：「才走。」

楊華更不多問，飛步便追。趕出店外一看，街上人很多，自己忘了問這人的打扮形貌。楊華慌忙又翻回來，細問一遍。

店夥說：「這人二十多歲，很瘦，個子不高。」

楊華忙問：「是俗家人，還是出家人？」

店夥詫異道：「出家人？不是，不是，是個文生公子。」

楊華如墜五里霧中，急教店家跟著他追趕，直趕出好遠，早已看不見人影了。

那店家便問：「怎麼回事？」

楊華托詞敷衍過去，說是：「送禮的，我不肯收。」急忙回房，打開小包一看，一個小盒，一張黃紙，紙上寫著：

寒光豈肯惹塵埃？寶劍通靈去復回；
兼金贈與傳書者，九十日後約重來。

這首七絕，楊華還未及看完，早已氣得手足冰冷，玉面濺朱。「刮」地一把，將黃箋扯成數片。又一把將小盒劈開，裡面果然是三十六粒金珠，約重五十兩。楊華信手往床上一扔，頓足大罵道：「好你個白雁耿秋原！我不宰了你，誓不為人！」立刻抓起彈弓，掛起彈囊，邁步要走。……他才推開店門，劈頭碰見了那個店夥，進來說道：「客人，已經雇好驢了。」

玉旛杆張了張嘴，把話咽了回去，含怒說道：「等一會！」……一翻身，又走進屋來，呆呆地坐在床邊，左右不知所可。——店夥愣在一邊等著。

楊華命店夥退去，將門掩上。看了看床上的三十六粒金珠，是做成了一掛串珠，用銀線穿著；那黃箋題詩，已被楊華扯成數片。楊華一陣陣怒火上撞，卻又禁不得伸手重把那黃箋取來，自己將碎塊對在一處，從頭細看。這二十八個字，寫得很好的一筆蘇體，半行半草，下款印章果然是「白雁」二字的篆文。

楊華又納悶起來，聽店家說：那個送包的人是個二十多歲的少年瘦子，書生打扮，這又是誰呢？難道是三清觀一個道士改裝的麼？白雁耿秋原哪裡去了？忽又想起那天探廟盜劍，始終就沒有看見耿秋原。他一定是不知隱藏在什麼地方，在暗中監視著自己了！

現在事實已經證明，寒光劍定是被白雁耿秋原中途抵盜去了。

楊華呆坐在床頭，皺著眉，垂頭喪氣地回想，竟想不出耿秋原在什麼時候，把劍重盜回去的。最可恨的是，他早也不盜，晚也不盜，自己拚命似地三天跑出三四百里地，他才盜了去。盜去還不算，又派人送這一首詩來。這真真太可惡了！

尋思半晌，楊華「哦」的一聲，點頭道：「我明白了，這些東西們是故意把我誆出來三四百里地，才把劍盜回去；為的是支開我，省得我在青苔關留戀不走。……」

楊華這一猜，卻猜得不差。赤面道人的原意，是在廟中嚴密防護，教楊華知難而退。耿秋原心思綿密，以為當真如此，楊華自己盜不出來，必然戀戀不去，時時窺伺。那一來，廟中終不得解嚴，豈不為他耽誤正事？所以想出這一招，教楊華公然得手，公然把劍盜去；卻暗中綴下來，乘隙把劍盜回。這一來，地隔數百里，楊華度德量力，必不再來纏繞了。就讓他再邀能人，到觀找劍，一往返便是兩三個月，白雁早把大師兄請來了。

玉旛杆一場奔波，驚忙掙命，結果卻落了個空歡喜！呆呆地坐在店中，左思右想，越想越氣，卻沒有出氣的法子。那店夥代雇的驢夫，等得不耐煩，又來催問：「客人，該動身了，天氣不早了。」

玉旛杆長歎一聲，想到這把寒光劍得而復失，再二再三：「難道我真沒有這個福命承受麼？如今地隔三四百里，我就是奔回去再盜，我實在不是他們的對手。……不回去盜，這一口怒氣如何忍受？」

楊華此時又想起道人們說的那話，只好邀請能手來盜了。但是邀請誰呢？「自然邀請岳父鐵蓮子，足可馬到成功。但是我負氣出來，自找倒楣，栽了這些跟頭，我有什麼臉面去見研青父女呀？」

於是楊華又想起舊業師懶和尚毛金鐘來：「憑毛師父的能耐，若鬥一塵，未必得佔先著；但若跟秋原之流的人物較一較身手，只怕也有成功之望。只不過，嗐，我那毛師父好賭貪杯，懶得睡覺都不肯脫衣服，他哪肯為了一個弟子的事，奔波千里，替我來找劍？」

玉旛杆楊華為難多時，打不定主意。一時忿火上來，恨不得自己奔回青苔關，再找老道拚命。一時沮喪起來，又恨不得披髮入山，連人事也不要問了。真個是思潮起伏，瞬息千方百計，躊躇良久，忽然想起一個人來：「老一輩的英雄，決不肯為我們年輕人來出山；只有和我年歲相仿的少年英雄，好勇喜事的人，才肯幫我這個忙。是的，我怎麼忘了我的大盟兄了？」

楊華的大盟兄，姓田名敬柯，乃是一個綠林的人物。曾因一件事上，與楊華結盟拜義。田敬柯為人端的任俠喜事，最擅長輕功提縱術，在武林中也頗負時名，有一個外號，叫做「白毛鼠」。

楊華想道：「我這位盟兄素有神偷之名，我請他來奪劍，他未必有此本領。但是我請他不明奪，卻來暗盜。我是不會神偷八法的，田敬柯這傢伙卻是個偷盜的好手。他靠著偷盜，已發了很大的財，如今洗手不幹了，就在東昌府壽張縣，充起安善良民來了。卻是他賊性不改，免不了還是偷偷摸摸。

「猶記得當年挨了一位縣官的一頓板子，他銜恨難消，曾經公然盜印。盜印是很犯法的事，田敬柯卻受了他的朋友劉夷清的激火，不顧利害，打了兩千兩銀子的賭，居然盜印在手。後來案發，從暗娼小姨媽家裡，將他捕獲，險些弄掉了腦袋。那時候若不是我們搭救他，他一定落個剮罪。我既對他有恩，現在煩他盜劍，他一定義不容辭。是的，我就是邀著能人，前來盜劍；盜出劍來，還得送給人家。唯有田老柯，卻是個視財如命的傢伙，我把這五十兩金子送給他，他一定喜歡，劍還是歸我得。」

玉旛杆盤算好久，打定了主意。那個驢夫卻已催他動身好幾次了。於是楊華對驢夫說：「不上青苔關去了，現在改道了。」當下重新講價，改程北上，直奔山東大道。

這現雇的腳程只能送幾站路，是不肯遠走幾百里地，送到地頭的。楊華一路上，有時候換雇著代步，有時就徒步而行。也走了十幾天，這一日到達東昌府界。

玉旛杆楊華也曾到過山東，但是路徑很生。因為心緒不佳，有時他就按著驛站走；有時心裡一懶，就走半站。不想這天步行，錯過了站頭。直走到天夕，一打聽前站紅花埠的路程，卻還有三十多里。附近沒有客棧，盡是些小村落。楊華不慣向民家借宿，再者自己又是孤身行客。他素知此地民風強悍，冒昧尋宿，似乎不很妥當。當下只好腳下加快，要在黑夜多趕一段路，到紅花埠投店，決不半路借宿。

一路急走，天色越來越暗。楊華覺著有些疲乏，走到一座小村子外，在土地廟台階上歇息了半個更次。精力稍稍恢復，便站起身來，借著星光，順著路徑，往前趕下去。偏偏路途不熟，有兩次走入歧途，又退回來，引得村莊上一陣陣野犬狂吠。直走到二更過後，距前站還有十幾里地，這分明是多走冤枉路了。

楊華心中發起急來，因為夜太深了，就趕到紅花埠，再投店房，恐怕人家全睡了，也未必肯再留客人，想住店還得費事。越走路越黑，他心中著急，腳下加緊，卻覺得這漫漫長途，越來越不到頭。楊華不禁十分懊惱起來，大不該一時任性，不按驛站走。這眼前道路十分荒涼，說不定自己又走入迷途了。

忽然，迎面一帶秋林落葉，風吹得沙沙亂響，小徑曲折，繞林而轉。玉旛杆楊華才走到林邊，突然從拐角處跑出一個行人來。林濤風吼，聽不見腳步聲，兩個人劈頭險些撞上。楊華走得滿頭是汗，忙往旁一閃身，才要出聲喝問。不想對面來人一語不發，驀地亮出一把明晃晃的刀來，一縱身，摟頭蓋頂，照楊華就砍。

這一刀驟出不意，竟把楊華嚇得一驚。猛地一閃身，往旁縱開。他大叫了一聲，把行囊一拋，「刷」地抽出豹尾鞭。鋼鞭在握，立刻膽氣一壯。掄鞭迎敵，只見那人倏地又趕過來，遞刀就扎，竟向致命處刺來。

山東道上素來多盜，楊華卻也早有個耳聞。只見他急用豹尾鞭往外一封，厲聲喝道：「好大膽的強徒，竟敢攔路截人？你是瞎了眼，你也不打聽打聽我是誰！」

這便是楊華學來的一個詐語。

這一聲斷喝居然有效。只見那賊向前一攻，虛砍了一刀，「嗖」地往旁一縱，直竄出一丈多遠。用刀閉住門戶，攏眼光，暗中端詳，大聲喝問道：「呔，你是幹什麼的，深更半夜在這裡埋伏著？快實說，太爺眼睛裡揉不進沙子去。」

玉旛杆楊華猜不透來人的心意，一見面連砍三刀，卻又忽然退開，不知玩什麼把戲。玉旛杆橫鞭提防著，前欺了兩步，罵道：「管我是幹什麼的？你瞧我像幹什麼的？你這劫財殺人的強盜，今天卻碰上了我！哼哼，我今天可教你過不去！」楊華說罷掄鞭一揮，疾待上前。只見那人又一閃，連忙將刀晃了幾晃，連連說道：「不要動手，不要動手！我不是劫道的，你是過路的客人麼？你在這林子邊上做什麼？」

楊華惡聲還報導：「林子邊就不許你楊二爺走了麼？少使詐語，你不用裝著玩，你抽冷子想把我砍倒了，奪我的錢財？你瞎了眼了！楊二爺包裹裡有得是金銀財寶，可是楊二爺手中還有一根豹尾鞭，還有彈弓、彈丸。你還裝好人？相好的，來吧，你叫什麼玩藝？」

玉旛杆楊華直逼過來，竟逼得那人往旁閃躲，連聲叫道：「你這人太厲害了！

我有急事，我當你是攔劫我的仇人了。這是誤會，對不住，我有天大急事，是我認錯人了。朋友借光吧。朋友貴姓大名？……」

楊華說道：「呸，借光，說得多麼輕鬆？你這東西連砍我三刀。你有急事，楊二爺卻沒有急事。楊二爺誤了道了，正悶得慌。好吧，把你的刀留下，楊二爺就放你過去。」

楊華把青苔關所積的一肚皮怒氣，都傾瀉到這個人身上了。這卻也把那人擠兌急了，不由怒吼道：「好你個東西，你敢訛我？我蕭承澤也不是好惹的，我不過有急事在身，不願跟你惹氣。江湖上鬧個誤會，說開了就完，就憑你要留我的刀？……」掄刀上前，便要奪路衝殺。

這時節，玉旛杆楊華急急往旁一閃，連聲叫住，道：「別動手，別動手！你是故城蕭承澤蕭大哥麼？小弟是楊華。」

那人一閃身，慌忙停刀側目，驚問道：「你是楊華？你怎麼來到此地？你不在商丘縣懶和尚那裡麼？」

玉旛杆楊華也把鞭一收，驚喜交集地說道：「哈，真是蕭大哥，小弟正是楊華。不料你我今日在此地相會。」

那人連聲罵道：「我渾蛋，我渾蛋！我氣急了，蒙住了。老弟，我就沒聽出是你來。」他棄刀過來，捉住了楊華的手，說道：「老弟呀，咱們可是老沒見了。」

楊華投鞭說道：「咱們七八年沒見面了。大哥，你黑更半夜，在這曠郊野外，拿著把刀要幹什麼？幸虧是我，要是個尋常百姓，還不教你給砍了！莫非大哥你真投身綠林了不成？」

蕭承澤連連搖著楊華的手，慘然說道：「老弟，別說了！我縱不長進，也不致幹那個。老弟，你我兄弟也算有緣，你我今天就算永訣。我受了人家重托，我卻不能終人之事。我蕭承澤實在無顏偷活在人世。今天就是我的死期！老弟，你我再見吧！我現在有天大的急事，我這還得趕下去。我若不死，我們還可以再見。」說罷，拾起刀來，便要走。

話說得很突兀，把個楊華弄得如墜五里霧中。但當兩人握手時，楊華已覺出這蕭承澤氣喘吁吁，兩手冰冷，卻又握著兩把涼汗。玉旛杆楊華忙攔道：「蕭大哥別走，大哥你有什麼急事？難道不能給兄弟我說說聽聽麼？」

那蕭承澤非常焦灼，吃吃地說道：「不是不告訴你，這一耽擱，就怕誤了。是我渾蛋，已經給誤了。我現在是豁出性命，去奪人救人。老弟你瞧瞧，天這晚了，一隔夜就糟了，我就不是人了。人家是個十七八歲的大姑娘，教仇人搶了去，那還有好？……老弟，他們人多勢眾，我這是拚命去，拚出來，把人家妹妹救出來，我還是蕭承澤；救不出來，我還姓他娘的什麼蕭？我就是畜類了！」說罷，甩手就走。

這一番話教人聽了，更納悶著急，蕭承澤已健步如飛地搶去。玉旛杆楊華顧不得包袱，追上前一把抓住蕭承澤道：「蕭大哥，你還是你那火炭的脾氣。到底是怎麼回事？你那朋友的妹妹是教土匪搶去的，還是教仇家搶去的？又與老哥你有什麼相干？」

蕭承澤急得直跺腳，哭聲叫道：「朋友本來托我護家眷！是我一招失計，被仇人得了手。我的老弟，三更多天了，晚一刻是一刻的罪孽。人家是十七八歲沒出門的大閨女呀！教仇人綁去了，糟了糟了，我這就誤了！」

玉旛杆楊華不由怒氣上撞道：「蕭大哥，你瞧不起我不是？」

蕭承澤說道：「什麼！我怎麼瞧不起你？」

楊華含嗔說道：「既遇見這種事，你怎麼不邀我幫忙？你為了朋友交情賣命，我姓楊的就不能為武林義氣拔刀助拳麼？」

蕭承澤「哎呀」了一聲，「啪」地自己打了個嘴巴，連聲叫道：「我的老兄弟，我渾了蛋了。……但是，老弟，這可是拚命的事。你現在可是哥兒一個，你大哥可是不在了，我，我，我怎好邀你？」

楊華剛要還言，那蕭承澤卻又迫不急待地把楊華一扯道：「老弟，我先謝謝你……走，快點走！」

當時只容得楊華拾起包袱來，蕭承澤已搶先舉步，如飛地狂奔下去。玉旛杆緊隨在後，且跑且問。

那蕭承澤說出一件驚人的慘案來。這個被仇人劫去的年輕閨女非是他人，就是那與柳研青後來成為情敵的難女李映霞，也就是一位秉公執法而被罷官的知府的小姐。不幸李映霞之父因為一件大案，與一個有勢力豪紳結下怨仇，那豪紳竟賄買當朝朝貴，罷了李知府的官，又趁李映霞之父解職還鄉，出重金買下了綠林盜賊，前來殺家復仇，擄走了李映霞。

這蕭承澤本是直隸省故城縣人，家計清貧，父親是個老秀才，屢試不中，只得去當幕客。蕭承澤便自幼隨父遊幕在外。

蕭承澤自幼好武，曾隨父在商丘住過幾年。那時候，蕭承澤常向懶和尚毛金鐘請教武功，與楊華相識，並很投合，二人便結拜金蘭之好。

蕭幕客在商丘只待了一年光景，又被山西一位知縣聘去做文案了。歷時不到半年，這知縣突遭一個案件的罣誤，幸虧了蕭幕客替東家多方籌畫，才免去重罪，僅得了一個革職處分。因為這件事，蕭幕客的義聲大振，人人都說他是個有擔當的朋友。後來有一位姓李的知府，慕名前來重金相聘。這李知府不是別人，便是李映霞小姐的生父，姓李，名叫建松。

這時候，蕭承澤已經十八歲了，依然隨父在幕，後來就做了貼寫，人們稱他為蕭少師爺。這位蕭少師爺，太不像師爺樣了，挺胸腆肚，一臉粉刺疙疸，說話喉嚨極響。雖寫得一筆好字，卻文理不甚清通；考秀才無望，做幕友也不倫；弄得文不文，武不武，常被父親罵為不肖之子。但是蕭承澤卻另有一樣長處，對人有個傻人緣，性情直率，交友熱心，全衙門上上下下，可以說都是他的朋友。

蕭承澤機緣湊巧。府衙裡有一個老更夫，乃是一個精通武術的人。人們都說這更夫年輕時是個飛賊，因為犯了眾怒，群賊要毀了他，他才懼怕了，逃避到山西，用盡心計，買了這個府衙的更夫差事，專為避禍。

究竟這些話是謠傳，還是真情，卻也很難說，老更夫自己當然決不承認的。人們也曾逼他露一手武學，他是敬謝不敏；就是人家打他，他也不還手，只笑著喘著跑。只是他年過花甲，背雖駝，腳步卻健，到底與常人不同。人家就因為他腿快，笑罵他是飛賊，他也不惱。

忽一日，不知以何因緣，這蕭承澤竟為老更夫看取。兩人中間秘有約言，然後這老更夫背著人，悄悄地把生平絕技，傳給了蕭承澤。蕭承澤從那時起，忽然戒了酒，人是分外見精神。卻是天天分外好瞌睡，常常晝寢。衙門中也有細心的，看出點跡象來，但少師爺徹夜地跟老更夫學打拳，又算什麼大不了的事呢？

只可惜蕭承澤體格盡佳，天資太鈍，未等到將這老更夫的武藝全部學來，便半途出了岔錯。——老更夫忽然在郊外上吊死了！屍體雖經官驗，似無可疑。但隔了一兩天，忽然傳說，這老更夫不是自盡死的，乃是被逼而縊死。

這件事鬧得李知府也很煩惱，曾經根究過。但老更夫又只孤身一人，沒有苦主。蕭承澤又悄悄稟報父親，由蕭幕客關照了府尊，把這件事啞密下去，做成了懸案，不再追究了。蕭承澤卻潛盡弟子之禮，把老更夫好好地成殮埋葬。

這李建松知府原是個進士出身，工詩善畫的人，同蕭幕客賦詩清談，賓主之間，非常投合。李知府的公子李步雲，年才十四五歲，在府衙延師讀書，和蕭承澤作了朋友。年輕人無不好友喜事，看見蕭承澤每日習武，他也躍躍欲試地想要練練。只是李步雲比起楊華差得多了。李公子也穿短裝快靴，也下場子踢腿打拳。無如父母鍾愛獨子，他人又單弱一些，練習拳技只幾個月的高興，便漸漸厭倦起來。李建松又往往說，練武僅足以健身，不足以防身。好勇鬥狠，或反賈禍。他不但不喜歡自己兒子練武，就對這位蕭少師爺，也常勸他好好地讀文章，揣摩制義，考取個功名，才是正途。和蕭幕客商量，要給蕭承澤捐監應試。

蕭幕客自然願意，蕭承澤卻很討厭這監生二字，任憑如何解說，咬定牙不肯捐監。這一來，惹得蕭氏父子嘔了好幾天的氣。蕭幕客把蕭承澤罵了好幾頓，鬧得李知府也不好再提捐監的話了。

這李太守雖然工詩善畫，卻是一個幹員。為人精強廉悍，辦事英銳，性情又傲，有時犯了脾氣，竟敢頂撞上峰。卻不料他的上司是一個貪好名聲的大吏，李建松憑其骨傲，反得青睞，竟在其一力保薦之下步步青雲。

李建松太守意氣發舒，案無留牘，又得到蕭幕友的幫助。他竟一時大得嚴正之名，只是強鯁之聲也就騰傳於眾口了。未數年，蕭幕客老病侵尋，貪酒致疾，竟來不及辭館還鄉，病歿在府衙了。

蕭幕客一死，李知府驟失臂助，感念主賓之情，厚加饋贈，派人護運靈柩，送到蕭承澤的故鄉直隸故城縣。少師爺蕭承澤守制在籍，一晃經年。李知府篤念舊誼，命兒子李步雲給蕭承澤通函致候，勸他服滿來府。

此時蕭承澤方在壯年，也不甘雌伏。但做幕客他不願，赴試他不行，務農他不慣。他正不知道來日之計，該做什麼才好。一時有心靠自己的武術，給鏢局做事，一時又想投筆從戎。無奈他又跟武林中人很是隔膜，和行伍中人也不通聲氣，兩方都苦於援引無人。

當他家居時，曾有一位同鄉，出外辦貨，知道路上不大太平，便邀蕭承澤同行。一來請他管賬，二來好像請他保鏢。這趟出門，蕭承澤增加了不少閱歷。同鄉的買賣，又頗贏利，酬謝他不少。蕭承澤便拿這筆錢入了股，做起買賣來，也可以過活得去。

等到年終還鄉，看見了李步雲的信，是奉父命堅邀他到任上幫忙。蕭承澤不願當師爺，自然也就不願去。他提起筆來是很困難的，連信也沒有答覆。不想李知府又派急足，特來催請，定要蕭承澤到任上去，幫助照應一切。這一次信，並不是請師爺的口氣，乃是一個父執邀故人子弟，到任所讀書候試，佐助案牘，將來可以捐個官做做。話語十分懇切。

蕭承澤的母親是望夫做官不成，又望子成名的人。她一見這信，很是著急，立刻替蕭承澤答應，並勸蕭承澤說道：「知府大人專門來請，哪有不去的？你父親考了一輩子，也沒考上個舉人。現在好了，人家給你捐官。做了官，我也就是老太太了！不要學你父親那麼不識抬舉。」蕭承澤母命難違，這才料理清了買賣交易，動身到潁州府任上去了。

蕭承澤來到潁州，見了李知府父子，自有一番親熱。李知府此次邀他，頗有深意。做官的人須有一兩個親信人做耳目，才不致於被手下人所欺。李太守又不願用舅爺、二爺之流的官親，恐怕有玷官聲。李建松看中蕭承澤為人可靠，但又只不過是故人子弟，就重用了他，也沒有什麼閒話。所以，才把他請來，在衙中照應一切。

依著李知府的意思，還想教蕭承澤在幕讀書，預備應試。可是蕭承澤提到作八股，就頭疼。李知府想給他捐個佐雜，他仍是不甚願意。李知府只好隨著他，做一個通家子弟看待，教他在文案上，幫助辦辦錢穀。而出入內宅，照應家事，簡直是個官親，府衙上下都稱他為蕭大爺。

這蕭大爺守正不阿，秉承他父親生前做幕的遺訓，從來不多管閒事。因此甚得李知府的器重，許之為少年老成，看待他真同親子侄一樣。又因蕭承澤體格健壯，善習武藝，遇見接送家眷、押運錢糧的事，都要教蕭承澤辦理。蕭大爺的名聲，在府衙中是叫得很響的。

李建松在潁州一住數年，又調任廬州府知府。蕭承澤便又隨著李建松父子，來到皖南合肥。在這廬州府，地方紳董頗有勢力，辦事常有棘手之處。李知府居官廉潔，抱著仰不愧於天，俯不怍於人的心，遇事秉公處斷，不管你朝中有沒有人，以此固博得清正之名，終大招豪紳之忌。這一年，本府屬縣境內，忽發生了一件械鬥血案，由此掀起了很大的風潮！

距廬州府管下巢縣縣境十數里地，有一個獻糧莊。莊內首戶姓計名仁山，雖是鄉紳，卻大有財勢，可說是富甲全府，擁有一百多頃稻田。據說當初江南歉收，饑民嗷嗷，計仁山捐獻一千石皇糧，救災助賑，所以賜名獻糧莊。但計仁山的這一片稻田，乃是利用一道已枯的廢河，引進了巢湖之水，灌溉稻田，由此大得水利，遂成巨富。

計仁山本非巢縣土著，據傳他祖籍是湖北人。當他少年時，隨父避難，來到此地落戶。他父子都是才幹精強的人。父子初到皖省時，雖然不算是白手起家，卻也所帶資財有限。他們到巢縣投奔親戚，看見這廢河西岸的地，沒有水怎能種稻田？種別的莊稼，土性不宜，沒有好收穫，大好土地白白荒廢著，二十多里地只有幾個很窮的莊子。

廢河的東岸沒有什麼村莊。但在廢河以東四五里地之外，有著吳家集、桑林莊、辛家園、杜家園、九里驛等十數個莊子，都以蠶桑紡織為業。此地昔日鬧過水患，河東地勢低窪，巢湖水若暴漲，河水便要橫溢到岸上去，甚至一淹便是十幾個莊村。吳家集、桑林莊等處，頓時變成了澤國。後來辦水利的人員查勘水道，防護水災，遂將這個河岔子通湖水的地方堵塞了，另引水道，從此水患永除。

這是多年以前的事了。計仁山一來到巢縣，看出這廢河引水是致富之源，遂拿出錢來，將這廢河一帶的荒地，用賤價置買了四五頃。暗中買出十幾個農戶，啖以重利，竟在夜間，趁著秋雨連綿，把這個湖口的土壍給偷偷掘開了，只一通夜的工夫，把這一道廢河岔子又灌滿了水。

事情辦得很嚴密，又是趁著雨夜的時候，人人以為雨水沖壞了堤壍。誰也沒有想到是有人要利用這道廢河。由於水勢不大，並未成災，一些鄉民只看見眼前，不知將來的隱患，自然沒有人出頭多事。而官家辦事，又是民不舉，吏不究。於是河水洋洋，計仁山之秘計得售。看準了無人干涉，遂即引水開渠，將自己買來的荒地，全種了稻田。

也是他一步旺運，這頭一年就豐收，第二年收穫也很好。並且依然無人理會，毫無差錯。計仁山父子欣然得意，一面續來收買西岸的土地，一面為走穩步計，拿出錢來，結交官府，潛樹勢力。等到第三年，河水大漲，西岸稻田又慶豐年，東岸險些被淹。到這時候，河東吳家集等村的農民便紛紛議論起來。

也是合該有事。吳家集就有一位落拓秀才和一位中產鄉紳，一個是恨己之貧，一個是妒鄰之富，便引著頭一哄，哄出許多人來。他們打算由河東各莊村聯名呈遞公稟，呈控客民計仁山：「私掘堤塹，以鄰為壑，不顧我河東十數村民命田廬，只圖自私自利，灌溉自己之荒田。仰懇縣台查照舊案，填堵廢河，以重民命。」

這個呈稿已然擬出來，卻被這個窮秀才悄悄賣給計仁山，暗中作計，是要向計仁山賣底訛錢的。計仁山父子何等精明？父子略一計議，只拿出數百錢來，在地方上略一打點，第一個就把首創遞稟的窮秀才收買過來，第二個又買囑那位鄉紳。這樣一來，遞公稟的人無形中拆散了幫，誰也不肯領頭告狀了。而計仁山的巧計又售。於是計仁山父子似得天助，二十餘年間，稻田收穫越豐，河西土地竟被他陸續買到三四十頃之多。

計仁山又不是那鄉村守財奴，雖是務農，竟拿來當買賣做，善於投機冒險。在這二三十年間，計仁山已在地方上築下根基，浸成不可動搖之勢。而且他曾歷險難，待人謙和，大處著眼，細處下手，一切近鄰都頌揚他慷慨好義。

這一年江南歉收，鄰近各村無不窮困。計仁山趁此良機，大買田地。又自知是客籍，出價總比別人高，條件總比別人厚，以此又購得若干頃。這計家父子只三十年光景，已成了全縣的首富，而且也成了廬州府的首富。計仁山眼光遠大，又在這一年親獻皇糧千石，得了褒狀。他錢也有了，勢也有了，不但博得首富之名，也已獲得首善之譽。

這時候計仁山之父已然死了，計仁山也已年逾五旬。有一年秋汛暴漲，湖水橫流，東岸淹了一些。到了這時，吳家集的鄉民才感到切身利害。大家又糾合起來，控告計仁山私開舊壑，以鄰為壑，要求將廢河堵塞。計仁山此時已成不可撼之勢，也打了稟帖，訴說：「河西數萬田農，倚水利為命脈，水患非年年所必有；即有險象，若搶救得法，何致成災？私開舊壑，有何確證？」

本來事隔多年，一無佐證。計仁山又暗中有人情，空吵嚷了半年，到底控訴無效。這一番風波過去，也激起計仁山的反感來，常常歎息說：「此地人太欺生，我不過是客籍人罷了。但我年年救災助善，竟沒換回來本地人一點感激！」

又過了幾年，突然發生大水災！上流地方淫雨連綿月餘，江水暴漲，巢湖之水橫溢出來。廢河倒灌，把吳家集、桑家莊七八個村莊全淹沒了。河東堤墊被沖得七塌八落，河道突然寬展了數丈。這一來，河東災民何止數千。而獻糧莊一帶，一者地勢高亢，二者防護得法，居然又是高枕無憂。而且除一二處略略有損失外，其餘稻田的收成還算不壞。

這可激怒了河東的百姓，成群的災民怒罵連天。當地出頭人物立刻又在縣裡告了。但在兩造打官司、過堂審訊時，水已退了。河東依然沒有勝訴，只獲得官方的「小心防堤，勿得私掘土墊，致干法究」的空話。這些空話又是對河西、河東兩岸的佃戶籠統說的。

河東村民看對岸的富厚，自己的貧辛，如何不怒？而且每年遇見災情，計仁山必然創募賑捐。這一次雙方既然打了官司，即是成了仇人，計仁山自然不肯捐賑了。河東居民一想：「與其淹死，不如拚命。他既然敢私開堤墊，我們難道不能硬堵水口麼？」遂聚集了百十名壯丁，各攜了農具麻袋蜂擁到廢河堤前，要來搶堵水道。

不過，這扒堤很容易，堵塹豈是一時能辦到的？河東居民忙了好幾天，一點也沒堵上。計仁山早已得到河西佃戶的報告，立刻也聚集了一百多人，趕來挖道。一堵一開，雙方衝突起來，結果當日起了一場械鬥。

河西的人把河東的人趕走，河東的人立刻勾兵，傾巢而至，竟糾集了兩三千人。河西人更不肯示弱，也立刻糾集了數千人。兩邊拚命，互有死傷。計仁山卻走了先步，已在官府上呈報了。官府派人彈壓，要拿為首之人，兩方面都將死傷的人抬走，不打官司了。吳家集的紳董們已然動了公憤，大家出錢打官司。知道計仁山在縣衙有人情，他們便搶上風，聯名跑到首府控告。

計仁山聞訊，勃然大怒，立備資財，到府道衙門佈置。雙方纏訟數年，連撤了兩個縣官，依然沒有解決。這其間河東、河西儼成敵國，不知道發生了多少次械鬥，死傷了多少人命。計仁山不動則已，一動則必求勝算。他將家財似流水的花費，依然把這百頃稻田的富源保住。

歷任的縣官，有的就得了計仁山的不少實惠。其間固然也有秉公守法的縣官，詳查舊案，諮詢水利官廳，究出本案的癥結來，想將這道廢河重新堵了。無奈計仁山耳目甚靈，手腕甚快，稍得風聲，立即想法。有的縣官被他抓住短處搬倒了；有的實在買不動、推不倒，計仁山就花錢運動他升官，調任，把他弄離開巢縣。

就在這雙方僵持之間，知府李建松調任到廬州來了。雙方打官司的人，是一逢新官到任，立刻舊案重提，各顯神通，爭搶原告。這時候吳家集十幾個村莊，鬧得民窮財困已極了。聽見計仁山趁新知府到任，又已勾結胥吏，要告他們了。他們立刻聯合了十幾個莊，大家計議了一陣。說是財勢不敵，還有幾千條命在，若不把河道堵塞了，死不罷手。就是全村只剩一個人，也得跟獻糧莊拚拚。

不想河東這邊才一計議著械鬥，計仁山又已探出動靜。計仁山這幾年雇養著數十名壯漢，多是會兩手武功的，專備給河東鬥毆。這一次械鬥復起，格外鬥得兇狠，兩天一夜的工夫，河東農民當場死了十七名，重傷二十幾名；獻糧莊計仁山這邊，死了五名，重傷三十幾名。直鬧得巢湖的水師營趕到，才將這一場大械鬥，彈壓住了。

但械鬥雖然暫時壓住，訟案又在廬州府發動。這雙方一面找訟師，忙著推頭腦人，到府縣盯著打官司；一面各把死傷的人，自己抬回去，咬牙切齒地準備第二次械鬥。

此時，這駐防巢湖的水師營馮幫帶，是一個幹員，知道這場械鬥若不彈壓下去，還不知要激出多少命案來。馮幫帶曉得他們是為爭水道而起釁端的，自己也不算多事，立刻把全部隊伍調到，在械鬥場一駐。勒令兩造到縣衙成訟，再不准械鬥，否則抓來當土匪辦。

這械鬥的人一股狂熱之氣，倒不怕死；但是誰也不願輸了陣仗，被官面抓了人去，反教敵人得意。因此儘管躍躍欲動，在水師營兵駐紮之時，誰也不肯先動手。反倒各顯神通，推出頭腦人來，以和解械鬥的口吻，邀請馮幫帶赴宴，暗中打通人情，要買得馮幫帶傾向自己。這馮幫帶真個是幹員，雙方請托都不謝絕，只是說到真事，他一點也不辦，誰也不偏向著。

大凡械鬥案鬧得激烈處，地方官都不能以尋常國法制裁。若是官斷偏向一方，反更激起下次的械鬥。所以縣境一發生大械鬥，能吏固可倚之發財，庸吏倒每每因之擔處分，被上告。這時的巢縣縣官是個膽小不過的老進士，眼見前任官為本案壞了兩三個，他簡直不知怎麼辦才好，不知不覺又拿出那官場秘訣的拖延手段來了。緩緩地傳案，緩緩地過案，也驗屍，也到廢河邊查勘，和幕中師爺紛紛議論不決。

只是拿出那給兩家做和事佬的口氣來，敷衍了一場。不意就在此時，廬州知府已發來公文，拘提兩造親訊。

李知府一到任時，訪問屬縣民情，業已曉得皖南民風本來和平，向少糾紛。只有這巢縣境內，曾經發生械鬥。而且從各方面，已打聽到這巢縣紳董計仁山，乃是全府首富，是個大善士，擁有百頃良田，曾因獻糧助賑，榮邀褒獎。卻是這個大善士，就與這樁大械鬥有關。

李知府覺得奇怪，慢慢地也打聽出一些頭緒來。知道他們為了一條廢河，曾經纏訟多年，而是非曲直，因為年隔久遠，已不甚好斷了。李知府存在心裡，也沒有十分留意。

忽一日蕭大爺蕭承澤，由同衙師爺介紹，見了一位胡二爺和牛七爺。他們慢慢地套交情，慢慢地哄蕭承澤，慢慢地說出一件延纏的案子來，要求蕭大爺幫忙。蕭承澤謹守父誡，一口回絕。胡二爺和牛七爺不談正事了，只求蕭大爺費心引見李步雲公子，因為：「素仰李公子英年好學，我們非常佩服他。」

李公子只是個不到二十歲的小孩子，和胡二爺、牛七爺交遊了幾天，覺得這兩人俗不可耐。尤其他們那突如其來的諛詞，文不對題的頌揚，李步雲簡直消受不了。至於請酒設宴，李公子又怕他父曉得，所以不久便厭煩了。

牛七爺立時又引見來一個十幾歲的粉面少年來，自稱是牛七爺的小族叔，當然也姓牛，叫做牛文英。這牛文英吐屬溫婉，翩翩年少，秀眉粉腮，大有媚態。和李公子講說詩詞書畫，倒也合拍。牛文英又拿出他自作的窗藝來，請教李公子。他一定要和李公子結拜，口稱李公子為李二哥，蕭承澤為蕭大哥。蕭、李二人推辭不掉，就算是拜義弟兄了。牛七爺和胡二爺就矮下一輩去，親親熱熱地稱李公子、蕭大爺為世叔。

如此往來一兩月，牛文英忽對李公子說起他岳父家的事來。說是他岳父計仁山是個好人，在故鄉略有田產，不意為當地訟棍所擾，妒他富有，欺他良懦，直打了好幾年官司。「這年月越是良民，越難過活。」言下不勝慨然。意思之間，要求李公子、蕭大爺預為先容，薄備孝敬之禮，請李知府他老人家法內施仁，「使家岳得免訟累，我就感謝不盡。我們也不是想打贏官司，只求把官司早早了結，好得安居度日，就是萬福。」當下拿出一些禮物來。

李公子不知物艱，看了看這點禮物，並沒介意。便問蕭承澤道：「蕭大哥，你聽牛賢弟的親戚這麼受屈，我想我們可以對家父念叨念叨。不過家父向來不許我們家中人談官事的，蕭大哥你得便說一說，好不好？」

蕭承澤一看這禮物。好！足值五六千金，不覺詫然了，忙對李公子說：「賢弟，你可要小心！」慌忙把禮物退回去。牛文英忙又施出全副本領來，柔情媚態，百般引逗。蕭承澤忽然動了疑，暗道：「這牛文英哪像個富家公子，倒像個唱小旦的！」

那時正在清初葉，做官的固然不敢狎妓，就是官眷也不敢公然出沒於娼樓妓館，因而歌童像姑之風大熾。這些歌童也往往學詩習畫，謬托風雅。這個牛文英就好像這流人物。

蕭承澤雖是個粗心的人，李步雲是個少年書生，一時也看不透牛文英的為人。可是牛文英自命為秀才，和李公子一知半解地談八股，本已時露破綻。蕭承澤一動疑，又和李公子一說，兩個人留了神，便越瞧這牛文英不像書香紈袴子弟。於是黔驢技窮，而計松軒一番巧計竟不得售。

豈但不得售，反鬧得李知府曉得了，把李公子嚴辭訓斥了一頓，責他不該在外胡濫交友。若不是蕭承澤引咎跪求，李公子險些挨上一頓好打。從此禁止李公子出外，並且把蕭承澤叫到內宅，反覆詢問，已知原委，一路根究。把個牛七爺、胡二爺，和什麼牛文英之流，全嚇得走避沒影了。李知府便將這巢縣大械鬥案的全部案情，過細地查閱了一遍，又將幕賓胥吏找來，詳細地究問了一回。

李知府自己帶來的人也曾得到計仁山的好處，至於府衙中的舊吏，替計仁山說話的更多。都說計仁山是個大善士、大財主，可惜是客籍人。雖是巢縣三代落戶，可是地方欺生，免不得事事受氣。李知府是個精幹的官吏，揣情度理，已然引起一片疑心。怎麼全衙中人全替計仁山說好話？在地方上哄傳著巢縣大械鬥案，可是案卷上輕描淡寫，竟說成狗打架似的？李知府決計根究一下，遂行文到巢縣，調取全案文卷及一干人犯，到府聽審。

等到兩造到場，知府李建松親自堂訊。據知縣來文說，計仁山年老病重，不能到案。李建松勃然大怒道：「計仁山年老有病，他兒子也年老有病麼？」立刻出傳票，把計仁山之子計松軒傳到。堂訊起來，兩造各執一詞。械鬥的案子本來難論是非，那自首的人未必是兇手，那過堂的人未必是主謀。這就顯出李知府老辣的幹才來了。

過了幾堂，發下堂批來。把這械鬥的案子辦得很輕，對兩造出頭的紳士也很客氣。李知府卻看出這廢河堤墊的存廢，乃是全案的癥結。竟查照舊案，下了判詞，通詳上峰，諮照水利人員，會同水師營弁，將這一道河墊立刻堵塞。並在堵口上建立碑文，將知府堂諭鐫上：如有私開堤墊，決依律重辦。

而且更老辣的辦法，是把水師營兵調來十幾名，常川駐紮在廢河上游湖畔，從此再不會有人私挖堤道了。

然後李知府傳集兩造紳士出頭人物，叫他們當堂具結，勸誡鄉民，不准再有械鬥事情發生。如再有械鬥，即唯具結人是問。那吳家集的紳士們，眼看自己這邊無形中得了勝利，喜喜歡歡地具了結。那計仁山之子計松軒竟想不到多年大案，一旦翻異，自己這邊一敗塗地，而且又花了許多冤枉錢，如何不惱怒？但是李知府的辦法，乃是把械鬥案和廢河案分開了辦的。把械鬥歸到尋常訟案，力求和解。把廢河案另以整頓水利的名目，行文呈准上峰，交給水利衙門辦理。一件是刑訟，一件是水政。

計仁山父子雖然極力想法，拿著河西稻田悉仰水利存活，一旦堵塞，數千民命攸關的話，來籲請免塞。無奈李知府是查出幾十年前的成案來，通詳督撫，措辭是請修復廢河決口，保障巢縣廢河東岸十數村莊民命田廬。見地既很正大，對於廢河西岸的稻田，他又呈請豁免本年田賦，俾使明年改種土穀，足以全活，兩方面全都顧到了。把這以前的私掘堤墊的罪名，拋過不提，這便摘開了爭訟的開端，這就是長官，也駁他不倒。結局是鐵案如山，計松軒這邊一時挽救不來了。

計松軒當庭接到那張結紙，氣得他目瞪口呆，手足冰冷。尤其是眼看那對頭們，吳家集、桑林莊的紳民，歡天喜地地具結，不由怒上加怒。計松軒當庭對李知府說：「生員務農為業，閉戶讀書，一向逢年助賑，有善舉必然出頭。可是地方上的事，向來不敢干預。獻糧莊的鄉民和吳家集、桑林莊的人械鬥爭訟，他們都為著自己養命之源。他們是同縣同鄉，老鄰舊居。我一個客籍人，實在管不了。」當堂和李知府頂撞起來。

李知府冷笑了幾聲，道：「計監生，本府這是給你留面子。你不是說閉戶讀書，管不了麼?很好，我想你父親一定管的了。我立刻傳你父親來，教他給我當堂具結。你們的事，當是我毫無所聞麼?」一扭轉頭來，對書吏皂隸人等說道：「本府從做知縣時候起，就最惱恨刁民訟棍。現在巢縣獻糧莊，就有兩個訟棍窩藏著。……」遂提起筆來，簽下一張拘票，吩咐捕役道：「限你即刻到巢縣去，會同該縣，把訟棍馬連坡、秦運才，立刻給我抓來。如有賣放洩漏，小心你的狗腿!」

又簽下一張傳票，吩咐一個捕役：「此票立傳巢縣獻糧莊計仁山到案。獻糧莊和吳家集纏訟了這些年，起了幾次械鬥，這位計紳士會不曉得？我倒要請他來問問。」然後把筆一丟道：「計松軒，你也不曉得本府的為人。你們常打官司，你也該打聽打聽這官兒是什麼脾氣秉性。我如今也用不著拘下你，我就請你回店去和你店中的朋友仔細想一想。下去吧！」一聲退堂，把兩造全趕下堂來。

第二十章　護眷避賊

計松軒回到店中，果然亡魂喪魄似的，和店中幾個謀士計較起來。省會雖有打點，又是遠水不救近火。這個眼前虧可怎麼吃法？再三籌計，只可遞呈情願具結：「嗣後獻糧莊如再有械鬥，生員情願本息事睦鄰之旨，出頭勸解。」只求免傳老父到案。李知府這才罷手。

這糾纏了三十年的大案，竟被李知府用快刀斬亂麻的手段，給了結了。只有計松軒敗訴歸來，真是想不到的窩心。又想到老父計仁山辦事剛勁，一聽到這消息，還不知是怎樣的激惱哩。正躊躇著見面為難，不想計仁山早已得了敗耗。那廢河上早已來了水利人員，查勘堤塹決口，糾工大事修復。那知府的告示已煌煌地貼出來：嚴禁私掘堤塹。如違正法不貸，並追究主謀。話頭說得非常厲害。

計仁山自二十幾歲上來到巢縣，現在六十二了，真個是一帆風順。凡事不打算則已，一打算就有把握，一動手就能成功。何期今年栽了這大跟頭！惱得他喘疾復犯，頓時躺倒床頭，不能動轉了。

就在這時候，火上燒油，那拘拿訟棍的公文又到。雖然計仁山早由縣衙中接到了資訊，可是那馬連坡和秦運才兩個精幹的狀師，全嚇得不敢出頭了，也不敢再在獻糧莊住了。緊跟著又是一個打擊，他的大兒子計松軒垂頭喪氣地回來，具說到府以後，幾個月的苦心佈置，敗於一旦。由牛道生主謀，出重資雇了北京像姑堂子裡一個知書善畫的美貌像姑，冒充親眷，已同李公子結拜。不幸行使賄賂，被蕭承澤看破了謀計，以致弄巧成拙。

計松軒將這些話冒冒失失對計仁山說了，立刻把病榻上的計仁山，氣得白髮直豎。痛罵計松軒昏誕無能，怎麼想了這種拙計，授人以柄，自形理虧？等到看見計松軒所具的甘結，再有械鬥發生，就由計仁山、計松軒負責。那不啻自己承認是械鬥的主使人，這更是大失著了。而且廢河堵塞，稻田頓變成瘠田。這又是舊案重提，完全由水利上著眼；此案再想推翻，真苦於無法下手。計仁山從病榻上忽地坐起來，直著脖子，把大兒子計松軒和管賬胡金壽、門客牛道生，痛罵一頓，一時氣不轉，竟昏死過去了。

計仁山家中本延請著侍醫，急忙招來調治，一家親眷都圍上來。直救了一個時辰，計仁山才緩醒過來。他不禁浩歎一聲，老淚縱橫，看了看垂頭喪氣的大兒子計松軒和那咬牙切齒的二兒子計桐軒，不由點了點頭道：

「孩子，可憐我計仁山，與你祖父四十多年的創業，竟敗在你們這群廢物手內？我一世爭強好勝，你弟兄卻是一對闊少爺，教你們辦什麼，也辦不漂亮。我又老病侵尋，空有一肚子辦法，只是支持不住。老大，你怎麼想出這種笨招呢？你竟會教一個孌童辦這大事。你忘了一旦敗露，那李知府必然深以為恥，豈不是激起官府的痛恨麼？那麼一來，我們怎會得到了公道！」

他又歇了一回，忽然忿恨起來，將手連拍病枕道：「李建松，李建松，我不除治了你，誓不為人！你毀得我好苦，百頃良田全變成荒地，我豈肯與你善罷甘休！」

計仁山立命家人退出，只留下兩個兒子，大睜眼吩咐道：「松兒，桐兒，你倆聽著，我計仁山一輩子從沒有栽過跟頭，想不到臨老卻受了這番慘跌。現在這百頃良田是全毀了……至少也毀了一半。這一份家當，是你祖父和我苦創出來的。自我得之，自我失之，又復何恨？松兒，桐兒，我現在恐怕不行了！你哥倆要是孝子，你別忘了你這爹爹是教李知府氣死的。不管你們用什麼法子，你倆但凡有一點孝心，你們必要給我報仇。你們不把李知府的狗命要了，你倆不是我的兒子。老大，老二，你說，你給你爹報仇不報？」

計仁山掙命似地說了這番話。計松軒放聲痛哭。那計桐軒是二十六七歲的青年人，立刻兩眼圓睜，怒如火焰似的，「撲通」跪倒在老父床前，厲聲叫道：「爹爹放心，我不管大哥怎麼樣，這全份家當，反正有我一半做主。我全扔了它，也一定給爹爹出這口氣，我不殺了李知府全家，算我不是人生父母養的。老大，你說，你怎麼樣？」

計松軒是三十多歲的人了，正在萬分的悔恨自己的失著，惹得老子這麼樣難過，一聞二弟此言，越發痛哭，一栽身跪倒在地上，扶著父親的腿，叫喚道：「爹爹，爹爹，你老好好養病。這不是一百頃田地麼？我全賣了它，我一定跟李知府拚一拚。爹爹和老二不心疼錢，我更不心疼錢！有什麼法，咱便使什麼法。李知府輕輕一張公文，把咱們百萬家私全給毀了，我這時把命拚給他，我都甘心！」

父子三人鬚眉皆豎，怒氣沖天，發誓賭咒地一定要報仇。更加火上澆油的事情，這計仁山喘疾大發，痰中帶血，不多久就死了。計松軒、計桐軒這一對親兄弟，孝心極篤，友愛又深，認定父親是因敗訴而氣死的，對於李知府真是痛恨入骨。

弟兄倆辦理喪事，跪在計仁山的靈前，哀哀痛哭。弟兄倆怨毒所聚，對著父屍起了重誓，定要為父報仇，把李知府置之死地。

這父子密談，以及弟兄發誓，本來做得很嚴密，但是不久竟傳出來了。蕭承澤也有些耳聞，私對李公子說了。後來李知府也曉得了，只淡淡一笑，沒拿著當做一回事。不意這計氏昆仲秉受遺傳，天性堅忍。那計老大計松軒和一些訟棍廝混熟了，便打算告狀上訴，想法子把李知府扳倒。那計老二計桐軒又是一種做法，他和家中養的械鬥打手素日相近，便想到了如何行刺，如何陷害的路數。兄弟倆各試陰謀，各看一步棋，卻是雙管齊下，並行不悖。

這兩招一步一步地施展出來。第一招是計松軒的計策。李知府竟因前在潁州府知府任內一件案子，忽被人告發受賄，後來雖經昭雪，竟麻煩了好久。緊跟著又一樁事故，府衙突然失慎，險些焚毀了卷宗。細一查看，顯見有人縱火。緊接著又是衙門鬧賊，內宅裡空鬧了一場虛驚，幸而防備尚嚴，賊人未得下手。

李知府生性剛直，不禁暴怒道：「本府自問於君國，於子民，沒有對不住的地方，裁斷民情，一秉大公，何故竟有這等事情，府衙內鬧賊，真是笑話。莫非是我斷的哪一件案子，不得人意，竟來遣刺客尋我麼？」立刻傳集捕快，拘拿盜匪。而賊蹤詭秘，到底沒得到蹤跡。

這時候就有人揣測，怕是計家派來的刺客，但是又覺著不像。焉有這件訟案才了，就有刺客應時發動的道理？若真是殺官報仇，這總該隔過一年兩載，容得案子冷一下，本官離了任再動手，方是妥當辦法。所以儘管有人猜疑，到底不信的人居多。

不意人們儘管不信，李知府卻一連接到四封黑信。頭一封信上說：「府台大人萬福鈞安：敬稟者，小民身受鴻恩，感激莫報，時有結草銜環之意，惜無良緣。今有稟者：只因大人與本縣獻糧莊計百萬家結怨。今聞計百萬的大少爺、二少爺，大出財帛，雇買能人，要來冒犯虎威。小民聞聽之下非常著急，本應趨叩台前，稟報一切。無奈一時不得其便，又怕計二爺不饒。小民萬般無奈，修此寸稟，奉告爺台多加小心，實為公便。別無可敘，此候府台老大人德安，夫人、少爺、小姐萬福金安。沐恩小民叩稟。再者小民本應具名，無奈不敢。附筆言明，餘不多及。」

這一封半通不通的信，好像是買賣人寫的。其餘的三封黑信，意思也大概差不多，全說計家要買刺客，算計李知府。末後到的一封黑信更說明：計桐軒已出重資，聘請來鄂北大盜擎天玉虎賀錦濤，七手施耀先兄弟，火蛇盧定奎，劊子手姜老炮等人，要來戕殺李知府的全家。這些大盜全是計仁山原籍湖北地方的積賊，武功超越，手段毒辣。寫黑信的人再三請李知府多加防備。並說明此等劇賊，現時並不在巢縣，已經潛身進了廬州府云云。

這幾封黑信在初接到時，李知府並不深信。但李知府究是訊案的能吏，把這幾封信細一尋繹，已猜出此函並非是廬州府當地人弄的把戲，實是巢縣居民發來的告密之函。尤其是第一封信寫得很粗俗，雖然寫信的人不敢具名，但已露出破綻。因為他開頭便說「本縣獻糧莊計百萬」，這「本縣」二字便已露出蛛絲馬跡。

李知府把蕭承澤請來，含笑將黑信遞給他看。蕭承澤不等看完，凜然變色道：「這是實情！我請求老伯大人趕快撥派得力捕役，把這計松軒、計桐軒和買來的匪人先捉來，一訊便得真情。」

李知府搖頭笑道：「只憑幾封黑信，我就拘人麼？我請你來，不是為這個，這我自有辦法。我向你打聽打聽這擎天玉虎賀錦濤之流，果然是鄂北大盜麼？」

蕭承澤雖會武功，但並不深曉綠林動靜，回答道：「這個，小侄倒不知道，但是待小侄訪一訪。老伯大人何不一一逕緝拿他們？」

李知府道：「我自有辦法。」

當下李知府不動聲色，只將這幾封黑信，命書吏抄錄下來，親自寫了一封私信，送給巢縣知縣茅象乾。信上說：「弟頃連接匿名帖數件，皆指名貴縣部民計某有通匪之嫌。請仁兄就近密加訪查，究否有無其跡？若果其人安居樂業，家無閑丁，則此匿名信札必出於仇家誣陷，亦請吾兄留意，以安良懦。」輕描淡寫的幾句話，卻將照抄的黑信留下，將原件附在信內，派專人給巢縣縣令發了出去。然後貼發佈告，嚴申緝匪捕盜之令；撥派官役，搜查旅舍，盤詰形跡可疑之人。至於府衙內外的戒備，自然越加森嚴。

那巢縣知縣茅象乾是新到任的官。這日突接到本管上司的親筆秘函，拆封一看，不禁嚇了一跳。案關戕官，焉敢延遲？立刻派了幹捕，到獻糧莊密訪，又派屬吏有才幹者，借著籌辦冬賑之名，去拜訪計松軒、計桐軒。暗中拿話點逗計松軒，由說閒話，說到殺官如同造反；以部民戕害該管父母官，罪該問剮。說完了，再看計松軒的神色。

計松軒尚能矜持得住；那計桐軒卻不禁冷笑，滿臉帶出激昂不忿之情來。計松軒到底年長一些，把縣吏款留住了，甘言厚幣，套問底細。

這屬吏從前都受過計仁山的好處，不覺地說出：「府尊有秘信來，寄給本官，要訪查府上的劣跡。府上少養閒人，多加小心。」把匿名信的大意都告訴了計松軒，然後揣著賄賂，欣然回縣。向縣官報告說，計某人尚屬安居樂業，家中並無閒雜人等，更無非法之行。

過了幾天，那奉命秘查的捕役也來稟見，面報：「獻糧莊內外，經下役連日化裝密訪，該莊均係安善良民，並無來歷不明之人。僅有一名瞽目老丐，乃是外鄉流浪來的客民，已經下役將他驅逐出境。」

總而言之，計百萬家勢派甚大，在首府雖然聲勢稍遜，在本縣卻是官紳兩界叫得很響。尤其是縣衙內上上下下，都通聲氣。饒你李知府發的是親筆秘函，饒你茅知縣奉命唯謹，拿上司的密囑，認真來辦；無奈一轉手交到屬下人，立刻成了具文。計家的動靜真象，一點也訪查不出來。

茅知縣也知道這樣交代不下去。可是他一個新到任的官，前後都不摸頭，自己也沒法子辦。只好和掌案師爺商議稟稿，把遵諭密查的情形，描寫得十分認真。但是到底歸到「事出有因，查無實據」八個字上面去了。為了對上司表示盡心起見，回稟上說：「卑職自應隨時加緊密查，以防不軌。」函末又略示著這幾封匿名帖，恐出計某仇家之手；這件事終於弄了個沒有下文。

李知府便照常辦事，也沒過分介意。只是自經這回舉動之後，計松軒和計桐軒各捏了一把冷汗。胞兄弟二人屏人密語，曉得自家的秘密既已洩漏到仇人耳內去，這行刺的事一時不好再辦了。他們和手下設謀的人計議了幾夜，覺得把李知府刺死在本任內，自己恐怕脫不了干係。於是一計不成，又生一計。

計松軒提出家中積蓄數萬金，打了莊票，揚言要進京捐官。到了北京之後，從同鄉口中打聽門路，居然被他打聽著一條線索。在北京廬州會館一住經年，秘密地佈置。不久李知府由廬州調任山東濟南府知府。到任不久，便因公事上與布政使鬧了彆扭。山東巡撫是個旗籍官員，待下很是驕慢，曾因幾次稟見，覺得李建松氣度鯁直，錯疑他是有意傲上。

這時候，計氏昆仲一聞李知府業已調任，非常歡喜。哥倆一個在故鄉，一個在北京，同時發動了復仇之計。

計松軒大傾財資，打通關節，已結納了一個皖籍的御史，和一家王府總管，又買通了一個濟南府的訟棍，正要伺機下手，偏偏趕上濟南府破獲了一樁教案。

前清時代，對會黨處治最嚴。每一發生教案，便羅織株連；只有拘人，沒有輕釋。李建松卻秉公處斷，把幾個無辜的良民，訊明開豁出去。那告密揭發教案的人，竟被李建松查出了另有挾嫌詐財，故陷人罪的嫌疑。李建松不因其告密而曲宥，反而依律把他治罪。這便是一個敗隙，被訟棍利用上了。以貪贓賣法，徇私故縱，護庇教匪的罪名，把李建松告了。

御史也搜羅風聞，將李建松列款狠狠地參劾了一下。又有王府暗中作對。結果奉旨交魯撫查辦，李知府立刻被摘去頂戴，交首縣看管。濟南府知府的缺另行委員署理。李建松堂堂太守，一下子成了犯官。依當時官場風氣，一向是官官相護，獨有這次不然。魯撫本來就和李建松過不去，竟將李建松袒護教匪的案子，以「該府不得辭其責」的話復奏上去。

這護庇教匪的罪名，若是問實了，李建松便禍出不測。幸而李知府的老恩上，此時恰已內調，賴他從中化解，才得減輕罪名，落了個褫職處分。李建松這一番氣惱，真是難以形容。案情未等了結，就病倒了。

當他在首縣看管時，雖然很承優遇，可是計松軒竟用了很大的力量，買出人來，給李知府送禮。口頭上說是部民感恩慰候，卻是話裡話外，已透出這場官司乃是得罪了有力紳士，人家這是來報仇，故意地拿話刺激李建松。李知府也很明白，此案所以被控，暗中必然有人指使陷害。陷害的人不是巢縣獻糧莊的計松軒、計桐軒，又是哪個？這更加激怒李建松了。

李知府年已高邁，性又剛直，有折無撓。自經這番挫辱，灰心已極。卸職後，交代公事，幸無枝節。李知府便決計扶病還鄉，從此歸田務農，再不問世事了。他居官清廉，但官久自富。做了將二十年的父母官，宦囊倒也可以過活。他便和夫人孫氏、公子李步雲、小姐李映霞、故人子蕭承澤商量，擇日由濟南南下。他祖籍是江蘇如皋縣。現在無官一身輕，可以立刻攜眷回籍了。

蕭承澤到了這時，拿出一片血誠來，照顧一切。李知府恐怕誤了蕭承澤的前程，意欲把他薦到別處，又想給他捐官。蕭承澤一口回絕，說：「現在談不到那些話，現在我一定先送老伯大人回鄉要緊。一路上車船店腳，沒有靠得住的人照應，哪裡能行？老伯現在病中，大兄弟究竟是個年輕書生，僕人們辦事焉能盡心。老伯恩待我們父一輩、子一輩，仁至義盡；現在遇見了患難，我不護送你老人家回到原籍，教我良心上如何過得去？至於作事情，謀差事，小侄本來不願在官場混。看見老伯這場膩事，小侄更灰心了，況且我也不是作官的材料。」

李知府聽了，喟然歎息了一聲：「到底不枉我照顧他一回，他果然是個有血性的少年。」原來就在李知府被看管的時候，也多虧了蕭承澤忙裡忙外，跑前跑後。

李知府夫妻和李公子，把蕭承澤感激得入骨，看待得很重，比親侄子、親手足還親切。

由濟南往李知府原籍江蘇如皋，路程很遠。李知府又在病中，遂雇了車輛馱轎，即日緩緩首途。李知府家內人口簡單，只有李知府、夫人、公子、小姐，此外還有一位寡居姑太太，一共五位。可是連乳母、丫環、僕婦算上，再加上家人、長隨，上下也有十四五口人，箱籠行囊等物足有數十件。雖是卸任知府，勢派究竟不小。踏上旅程，由蕭承澤照應著，按站慢慢趕路。

這日行到嶧縣地方，李知府病症突轉沉重。在店中延醫調治，纏延了半個多月，不見起色。罷職還鄉，本已愁煩，旅途病重，更增淒慘。李知府竟說出預備身後的話來，越惹得宅眷們悲哭。而且店房狹小，諸多不便；又兼路途離家尚遠，正不知何日病好，才能登程。

這一天正在店中延醫調治，忽然闖進一個氣象糾糾的漢子來，把夫人、小姐都嚇了一跳。僕婦連聲喝問，那人愣愣地站了一回道：「我走錯屋子了。」說著轉身走出去。

李公子把店夥叫來，大鬧了一頓。李知府在病榻上不覺歎氣道：「勢敗犬欺！」等到蕭承澤回來，李夫人搶著告訴這件事情。蕭承澤聞言愕然道：「這個人豈有走錯了屋子的道理？我們住的是所跨院呀！」

蕭承澤出去，到櫃房把店家申斥了一頓。然後打聽這個走錯了屋子的客人，才知道是一夥兒三四個做買賣的。蕭承澤立刻逼著店東，帶著他找這個客人去。那同寓的客人說：「他出去了，我們不曉得。」這個走錯了屋子的人確是沒在屋中。據那同屋的客人說：「他這人有個病根，常犯痰氣；一陣迷糊起來，就連人都不認得了。」

蕭承澤把這兩個人都看了，含怒說道：「這是李知府的宅眷，哪許你們閒雜人等亂闖？再要如此，拿片子送縣衙，打一頓板子！」

蕭承澤發作了一陣，也就隔過去了。不意到了第二天，又有一個冒失鬼闖進跨院找人。店夥竭力攔阻，說這裡住的是官眷，那人還是往裡走，教蕭承澤趕出一路大罵，把那人罵得滿臉陪笑地走了。蕭承澤不覺忐忑起來，忙走到櫃房，打聽店主，可還有別的客人打聽李知府的沒有？店家眼珠一轉道：「哦，前幾天有兩個人來打聽過。」

蕭承澤矍然問道：「他打聽什麼了？」

店家道：「他兩人打聽這位李大人是不是做過濟南知府，新卸任的？是不是要回江蘇？」

蕭承澤越發吃驚，急忙追問：「這兩個人是怎樣個打扮？可像官人，還是像江湖上的人？」

那店主想了想道：「不像官人，倒像保鏢的達官。」

這店主見蕭承澤問得緊，也不覺動了疑，忙低聲說道：「蕭大爺請裡邊坐。」把蕭承澤讓到櫃房，店主想好了話頭，這才說道：「蕭大爺這麼打聽，莫非有什麼事麼？不瞞你老說，我們如今想起來，也覺得有點不對勁，那個打聽李大人的，問的話很古怪，竟盤問李大人家中的人口，又盤問帶著多少下人？有沒有護院的官弁？有沒有鏢師？看那神氣很詭詐。我和你老說句私話，這位李大人可有什麼不對勁的仇人沒有？」

蕭承澤越發恍然了，和那店主密語良久。店主便力請蕭承澤作速移店。蕭承澤教給店主一番話，如果再有人打聽，可以拿編好的假話對付他。

蕭承澤急忙回來，盤算了一番，不敢對病人說，恐怕給他添病；又不敢對夫人說，恐怕她女人家膽小慌張；只好把李公子調到一邊，略為透了一點意思。早把李步雲嚇得黃了臉，道：「這一定是仇人，一定是計松軒、計桐軒，大哥，這可怎麼好？咱們快報地方官吧。要不咱們趕快動身，回到老家，就不怕了。」

蕭承澤皺眉道：「老伯大人病得這麼沉重，可怎麼走法？老弟先沉住了氣，這不過是可疑罷了，還說不定是怎麼回事呢。」蕭承澤立刻打定了一個主意，對李公子說了，拿了李知府一張名帖，由李公子前往縣衙，拜見知縣，請求保護。

知縣很客氣，只是說到有仇人尋仇的話，這知縣呵呵地笑了，說道：「光天化日之下，李老大人堂堂府尊，宵小豈敢暗算！這是世兄多疑，不過要我撥派一兩人前去照應，是可以的。刺客決不會有的。旅店裡的客人，偶而看見了官眷勢派大，閑打聽一句半句，也是常情。決不會有意外，真個的會沒有王法了？」

這知縣竟只撥派了兩名官役，前來照應。一點用處也沒有，倒反添了一份麻煩，還得破費賞錢。

蕭承澤知道是失計了，又打算雇幾個鏢師，和李公子說了。李公子更沉不住氣，巴不得有人仗膽才好。這兩天也真怪，店中常住著形跡可疑的客人，總設著法子，要往跨院伸頭探腦；更有的人向李知府雇的車夫，打聽什麼時候動身。蕭承澤不敢疏忽，慌忙打聽鏢店。可惜這嶧縣沒有鏢局，想請武師護衛，也苦於無人。後來鬧得李夫人也知道了，不由恐慌起來，李映霞小姐更嚇得哭啼不止。

李夫人把蕭承澤叫來，密問了一回。覺得旅途上遇見仇人，實是防不勝防。最好先覓個地方落腳，躲一躲，李知府也可以養病。仍由李夫人想出了一個法子。此地是嶧縣，在嶧縣東南，郯城縣城東，柳林莊地方，有著李知府一個門生，姓梅名怡齋，也沾著一點遠親，和李宅有通家之好。莫如投奔他去暫避一時。李夫人說了，大家都覺得不錯，總以速離開店房為妥。當下商定，立刻從嶧縣動身，李知府病中呻吟，由李夫人、李公子用假話安慰他一陣，對他說明，是投到郯城養病。

躲避仇人，本當乘夜急行。偏偏有個病人，這簡直把蕭承澤急壞了。行李人口又多，只可把李知府安置在馱轎上，往郯城進發。直走了兩天，才到郯城。一路上幸未遇見意外，遂先在縣城內落了店。

蕭承澤向李夫人母子說：「這位梅大爺究竟在家不在家，是不是還在柳林莊住，最好先派個人問一聲去。」即由李公子攜帶一個僕人，先到柳林莊去探問。李夫人、李小姐服侍病人，且在店房等候。不想李知府經過這番顛頓，病情大變，越發沉重了。幸而李公子尋著梅怡齋，說明借地養病之事，梅怡齋立刻慨然答應，並且親來迎接。李夫人稍為寬心，不由黯然落淚，於是由店中遷移到柳林莊梅宅。

不意離店時，蕭承澤又查出可疑的情形。似乎又有人暗綴下來，向車夫打聽這一行人要往哪裡去。車夫們預受囑咐，拿假話告訴了他。卻暗暗地關照了蕭承澤，並把那打聽的人指給蕭承澤看，是個穿短衣服的人，像個鄉民，卻不是山東口音。蕭承澤不敢聲張，恐怕李夫人等害怕。可是十數輛車轎走在路上，是很扎眼的；想偷走，教人不知道，又是決辦不到的。

這天安抵梅宅，滿以為得著暫避之地。只是這梅家並沒有多少閒房，只能將客屋三間騰出來。其餘李知府所帶的僕婦、丫環，只好往各屋一擠。蕭承澤和李公子就住在一間廂房，和梅宅的男人同居一屋。寡居姑奶奶和梅家女眷也擠住在另一間廂房。三間客屋留給李知府養病，和李夫人、李小姐住。那些箱籠行李，更堆得屋裡院外皆是。李夫人心裡好生不安，當天就對梅大爺說：要在近處找一所房子，又請梅大爺延請醫生。

不意這兩件事一時全辦不到，鄉下只有借房住的，租房的事本來就少有。至於延請醫生，那非到縣城請去不可。梅大爺當下打發人去了，請來的醫生簡直是粗通湯頭歌，在小縣份還算是名醫。

等到晚上，李夫人這才對梅大爺、梅大奶奶，說出了被仇人追逼的話。把個梅大奶奶嚇得了不得。這些人好膽大，一個知府就是退職了，究竟有勢力的，他們竟敢如此妄為？但是梅大爺從前受過李知府的好處，也無法推託出去。只好教長工們多多留神，容出空來，把街坊鄰里也托咐了。一連數日，卻喜沒有人尋來，大家漸漸地放了心。哪知李建松就在這時候，病已彌留！

李知府年已高大，病體不堪勞動，又遇上庸醫，藥救不得其法，病象愈見險惡。梅大爺上前跟他說話，他已認不出人來了。這一晚，李夫人、李公子、李小姐，以及姑奶奶、蕭承澤、梅氏夫妻，都聚在病榻之前，不敢悲哭，只隱隱啜泣。

李建松昏昏沉沉，似迷若醒；忽喘息一陣，定醒移時，將眼睜了睜，把眾人看了一眼，低低說出幾句話；已是自知將死，臨終遺言的光景了。勸李夫人不要過於悲痛，教公子李步雲好好在家務勞：「宦海風波不可久居，耕讀足以糊口，事母便是至樂；不要應試，不要做官，不要像你父親這個樣子！」說得大家不禁哀泣起來。

李知府又看見李映霞，點了點頭，道：「可憐我這女兒，終身大事未定，我這一死……」轉對李公子道：「你妹妹的人家便不好說了。人在人情在，勢在人情在，如今的世界就是這樣薄法。你要好好留心，給你妹妹找一個書香人家。只要姑爺少年有志，倒不要管他家境貧富。」又一眼看見蕭承澤，說道：「承澤賢侄，你倒跟到我家來了，好。梅賢侄，難為你也大遠地跑來看我來了。你看我這一回，落了個褫職處分，險些沒要了我的老命。……」

李知府還以為自己已經來到自己老家呢。家人只好忍淚安慰他。半晌，李知府倦眼微睜，不知想起什麼來，突然叫著李公子的名字道：「步雲，步雲！」李公子慌忙來到父親面前，半跪著將臉貼著病榻，叫道：「父親！」李知府眉峰一皺道：「雲兒，我告訴你，你要好好地爭氣，你要努力讀書，將來給你父親出這口怨氣，不要忘了！……」李公子哭著答應了。

李知府此時精神已經昏惘，這臨歿遺言竟前言不符後語。延到晚間，李知府已不能言語，神色漸變，竟緩緩的呼吸由微弱而漸至停頓。可憐一任知府，剛正不阿，竟倉皇客路，落得個身無死所，病死親友家中。

既是借寓，又是新來到人家。死者已矣，撒手而去，這教那死者妻子老小的心裡如何禁受得住？把個李夫人母子兄妹直哭得死去活來。那居停主人梅大爺更是說不出地難過，滿面淚痕，竭力來勸李夫人母子。

李夫人淒慘萬狀，摟著李映霞，拉著姑奶奶，如利刃刺心，直哭得力竭聲嘶，方才想起身在客邊。她對梅大爺說：「你李老伯不幸撒手故去，無端給賢侄添許多麻煩，我娘兒們萬分對不住。賢侄，我求你一點事，你要答應我。」

梅大爺拭淚道：「伯母有話只管吩咐。」

李夫人便說出要搬出去辦理喪事。梅大爺哪裡肯應，力說：「小侄決不忌諱這個。況且這一時之間，也沒地方找房去。現在先忙著入殮要緊。」

當下這柳林莊梅宅上，就做了李公館臨時的治喪處。李知府一死，哭聲一動，頓時鄰里街坊全哄動了。都說是一位卸職的知府大人逃難到這裡，連病帶急死了。跟著買辦壽木，把李知府裝殮起來，延請僧道唪經，然後將靈柩浮厝在一個地方。

李公子對母親李夫人說：「我們一家子穿著孝，在親友家寄居，太覺不安。我們人口又多，梅大哥雖不說什麼，究竟不是辦法。現在初冬天寒，我們又是避難，一時不能回籍。依兒子看，還是在外面賃房。」

李夫人淒然說道：「你和蕭大哥商量商量去。」

李公子和蕭承澤說了。蕭承澤也想著在柳林莊，至少當須有半年三月的耽擱，找房子暫住，卻也很對。梅大爺雖不好意思代尋，但是自己未嘗不可以找找看。蕭承澤面見李夫人，講說好了。便向附近農家，打聽租房。

果然在梅宅附近，竟勻不出整所的房子來。連找了好幾天，最後始在柳林莊迤南，十幾里地以外，一個名叫黃家村的小村內，找得了一所小院，很夠格局。三間上房居然是砌石的灰瓦房，兩間西房是灰房，三間東房卻是草房。院子倒很大，此外還有一個小跨院，是歸房東自己住。半年租價二百吊錢，房東管給挑水吃。一切瓢碗鍋勺和桌凳木器，也都借給使用。

房已租定，這才由李公子對梅大爺說了，搬了過去。李家這一搬走，梅家簡直如釋重負。這一夥寄寓的人，行囊人口比本主還多，簡直把梅家擁塞得喘不出氣來。現在一搬走，真是兩便。不過梅怡齋夫妻感念李知府的舊誼，心下很覺歉然。挽留了一陣，只好邀了鄉鄰來幫忙，借車輛，借牲口，一齊動手，幫著搬運東西。梅大爺、梅大奶奶都親送過來，備禮溫居，幫著佈置安排。

等到一切安排就緒，蕭承澤便和李公子商議：「人口太多，吃嚼太大。我們目下是在不得意的時候，老伯宦囊又不甚豐，坐吃山空，究竟非計，況且我們又身在客邊呢。現在府上，上上下下十幾口人，連住房子都嫌擠。依我之見，何不稟明了伯母，把這些無用的僕婦、長隨，該裁的裁一裁？我們這時候，手下有人使喚，也就很夠了。」

這話非常對，李公子和蕭承澤面見李夫人，訴說這番意思。不想李夫人才一聽說，老眼早簌簌地落下淚來，對二人說道：「你哥兩個看，教我裁哪個？這全是老爺生前的舊人，有的是家生子，有的至少也在我家七八年了。難道老爺剛一咽氣，我便把服侍過他的人都打發走了麼？那不成了樹倒猢猻散了？」竟掩面啼哭起來。把李映霞小姐也招得偎著母親，揮淚不已。

這一番裁員減政之舉，弄得無結果而散。後來傳得教下人們知道了，都對蕭承澤不悅。蕭承澤不管那一套，仍本照自己良心上過得去的辦法做下去，慫恿李步雲，得便再對李夫人說。兩個人悄悄地先將府中所有男女下人，開個單子，斟酌好了，核計誰去誰留。兩個丫環、一個乳母不能裁，從故鄉隨來的僕婦不能裁，這一算計，倒先有五個人不能裁。

這其間，門房老王兩口子是可以辭掉的，男女僕人有三個可去的。李、蕭二人商計已定，竟拿著單子，見了李夫人，說：「這幾個人出了咱的門，照舊可以吃飯。趁早教他們另謀生路吧，在咱們家，反倒把他們耽誤了。」

這一次裁人，李府上的男僕只剩下一個廚役馬二，年富力強，又可以護院；此外只留一個老僕，人口既輕，顯得住處也寬綽了。這位知府的宅眷，就在魯南小村中，暫過起鄉下日子來。

蕭承澤看見情形略定，便對李公子說要趁這工夫，回家看一看去。「何時老伯的靈柩南運還鄉時，我再趕來護送。」李公子曉得蕭承澤是不願在自家吃閒飯的意思，立刻挽留他不要走。

李夫人也把蕭承澤請到上房，問他要走，是不是另有高就？「如果賢侄有事，我娘兒們決不敢耽誤了你的前程。你要是怕把我們吃窮了。賢侄，你可錯想了。你大兄弟是一個年輕的書呆子，任什麼事故不懂。一切照應門戶，這都靠著賢侄你呢。你老伯是死了，拋下我們孤兒寡母來倚靠誰？況且我們又得罪了仇人，賢侄你看你可能走得開麼？」說著又哭起來。

說得蕭承澤也不禁心酸淚落，忙站起來說：「伯母放心，小侄是覺得我閑在這裡，一點事情也沒有，太過不去。想趁著空回家看看去，數月後我再趕回來。既是伯母不放心，我不走就是了。」

蕭承澤從此又在李府上安心浮住下去。只是蕭承澤是個練武的人，生性喜動不喜靜，又不好寫字看書，整天閒散著，他就跑到村外亂串。有空地方，他就把那老更夫教給他的武術，自己習練一回。

鄰村街坊就有那好事之徒，前來聚觀。居然有喜事的少年，趁這冬寒無事，要跟蕭大爺學學打拳。蕭承澤意本無聊，就拿這幾個少年開心，當真傳給他們一點初步的功夫，可是不許他們叫師父。練拳餘暇，便跑到縣城裡遊逛。年輕人到底沒有什麼正經，娼寮酒肆，他也不時前往遛遛。

蕭承澤這個人天生來就有人緣。在這郯城縣不久，居然也交了幾個朋友。卻是吃他的，花他的人居多。他並不在乎這個，只圖給自己解悶。李公子也曾悄悄地拿話勸他，不可濫交。蕭承澤很不在意地說：「我本來不是認真交朋友，不過閑著找幾個人胡扯罷了。大兄弟，我哪能比你？你打開書本，就可以一天不出屋子。我可是憋不了。自己一個孤鬼似的，我不閑串串，準得憋出疙瘩來。」

在這郯城縣城裡，也有練武的場子。小村的少年們慫恿蕭承澤前往觀光，蕭承澤真個去了。這個把式場子倒也刀槍棍棒設備得很全。也有一個教頭，乃是外請的。擺這場子的人，是當地一個有錢的少爺，現開著鴻陞客棧。就在店房後邊，鋪著這個場子。聚了十幾個遊手好閒的年輕人，天天湊到一處，掄槍舞棒，擲沙口袋，練習摔跤。

蕭承澤經人引見，到場子一看，才知道這一位教頭乃是個混飯吃、賺外行錢的人，年紀不小，經驗不少，真實功夫似乎不高。

但蕭承澤人雖魯莽，對於江湖上的忌諱倒還明白。尤其是他曾經出去做過買賣，保過鏢。所以到這裡串場子，加著一倍小心，怕人家不願意。

那個教頭姓姚，名叫姚煥章，是個老粗。功夫縱然不好，為人卻很不壞，一來二往，和蕭承澤成了朋友。敘談起來，打聽蕭承澤的身世。蕭承澤說，從前在府衙混過。教頭姚煥章越加起敬，誇蕭承澤文武全材，並定要跟蕭承澤呼兄喚弟，自以為很榮幸。蕭承澤本來就不懂得端身分、拿架子，跟誰都是朋友，不到半月工夫，這兩人越走越近，就算是盟兄弟了。

教頭姚煥章年已四十一二，曾經跋涉江湖，飽嘗風塵辛苦。他把自己所受的驚險阻難，趁酒酣耳熱，對蕭承澤說了。蕭承澤才曉得他曾吃過黑道上的飯。不幸頭領姘了一個娼妓，因為脾氣大，說打就打，說砸就砸。這娼妓很怕他，竟賣了底，由毛夥密報官面，同夥數人俱都落網。只有姚煥章那時年紀尚輕，是個老么，當時曾被這娼妓囉嗆（騷擾）過。案發的那天，這個娼妓大概是出於一念憐惜吧，竟想法子把姚煥章調開。姚煥章得隙逃脫了。他們那個頭領竟被問絞，餘黨也都判了徒流，十年八年不等。

姚煥章事後探明大怒，竟抓到一個機會，把這個娼妓砍了一刀，棄凶逃亡，輾轉流離，然後來到郯城。所以他對於江湖上的事很是清楚，和蕭承澤很談得入味。

從此，蕭承澤每隔兩三天，必到這鴻陞客棧來，練拳閒談，吃飯喝酒。姚煥章卻也是個酒鬼，見蕭承澤時到娼寮遛逛，便再三攔勸他。說練武的人千萬不可貪近女色，從來女色最為害事，遂放低了聲音道：「我不對你說過麼，我們大當家的何等英雄，就葬送在那麼一個臭婊子身上，把條性命賣了。」李公子勸蕭承澤，勸得不得法，他並不聽。姚煥章這一勸，卻是驚心動魄。自此蕭承澤果然裹足花叢，不再去逛了。

忽一日，蕭承澤正在小村閑坐。那把式場教頭姚煥章突來見訪。蕭承澤覺得詫異，把姚教頭領到廂房坐下，命人獻茶。那李步雲公子正在看書，見有人來，站起要走。蕭承澤便給二人引見，說：「這是居停主人李大爺。這位是縣城鴻陞客棧把式場的姚教師。」

李公子作了一個揖，坐不住，到上房去了。姚煥章眼看著李公子出了廂房，方才回轉頭來，對蕭承澤道：「這一位可就是你常說的知府公子李少爺麼？」蕭承澤點頭道：「正是。」

姚煥章神頭鬼臉地看了一眼，隨將蕭承澤拉了一把，道：「蕭賢弟，我跟你打聽一件事。這位李公子的老太爺，可是有個仇人麼？」

蕭承澤吃了一驚，慌忙問道：「你怎麼知道？」原來蕭承澤對外人，從來沒說過這件事情的。他一手抓住了姚煥章，道：「姚大哥，你問到這個，必有緣故！」

姚煥章道：「蕭賢弟，你還沒有回答我呢。這位李知府從前在湖北做過官麼？他可在湖北跟人結過仇麼？」

蕭承澤越發驚疑道：「到底是怎的一回事？你別盡問我？你可是聽見什麼了麼？」

姚煥章道：「蕭賢弟，我這可是說得冒失一點，我們這鴻陞店，打前天來了一撥客人，行徑非常扎眼。我是久在江湖上瞎跑的人，決不至於看走了眼。我一看這夥人，就覺著不對勁。我想離郯城不遠，有一個紅花埠，地面很富足，是個大鎮甸。這夥人別是路過此地，要到紅花埠做案的吧？我就留了意。

「果然到了晚上，這夥人竟把店夥叫了去，直問了半個時辰，打聽柳林莊附近，有一位新搬來的、做過濟南府正堂的李大人的府上，住在哪裡？又問李府上一共有多少人？李知府還在不在？後來竟打聽到蕭大爺你了，問你是不是還在李府上幫忙？問得太仔細了，我起初疑心他不是官人投靠，必是匪人踩底。不過後來聽那打聽的語氣，和內中一個中年人臉上的神情，倒不像訪大戶，竟是訪仇人。我囑咐過夥計不要對他們說實話，倒可以趁勢探探他們的來意。

「他們再三打聽李知府的住處，店夥只推說不清楚。問急了，給他胡一支吾，說是在城西，不曉得哪一村，反問他們打聽這個做什麼？他們就說，李知府卸任之後，托人謀幹起復。近聞他老人家快開復了，我們是李大人的舊屬下，特地趕來投托他，好謀個差事做做。他們儘管這樣說，可忘了他們個個的樣子，一點也不像當差為吏的。

「等到店夥出來，他們關上門，打起鄉談來，說的盡是些江湖黑話，橫行霸道的事。這店夥因知我和你不錯，就偷偷告訴了我。我也曾設法溜在隔壁，偷聽了一回。他們無意中竟說出李知府的女兒長得呱呱叫。又說先把老東西摘了瓢，小東西更不能留，斬草除根，回去才有個交代。後來又說他們盡等著得了賞，遠走他鄉，到北方創一創業。……蕭賢弟，你聽這話，不是仇人是什麼？不知你這裡，也遇見什麼動靜沒有？」

蕭承澤不等話聽完，頓時毛髮直豎，站起來戟指大罵道：「好萬惡的賊子！這一定是安徽省巢縣獻糧莊計老大、計老二兩個奴才打發來的！」說著拉了姚煥章道：「姚大哥，賊子現在還在店中麼?走，你領我看看去。……他們是哪裡口音?」

姚煥章忙攔道：「蕭賢弟，你先別忙，聽他們口音大概是湖北人，我已經再三囑咐過店夥，口頭要格外謹慎。無論什麼人打聽李府上的事，也不管曉得不曉得，要緊不要緊，全不要說實話。人們要打聽蕭大爺和李公子，也不要露出一字。人命關天，店夥們也很明白。我想賊人一時尚未訪得到實底。依我說，賢弟可以告訴李府上，多要留點神。告訴李公子，沒事少出門，晚上要小心。再不然，你我兩個人可以給他們值夜守更。……」

蕭承澤搖搖頭，以為不可。當下留住了姚煥章，先到下房，把男僕盤問了一遍，問他們：「這一兩天內，看見過眼生的人沒有?」僕人全說不曾留神。蕭承澤忙又親到左右鄰舍探問：「近日可有外來生人，打聽過李府沒有?」

這一問，竟有個鄉人說，今早有這麼一個外鄉人，來打聽過李府。鄉下人不知怎的事，竟老老實實把李府寓所指示給那人。那人並未上前叩門，反而圍著房子，來回繞了兩圈才走的。這鄉下人當時也覺得奇怪。蕭承澤忙問那人的行藏。說是大高個兒，南方口音，看不透是幹什麼的。

蕭承澤反覆地盤問了一遍，轉回來眉峰緊皺，對姚煥章說：「真個的他們已經來過了。大哥，你瞧怎麼好？這一準是李老大人的仇人，他們竟尋上門來，我該怎麼辦？他們要是行刺，我可以囑咐李公子不要出門。他們要是乘夜放火呢？……如今光天化日，他們難道真敢來明火打劫，戕害官眷？」

姚煥章把脖頸一縮道：「蕭賢弟，我說話可玄虛一點。我看來人的意思大是不善，你可要多加小心。你猜他們一夥共合幾個人？」

蕭承澤矍然道：「可是的，他們一共來了幾個人？」

姚煥章把手指一捏道：「這個數。」原來是七個人。接著說道：「聽那口氣，這還是先來探底的，後邊還有那個叫什麼擎天玉虎的，還有叫火蛇的，叫劊子手的。依我愚見，來者不善，善者不來。李府既然得罪過仇人，那就該加倍小心才是。蕭賢弟，咱們是朋友。這江湖上仇殺的事最為狠毒，說不定玩什麼花樣。看模樣，他們都是些亡命之徒，萬一他們半夜三更，成群打夥地攻入李府上。……蕭賢弟你想，這裡究竟是個鄉村，李府又是客居人。……」

這教頭姚煥章的意思，是教蕭承澤勸李府趕緊搬家躲一躲。但蕭承澤卻有他的難處，如今一點動靜沒有，忽然勸人搬家，未免有點虛驚虛乍。蕭承澤又是直脖老虎，深覺得仇人雖到，在旅途上暗算，誠然防不勝防。可是一經定居，真個有仇殺滅門的事情不成？……不過若真看出情形不對來，那時再想逃避，豈不是又晚了。

如此作想，蕭承澤不覺左右為起難來，遂將自己的心意，對姚煥章說了。姚煥章懍然變色道：「這幾個神氣太不對，我剛才已經說過了。依我說，賢弟還是勸李夫人、李公子趕緊躲一躲好。賢弟的意思，是怕萬一看錯了，鬧了笑話。但是愚兄在江湖上，也混了這些年，我自信還不致於斷錯了。況且人家已經打聽到這裡來了。事不宜遲，你不要大大意意，留下一個後悔。」

說得蕭承澤越發沉不住氣，道：「我不便先自己虛張。大哥你不知道，人家李夫人、李公子全是官宦人家，弱不禁風的，一聽這個，立刻就慌了。我還是不便先告訴他們。現在先這麼辦，我總得先進城看一看。你領我看看這夥人，到底是仇人不是？第二步再做別的打算。」

姚煥章道：「對，你先察看察看去也好。你如果覺著實在躲避不便，我還有一招，我可以給你邀幾個好手，來幫著給李府上坐夜值更。他們來的不過是七個人，有咱們哥倆，府上又有男僕，我再給你邀四五位來。」姚煥章還待說他的辦法，蕭承澤站起來說道：「好，很好，咱們先走，走著商量。……」

蕭承澤先到上房，對李公子輕描淡寫地講了幾句話，說是：「鴻陞客棧來了一兩個客人，打聽過老伯大人，不知他是幹什麼的。我先去看一看，賢弟就在家裡待著好了，不要出門。教聽差的把大門關了，有人打聽，就說這裡沒有姓李的。」李公子不由變了臉色，吃驚道：「大哥，這是怎的，難道又是仇人追來了？」

蕭承澤安慰他道：「你不要亂猜，眼見才是實呢。我這就去，賢弟好好在家等著我，不要在門口探頭。」

蕭承澤說罷出來，與教頭姚煥章騎上了驢，火速地趕到郯城縣裡鴻陞客棧。這時候，已經是萬家燈火，將近黃昏時候了。蕭承澤將帽子扣在眉頭上，低著頭，進了店後院把式場內。姚教頭把店夥調來，問他四號、五號住的客人都走了沒有？夥計道：「沒有走，還在屋裡呢。他們一清早分撥出去了，剛才回來了四五個人。」姚煥章與蕭承澤互相顧盼，心下了然。

這幾個客人是分住在兩個房間的，隔壁三號另住著一個老客。姚煥章吩咐店夥，把三號老客請來，指著蕭承澤，對老客低聲說：「這位是官面上的人，現在要借你的房間，探聽探聽隔壁這幾位客人。」老客慌忙答應了，便要搬行李出來。蕭承澤連忙攔住，教他不要妄動：「你只要把你的錢財拿出來好了，鋪蓋是沒人動你的。」

蕭承澤假裝客人，與姚教頭窺了一個空隙，溜進了三號房間。三號房和四號房只隔著一層木板，壁紙脫落，頗有幾處隙縫。蕭承澤側耳傾聽，房中似乎只有三四個人共話。語聲雖然不小，語音卻聽不甚清。果然是兩個湖北口音的人，一個聽不清是哪裡人，一個竟是皖南廬州府一帶的方言。蕭承澤只聽這口音，便心中一跳，忙尋著板縫，向內偷瞧。

偏偏這時已近黃昏，天色快黑了，店房竟還沒有點燈。恰巧又是西房，屋子裡昏昏暗暗的，只看見人形，不辨人樣。屋中兩個人躺在床上，一個坐在床邊，又一個人大概靠桌子坐著，忽高忽低地談話，爭辯。蕭承澤極力地聽，聽那片段的話語，果然似在不知不覺中，就帶出江湖黑話來了。

躺在床上的漢子，說話尤其粗魯，冒冷子聽他說出一句話：「李家那個小姐，小妮子長得真不壞。還是前年呢，她那時不過十四五歲吧，就夠要人的命了。這一回，咱不管老計打什麼主意，我總得來一來。……」

彷彿同躺著的人把他推了一把。只聽他叫道：「不用推，我算迷上她了。真格的，報仇的事還要積德行好麼？積德行好，就不要報仇。……什麼？要男人的腦袋是好漢，要女人的身子就不是好漢，這是誰留下的理？我老人家沒有別的毛病，就好這個調調兒。一見小姑娘，小小子，長得不錯，我就下不去手了。手下不去，可是……」

底下說了一句猥褻的話，彷彿同伴也不以為然，說道：「麻雷子，告訴你，話只管讓你說，教你快活快活嘴。回頭等擎天玉虎趕來了，你這小子有膽再說一說看，看他不擂你才怪呢！別看他是個風流浪子，他卻最惱恨貪色採花的線上朋友。他一聽朋友有這個毛病，他立刻就翻臉。」

那人嘿嘿地冷笑道：「你別拿擎天玉虎嚇唬我，我才不怕他呢！他還裝他娘的什麼行俠作義呢。他卻跟我一樣，教大元寶支使著，老遠地跑到這裡來，難道不是給財主當刀把麼？他又瞧不起採花了，為什麼他又嫖花姑娘，姘靠著小青椒？為什麼教小青椒米湯灌的差點賣了命？他還裝好漢！什麼事能瞞著我？」

蕭承澤努力偷瞧著，不知他們說到哪裡去了。只聽桌旁坐著的那個人說道：「可是說來也怪，擎天玉虎惱恨採花，為什麼他倒好嫖呢？」一個人答道：「你去問他呀！老施最曉得他，知道他那些乖古論。……」

幾個人正說著，忽然一人大喊道：「夥計，夥計，點燈來！娘奶個皮的，天都這麼黑了，還捨不得點燈，要店錢不要？這半天也不來伺候伺候，這個店欠砸。他娘的，那個矮個兒夥計頂可惡，問他什麼，他什麼也不知道。一肚子奸詐，賊眉鼠眼的，好像怕我吃了他一樣，回頭我得管教管教他。」

蕭承澤在板縫窺聽著，非常動怒。那教頭姚煥章緊握著蕭承澤的手搖了搖，意思問他，可是仇人不是？蕭承澤只把手握緊了緊，點點頭，卻又搖了搖頭，仍在聚精會神地聽，聚精會神地看。

這時，那個店夥已經答應著跑進來，替他們點上燈，又泡上茶，問四位客官：「吃什麼不吃？」

那個客人罵道：「吃鳥！你們這店是怎麼開的？客人們到你們這裡來，就是財神爺，怎麼向你們打聽點事，一問三不知？你們那個矮個兒夥計，更不是人做的。我問他李知府住在哪裡，他先告訴我不知道，問急了，又說住在城西，又說大概是城裡。到底住在哪裡？難道說他連個準窩都沒有？還是你們替他瞞著？」

那店夥抄著手，不住陪話，這客人還是直嚷，滿嘴髒字，罵不絕口地說：「娘奶個皮，不告訴太爺，太爺會打聽，李知府不是住在柳林莊迤南，黃家村裡，坐北朝南，大板門麼？……」

姚教頭又把蕭承澤揑了一把。蕭承澤早已驚了一身冷汗，知道果是歹人無疑，而且也必是仇人無疑了。

這個客人拿著店夥開心，鬧了一個夠，然後皇恩大赦似的，教店夥出去：「沒事了，大老闆，你請吧。告訴你，太爺們都是官面、當差事的人。那位前任濟南府知府李大人，乃是我們的老恩上。我們大遠地投奔他來，有要緊的事。跟你們打聽，你們卻拿揑人，不肯告訴我們。我們太爺們鼻子底下有嘴呢。你們不說，太爺會問。李知府那個老東西……那個老大人死了，你們也不曉得？嘿嘿，我們也打聽出來了。去你的吧，別站在這裡當奸細了！『車船店腳牙，無罪都該殺！』這話真不假。」

這客人惡狠狠地把店夥訓斥、挖苦了一頓。容得店夥滿臉陪笑地退了出去，另幾個客人倒哄然地笑了起來，道：「該罵，麻雷子真有你的，罵得真痛快。這小子還罷了，頂可惡的是那個矮夥計。你問他不成，他反倒燒著燎著地盤問起你來了。那小子做漢奸足夠料，回頭得毀他一頓。」只聽又一人道：「不要多生事故了，露出形跡，究竟不妙。依我說，咱們該談正事了。鳥兒窠是掏著了，咱們該怎樣下手掏鳥蛋呢？」

第廿一章　探莊圖刺

蕭承澤伏在鴻陞客棧第三號店房，偷窺隔壁賊人。這隔壁四號房的燈燭是點著了，蕭承澤調轉身子，借燈光向內窺看，連調換了幾個板縫，才窺見屋中四個人的兩個側面，竟都不認識。那個說話操廬州口音的人，雖沒有看見面貌，口音卻越聽越耳熟。

屋中人扯東拉西，七言八語，忽而話題漸遠，談到別的事上去；忽而又說到白晝下鄉踩探時，碰見了一個美貌的村婦，小手小腿，長得很甜淨，就是臉上有黑點。說著說著，沒有正經的話了。

姚煥章直到這時，還沒有吃飯，有些餓了，暗中來扯蕭承澤，要喚他一同出來用飯。蕭承澤卻關切著尋仇大難，早把餓忘了，只是聚精會神地偷窺、竊聽。正繼續聽著，隔壁忽然門扇一響，從外面又走進來兩個人。一入屋內就說道：「你們訪得怎麼樣？訪出實底來沒有？」

那床上躺著的人爬起來說：「怎麼你們二位才回來？我們已經訪實了，就住在柳林莊北黃家村內，老東西已經死了。現在咱們該商量商量了，咱們是明天回去報信去呀，還是在這裡等？現在事情有變了，計老二第一個要的是老傢伙的瓢，肯出三千兩的重價，可惜現在過時了。……」

那剛進來的人說：「是呀，我們也訪明了。老傢伙死了，還有小傢伙在。就是那老傢伙，人雖然吹燈了，可是他那塊臭肉……著啊，你們可訪出老傢伙的靈柩放在哪裡了麼？」那桌旁坐著的人愕然說道：「這個卻沒有打聽。」

那剛進來的人似很得意，說道：「大侄兒，你們還差得遠呢，老叔卻訪出來了。老傢伙的活瓢，計老二肯出三千。死瓢我只找他要半價，一千兩不賤賣。得了錢，這一筆可不能大夥分，是咱劊子手一個人獨吞。」

那剛進來的另一個人立刻發話道：「你別不講理。……」

那個叫劊子手的忙說：「別著急，有你的份。咱倆二一添作五，好不好？」

只聽又一個人說道：「總共講的五千兩包總，路費實報實銷，犒勞在外。這五千兩乃是把李家大小十幾口都算在內的，你揀了這麼一個死瓢，就硬要二千兩。

剩下三千，教我們大家分麼？那不行，你得講理。好漢作事，要講究天理良心。」

這「天理良心」四個字，幾乎把蕭承澤氣得出了聲。

屋中人紛紛談論，呶呶爭執。內中一人打斷了眾人的話，悄然發言道：「咱們先別吵，現在天氣還早，說話小心一點……」一語未了，竟有人嗤之以鼻，道：「嚇死我也。……」

又一人道：「別亂別亂！依我說，咱們現在先說定了，到底在這裡坐等，還是一同回去報信，還是分一兩個人前去報信？聽那計老二說，李家不扎手，可是李家住著一個幫閒的人，叫什麼蕭承澤，都說這小子手底下有兩下子。況且一個做知府的家眷，不能說連一個看家護院的人都沒有，咱們不要大意了。到底是等擎天玉虎來了再辦，還是咱們這就辦呢？」

又一人嘻嘻地冷笑道：「沒有擎天玉虎，這一桌酒席就不敢擺呢！我倒沒把自己瞧低，誰知道呢，別人可跟我不一樣。」

那桌旁坐著的人說道：「老么醋勁又上來了。話不是這麼說，咱們不要得罪朋友。倒是咱們幾個人足能應付得來，料想李家未必真扎手。本來說好的咱們這趟來，是探道摸底。咱們當真把事全料理完了，計老二自然沒說的，越快越麻利，他越喜歡。可是這一來，豈不把擎天玉虎得罪了？怎麼不等他到，就動起手來呢？」

一人道：「哼，你還是怕擎天玉虎！」

那人答道：「誰怕誰呀？好漢抬不過一個理字去，你們明晚一定要辦，我可恕不奉陪。我是一定要等擎天玉虎來了，才下手呢。」其中三個人齊聲說道：「應該這樣，應該這樣！你別聽老么的，他是瞎鬧。」

幾個人又亂講究起來。這些人倒是一大半垂涎李映霞小姐的姿色，滿口胡說一氣。內中似乎有兩個人，曾經目睹過李映霞小姐未及笄時的容貌，對著同伴信口形容得天花亂墜，口角流涎。其餘的人連看都沒看見過，也趁熱鬧，說猥褻話，打算這一回把事情辦得了手，總要對李映霞如何如何。

蕭承澤隔垣附耳，聽了又聽，越聽越不入耳，非常氣惱。這些人說的話越發邪汙，索性把李府上的僕婦丫環也講究起來了。蕭承澤曉得再聽不出什麼正經的來了，想著要把這幾個人的相貌全都認清。

隔壁的燈光沿著板隙，透到這邊來。蕭承澤用眼一尋，靠上邊卻有一個小洞，乃是板壁的木節。蕭承澤悄悄搬來一個小凳，登上去，就著那個板洞向裡邊張望。翹足延頸，觀看良久，費了很大的事，才把這幾個人的面貌看清，卻沒有一個準認識的。

那個說話操廬州府口音的人，聽腔口很耳熟，辨面貌也似曾相識，可是一時竟想不出來他叫什麼，在哪裡見過。那躺在床上的兩個人，蕭承澤怎麼設法，也沒有看見他們的長相。

這時候差不多二更天了。教頭姚煥章餓得肚腸子直響，實在餓不起了，要自己先出去吃點東西。蕭承澤這才隨他一同出來，卻喜沒被隔壁聽出動靜。兩個人一徑來到店後院老把式場內，姚煥章忙著問蕭承澤：「究竟如何，可是仇人？」蕭承澤只是搖手。看他渾身的衣服，已都濕透了。這來的是仇人，已無可疑。

蕭承澤把頭上的汗拭了拭，坐在凳子上皺眉盤算。忽然站起來，從兵刃架子上揀了一把鋼刀，便要立刻翻回黃家村去。姚煥章道：「不要忙，賢弟，無論怎樣，你先吃飯。咱們得先有一個打算。兵來將擋，水來土屯，你不要著急。」蕭承澤非常焦灼，姚煥章催令夥計端了飯來。蕭承澤已經食不下嚥，把酒連喝了幾大杯，仍要出城。

姚煥章道：「賢弟，你這樣子和凶神一般，又拿著一把刀，一準出不了城。現在差不多快三更了，依我想，明早頂城門回去。這刀你也不用帶，明天我教人給你送去。不只這把刀，別的兵刃也帶幾件。你現在打算怎麼個主意？我看你最好勸李夫人帶著小姐、少爺，先躲一躲。家中可以留下你，我再給你邀上幾個人，再加上我，再加李府的聽差，七個賊人想也抗得住。我們不但要防他行刺，還須防他害人不成，硬來放火。我們人多了，料想賊人也下不去手。就是那個叫擎天玉虎的來了，我看也不要緊。你可以把黃家村左右鄉鄰，都托一托，有個風聲草動，也好教他們助助威。」

蕭承澤道：「姚大哥，你說教李夫人們躲一躲，但是人家在此地乃是客居，可往哪裡躲去呢？」

姚煥章吃著飯，一聽連個躲的地方都沒有，不由得也著起急來。忽然蕭承澤把桌子一拍道：「有了，柳林莊梅宅。……」

姚煥章也恍然大悟地說道：「對呀，人家這裡有親友啊！到梅家躲一躲很好。」

蕭承澤道：「事不宜遲，現在我已經飽了，我就回去。就依你，我先不帶兵刃。姚大哥，我可拜託你了，明天一清早，請你千萬多邀朋友，多帶兵刃，到李府值夜來。等到事後，我自然重謝。」

姚煥章道：「這是什麼話，談不到謝字。」蕭承澤匆匆地站起來就走。

時已近三更，姚煥章對蕭承澤說：「這時候恐怕城門已經關了。」

蕭承澤擺擺手道：「走快點，也許叫得開。」放下單刀，取了一把匕首，大敞著衣襟，大灑步走出店門，直奔城關而去。果然到了城門前，那城門已經緊閉了。蕭承澤把匕首藏在大衫底下，和守城門的邏卒對付了好半晌。無奈城門已經上了鎖，不能再開。

蕭承澤生了一肚子氣，出了城洞，想一想，便要爬城牆。

蕭承澤學的武功，經那老更夫指點，竟很不弱。將大衫脫下來，搭在肩頭，匕首插在綳腿上。施展壁虎遊牆功，由城牆根僻靜處，爬上牆頭。他沒有鏈子抓，只得腳登城磚縫，一步一步倒退著，溜下城牆。距地已近，望了望下面，冒險跳下去，卻喜腳踏著實地。直起身來，急忙地邁步如飛，一路狂奔。不一時，進了黃家村。忽見村口人影一閃，向蕭承澤連連擊掌，蕭承澤嚇了一身冷汗道：「壞了，誤了！這一定是仇人的底線。」

蕭承澤頓然大怒，一俯身，抽匕首刀上前，啞聲低喝：「好大膽的賊！」一刀扎去。這一刀好像大出那人意外，急閃身，連聲喝道：「來的是誰？」

蕭承澤罵道：「太爺是你祖宗！好大膽的賊人，膽敢尋到這裡來，往太歲頭上動土！」惡狠狠又一刀刺去。此時賊人已聽出口音來，猛然怒罵了一聲，略一招架，回身就跑。

蕭承澤直追出好遠，猛然止步，暗想：「到底不知他是幹什麼的。」便大聲吆喝，教那人止步，問那人是幹什麼的。那人跑得更快，一字也不回答。

蕭承澤越發生氣，拔步又追。追出幾步，忽想不對勁：「我還是趕緊回去看看。」這才一翻身，又往回跑，跑不多遠，又進了小村，來到李府借寓的民房之前，把長衫穿好，上前叫門。連叫了幾聲，老僕張升和護院的廚師馬二提著燈，隔門縫大聲喝問。問明白了，這才「嘩啦」的一聲把門開了。齊說道：「蕭大爺這時候才回來？」

蕭承澤道：「少爺睡了沒有？」

老僕道：「沒有睡，太太、小姐全沒有睡，都等著你老呢。你老快進去吧，太太、小姐和少爺全哭了。」

蕭承澤這才放了心。急忙走到上房前，李步雲公子正張惶失措地在門口探頭呢。一見蕭承澤，不由失聲道：「蕭大哥，你怎麼才來？了不得啦，仇人尋來啦！」一把扯住蕭承澤，偕入上房。上房燈光影裡，李夫人、姑奶奶摟著李映霞，正在啼哭。

原來蕭承澤進城之後，村中突然來了兩個人，探聽李宅。鄰家雖曾受囑守秘，可是鄉下人不會扯謊，到底被來人套問準了地方。李公子焦盼蕭承澤總未回來，很是心驚肉跳，坐立不安，忍不住到門口探頭眺望。這一眺望，竟劈頭遇見了一個對頭。當年在廬州府，那個自稱為牛文英的族侄牛八爺，此時改作鄉下人打扮，正同著一個人，在李宅門前徘徊。

李步雲公子大吃一驚，慌不迭地要想退避，哪裡來得及？竟被這牛八爺看了個清清楚楚。李公子急忙撤身回來，把門掩上，嚇得不知所措。過了半晌，自己不敢出去，教廚師馬二把門縫拉開一點，向外巴頭探看。那個牛八爺和那個同伴，正對著門口端詳呢。廚師馬二上前喝問：「你們是幹什麼的？」牛八爺未及答話，那個同伴搶先說道：「找人的，你們這裡有一位做過知府，姓李的李大人沒有？」

馬二惡聲答道：「沒有。」「呼隆」的一聲，把大門閂上，回去報告了李公子。李公子沒了主意，竟跑到上房，對李夫人說了。

李夫人大驚失色，說道：「這可怎麼好？這些刁民也太狠毒了。你父親生生教他們氣死，怎麼他們還不饒？」和李映霞小姐，母子三人惴惴擔心，卻一籌莫展。

只得把僕人們叫來，告訴了他們，晚上要多加小心，又命老僕張升再到門口看看，那個牛八爺已經不見了。

誰想到掌燈時候，竟突然又有人砸門！僕人受了預囑，不敢開門，只隔著門縫詢問。那叫門的人竟說是送信的，從打徐州府來，是府台吳大人打發來，特地給濟南府李建松李老大人稟安送禮的。也不知道這突如其來的吳大人究竟是誰，僕人們自然不給開門。那來人又說：「我一路好找，剛才打由柳林莊，才打聽出準地方來。說是李老大人已經不在了，可是真的麼？我們敝上打發我來的時候，不知道李老大人已經故去。」

馬二莫名其妙，忙跑到上房稟報。李夫人止不住吃驚，只叫：「千萬不要給他開門，聽一聽到底門外頭是幾個人，把門閂住了。」又道：「萬一真是找咱們的，問他有什麼事，明天再來。」

馬二答應著，剛轉身出去。李公子忙又叫住道：「你不要這樣說，你就說這裡沒有做知府姓李的。」馬二依言，出去答話了。

那門外的人發急嚷道：「我是大遠地跑來的，找了好幾天，好容易才找到。哥們費心吧，別嫌麻煩，給回一聲吧。我從一清早直到這時候，沒有住腳。哥們勞你駕，我們敝上跟府上不是外人，我們敝上是李老大人的門生。」

馬二聽了，不禁問道：「你們貴上是哪一位？」

剛說到這裡，李公子站在堂門聽見了，很惱馬二這話，分明露出馬腳來了，忙叫老僕張升：「你快去答對，千萬把他支走了。」

老僕挨到門口，只聽門外人說道：「我們敝上是輔庭吳大人，新近升了徐州府。因聽說李老大人不得意，特地打發我來稟安問候，還有一封親筆信和幾色禮物。我來到這裡，才聽說老大人已經故去了。哥們費心給言語一聲，不見太太，見少爺也一樣。」

老僕張升聽了這話，也猶豫起來，忙問道：「二哥你貴姓？我們這裡沒有姓李的。你稍候一候，我給你打聽打聽去。」忙進來對李公子說了，李夫人目視李公子道：「你父親生前，倒是有這麼一個門生，要不就開了門，叫進來問問。」

李公子懍然變色道：「這可使不得，萬一是仇人使詐語呢？……張升，你聽這叫門的一共幾個人，可是安徽口音麼？」

老僕道：「聽動靜好像只一個人，聽口音倒是北邊人。」

李公子和李夫人竟不知怎樣對付才好。還是老僕說道：「太太不用為難。人還在門口等著呢，依小人看，不管他是真是假，就教他明天白天再來好了。」李夫人點點頭道：「你就這樣說去吧。」

老僕出來，揑了一套話，把那叫門人支走。那個叫門的如何肯走？明明這裡是李宅，可是不承認，既不承認，可又教明天來，這分明是支吾語，隔著門磨煩好久，方才走了。

這一來，李夫人母子越發心虛，提心吊膽，直挨到三更天，蕭承澤方才回來。李公子忙將仇人找上門來的話，告訴了蕭承澤。又問蕭承澤進城打聽的結果如何：「那住在鴻陞客棧打聽我們的，到底是仇人，還是熟人？可是那吳輔庭打發來送禮傳書的長隨麼？」

蕭承澤見一樁一樁的事接踵而來，事情正是緊急萬分，再不便隱瞞了。遂將自己在店中所竊聽的，所偷窺的，略微說了說。

李夫人、李映霞小姐和那位寡婦姑奶奶，越發地慌作一團。

李夫人叫著蕭承澤的名字，哭訴道：「承澤賢侄，你看我們怎麼好？那時候，廢河案鬧得滿城風雨，人人勸你李老伯，我也勸他不要得罪闊家豪紳。他嘔上氣，一定要做清官，一定要鐵面無私，摧強扶弱。現在落到這步田地，仇人還是不饒。

我一個未亡人，死半截的了，恨不得跟了老爺去，也罷了。只可憐你大兄弟，他年紀還小，又是個書呆子。李家就只他這一條根，萬一教仇人……萬一有個好歹，我李家香煙就絕了。賢侄，你無論如何，也得救你兄弟一條性命。你想仇人來找，是來找誰呢？一定要斬草除根，毀害我們雲兒。……要不然，雲兒你趕緊上你丈人家躲一躲吧。就教你蕭大哥保著你走。」

李映霞小姐玉容慘澹，秀目含淚，也哭著說：「哥哥，仇人一定找的是你，你趁早躲出去吧。」

李步雲公子驟聽母妹此言，心如刀割，忙說道：「母親，這怎麼行得？我躲了，走了，這裡只剩下母親、妹妹、姑母，三個婦女，叫兒子如何放心？萬一仇人來了，母親偌大年紀，妹妹又是沒出閣的姑娘家，這萬萬使不得！」

母子三人想到難處，又抱頭悲哭起來。蕭承澤在旁聽著，暗暗著急。他在店中聽得分明，仇人的惡計並不是尋常復仇。對頭李知府死了，加害對頭之子李步雲一個人，也就夠厲害了。而他們不然，這一群匪徒對待李映霞小姐，生了更歹毒的心。現在第一個應該先躲避的，又不僅是李步雲，尤其是李映霞一個深閨弱質，知府千金。仇人派來的這些東西簡直是江湖上的敗類，綠林中的無賴淫賊，其居心更不可測。來的人那麼多，看其來意，決不止於行刺暗殺。但是這些話，怎麼對李夫人母子說明呢？

蕭承澤心中為難，左思右想，當著李小姐，不便開口。他又是個直脖子老虎，心中著急，看著李夫人一味哭泣，越發心亂。實在憋不住了，就對李夫人說道：「伯母先別哭，現在賊人不過剛到。趁他們剛到，我們及早想法子。盡只哭，一耽誤了，後悔可就晚了。剛才伯母說，教大兄弟躲一躲，這倒很對。還有，大妹妹乃是一個沒出閣的姑娘家，知府的千金小姐，更得保重。萬一教賊人害得有個怎麼樣……」

說到這裡，很是礙口，蕭承澤忙改言道：「歸總說起來，要躲最好全躲。現在夜已很深了，伯母和姑太太先定定心，趁這工夫先將細軟東西收拾出來。趕明天，我先保護著伯母、姑太太、李大兄弟、大妹妹四口，就近先到梅怡齋家裡躲一躲。這裡只留我看家。躲個十天半月，情形稍緩，再打別的主意。」

說著話蕭承澤站起來道：「伯母千萬不要盡往著急上想。我已邀來好些幫手，明早準到，都是會功夫的人，可以給咱們護院值更。伯母先收拾著；再不然，你老就歇息了吧，趕明早也來得及。我現在和大兄弟商量商量……大兄弟，咱哥倆到廂房仔細核計一下。」

於是蕭承澤把李步雲叫了出來，兩個人密商。蕭承澤這才將自己在店中聽來的話，對李公子如實說了。李公子格外吃驚，禁不得咬牙痛恨仇人歹毒，急忙問道：「蕭大哥，你要實說，我並不害怕；你要瞞著我，我倒沒法子防備意外了。究竟他們來了多少人？他們打算的什麼壞主意？難道他們公然敢來打搶我映霞妹妹麼？」

蕭承澤忙道：「你別發急，我自然全都告訴你。」遂將仇家已經打發來七個人，聽口氣人數還沒有到齊，以及他們意欲殘毀李知府的屍體，戕害李公子，並且對李映霞存心不測的話，一一說了。

李公子口說不害怕，禁不住渾身打冷戰。他抓著蕭承澤，向他討主意。蕭承澤主張把李家母子四人，全送到梅宅暫住，這裡給他擺一個空城計。至於李知府的靈柩，只可雇兩個鄉下人，先看守著。

蕭承澤自以為這很是一個辦法，他卻忘了仇人找到黃花村，就不能找到柳林莊了？但柳林莊總是一個大村子，到底住戶稠密些，這裡卻太空曠；梅家的房子又比較高大，門戶也嚴緊多了。除此以外，倉猝之間，也實在沒有好法子。蕭承澤打算明天就進城雇車去。李公子想：這一進城，又耽誤一天。對蕭承澤說：「明早可以就近向梅家借車去，離得近，晌午就可以走到了。」

蕭承澤搖手道：「這哪能白天走？要躲避仇人，自然是起五更，或者是趁天黑，教人看不見才好。我心裡想，最好明天先知會梅怡齋一聲，在起更以後，趁著人家看不見，悄悄一走才好。鄉下人嘴不嚴密，教他們看見了，那就遲早會教仇人打聽出來的。」

當時大致商定，時已四更。蕭承澤到院外巡視了一遍，並沒有任何響動，暫且稍為放心。在村口追跑了的那個人，看來也許是小毛賊。蕭承澤性子粗疏，這一番打算本就煞費苦心。於是前後繞轉，巡視完畢，回到廂房來，和衣而臥，那把匕首始終沒有離開身。

轉瞬天明，蕭承澤要親自去梅宅借車，但又怕教頭姚煥章找的護院人貿然來了。遂對李公子說了，打算教年輕廚師馬二前去借車。轉念一想，這又不止是借車的事。這是仇人尋蹤已到，二番借寓避仇，要候到夜晚，才好悄悄坐車走。

這些秘密的話，教一個下人去轉達，李公子覺得不很妥當。後來還是李夫人想了一個法子，教蕭承澤到村子外面看看，趁著大清早沒有行人，李步雲公子改了裝扮，由馬二陪伴著，先投到梅宅去，一來借車，二來說明此事。等到晚上，再教馬二獨自押著車回來。

蕭承澤依照李夫人的話，急急出了村口，朝縣城的來路，眺望了一回。清晨時候，只有鄉下人進城的，沒有城裡人下鄉的。蕭承澤登高一望，曠然無人，很是放心。急急地走回來，便催李公子作速改裝。李公子穿了一件舊小襖，戴一頂破帽子，把臉掩住，帶著馬二，投奔柳林莊而去。這也足有十幾里路，很夠他走一會兒的。李步雲在路上惴惴地怕遇見仇人。他沒想到這一去，轉眼間已弄得家破人亡，生離成了死別了！

這邊家裡，李夫人、李小姐和姑奶奶，忙著收拾細軟。翻箱倒篋的，一找出李知府生前的貂裘狐褂，李夫人忍不住心酸落淚。想不到李建松一死，全家竟落到這步田地，成了有家難奔的人了。蕭承澤對李夫人說：「只可帶值錢的東西，其餘物件千萬不要多帶，要一輛車連人帶東西都裝得下，還要看著不顯形才好。」李夫人養尊處優慣了，有許多零碎東西，覺得缺一不可。草草地收拾著，已然裝了兩個箱子，四個衣包，兩個網籃，還覺得東西不夠用。

快到巳牌時分，那教頭姚煥章竟率著四個徒弟，各帶單刀花槍，跑來照應。人數多，沒有騎驢，全是走來的，所以來得慢了，而且都沒顧得吃飯。蕭承澤把五個人讓進來，吩咐僕婦備飯。姚煥章問蕭承澤：「這裡仇人來過了沒有？」

蕭承澤點點頭，又搖搖頭道：「昨天來了，今天沒有。」因又低聲問姚煥章：「那七個人現時可在店房？」

姚煥章道：「奇怪呢，他們今早全出去了，這裡又沒見著，莫非他們全走了？蕭二弟，你到底認清那幾個人的面貌沒有？我們剛才來時，在路上也沒碰見他們。」又道：「你們沒有到村前村後打聽一下麼？」

蕭承澤道：「今天一清早，我眺望了一回，一個眼生的人也沒有看見。」

姚煥章搖搖頭道：「不是眺望的事，我問的是，你沒跟鄰近人家打聽打聽，可有外路人在本村借寓的沒有？」

蕭承澤道：「喲，這一節我沒有想到。」站起來就要去打聽，姚煥章最是能吃的，忙攔道：「別忙，咱們先吃飯。吃完飯大家都到近村打聽打聽，看看他們是不是窩藏在近處。」

蕭承澤知道姚煥章大酒大肉，好吃好喝，趕忙催著僕婦，把酒飯備上來。這五個鄉下人見了酒肉，跟沒了性命一樣。蕭承澤心頭煩鬱，只拿酒來消愁，白乾酒喝了兩三壺。然後把姚煥章留在家中，自己率領那四個壯丁，分別到各處巡視打聽，卻一點也沒有打聽出來，鄰近各村並沒有眼生的人借宿。前後轉了一圈，只碰見一個鄉下人，似乎眼生一點，此外毫無可疑。蕭承澤折回李府上，那四個請來護院的也陸續到來，都說沒有看見生人。

這時候，李夫人和姑奶奶已草草安排停當了。遂將僕婦丫環叫到面前，對他們說：「要帶著小姐到梅家住幾天。你們好好看家，聽蕭大爺的話，不許到門口巴頭閑看。」

誰想李夫人儘管這麼說，做下人的內外都通氣，早曉得主人是要躲避仇人。那個叫春紅的丫環心裡害怕，素常她是伺候太太，給太太捶腿的。這時忙搶過來說：「太太的水煙袋、檳榔荷包和梳頭匣，還是交給我吧，春喜她不行。」

李夫人說道：「這回我誰也不帶，你們好好在家守著。」春紅聽了，臉上立刻帶出害怕的神氣來，忙偷偷找了小姐去，央求小姐把她帶了去，別的女僕、使女們也都搶著要跟了去。李夫人一概不許，只把十三歲的丫頭春喜，帶在身邊。這樣一來，要走的可就是四口女眷了。只借一輛車，又有行李，又有網籃，如何容得下？

到未牌以後，風聲忽緊，竟有四個壯漢到黃家村徘徊。李知府停放靈柩之所，也有人前往。是兩個穿長袍的人，各拿著冥鏹紙錢，說是來弔祭李知府。找著看靈柩的農民，打聽這個，打聽那個，盤桓很久才去。

這農民已受蕭承澤密囑，容兩人走後，忙分出一個人來，給蕭承澤送信。蕭承澤吃了一驚，忙問弔紙人的長相，自然是人樣，這個看柩人竟說不出特點來。又問口音，回答說是南邊人。問可是安徽廬州府的口音，還是湖北口音？這個看靈柩的山東侉子從來沒有到過外邊，聽不出什麼是皖語，什麼是鄂音。

蕭承澤賭氣不問了，反正這兩個弔紙的是奸細。蕭承澤因此又加一番著急，看柩人如此笨法，簡直沒用，護靈之事可托咐何人呢？自己救活的要緊，當然分不出身來照顧死的。忙與教頭姚煥章商量，如今棺木雖是浮厝，卻已用磚砌起來了，這怎好再起出來？起出來要想掩藏一具棺材，教人看不見，也是很難。

蕭承澤和姚煥章一時都蒙住了，竟束手無策。那請來的打手卻想出一個好主意。叫蕭承澤可以抓個工夫，把靈柩起出來，刨坑一埋，把土墊平了，便可躲過仇人眼目，不致被他們殘毀了。

此計很好，蕭承澤慌忙跑到上房，告訴了李夫人。又找來房東借了鐵鍬、木杠、繩子，趕到停柩之處，把看靈人支走。由蕭承澤、姚煥章幾個人，刨的刨，扛的扛，窺人不見，抬起來，找個隱僻地方，掘個淺坑，埋在地下，將土墊平，又做了暗記。

這一樁事是辦妥當了，蕭承澤和姚煥章立刻趕回來。不想走到寓所門前，大門對過，一個石碌碡上，坐著兩個男子，凶眉惡眼，直勾勾地注視李府。姚煥章忙對蕭承澤打個招呼，急急退出村外，將各人手中拿的鐵鍬等物，都交給一個護院壯丁。教他繞村口過來，把這些扛抬刨掘之物寄放在別家，千萬別教門前兩個人看見。這門前兩人定是仇人派來的探子，決無可疑。

姚煥章這一隨機應變，竟使李知府的遺體得免暴露殘毀的劫難。蕭承澤等幾個人錯落走回來。蕭承澤怒氣勃勃，站在兩人面前。這兩人中的一個，正是昨夜窺店時所見的一人。蕭承澤橫目怒視。這兩個人全是雄赳赳的，昂然坐在石墩上，也橫目相盼，傲然不懼，面孔上帶出輕侮冷峭的神色來。

蕭承澤突然厲聲說：「你們是幹什麼的？」兩個人把臉仰著，互相使過眼色，說道：「你管我是幹什麼的！我願意幹什麼，我就幹什麼，誰也管不著我。」

蕭承澤斥道：「我就管得著你！不許你在這裡逗留，給我走開！」

這兩個人，內有一個麻面大漢，就是名叫麻雷子的那個賊人。另外那一個生得毛頭毛臉的，一臉野氣，這個人也是江洋大盜，外號叫毛頭鷹。兩個人一聽呼叱，突然站起身來。麻雷子拿出了耍賴的神氣道：「走開？走開就走開，還要吃人不成！這裡又不是皇宮內院，又不是閻王寶殿，怎的就不許人逗留？」回頭來叫著同伴道：「歇夠了麼？走吧，人家攆了。你不知道這是人家包的地方麼！」

那同伴毛頭鷹吐舌道：「喝，好厲害！想不到鄉下地方，還有這大的勢派，別是知府老爺的公館吧？我倒看不出來。」

麻雷子哈哈笑道：「你可小瞧人，你怎的就知道不是公館？不是公館，怎的會有二爺把門？」

蕭承澤更忍不住，霍地撲上去，罵道：「好你個奸細，計松軒的走狗，敢到這裡來撒野？二爺今天就要管管你！」「你」字沒落聲，右掌往麻雷子面前一晃，一領他的眼神，左拳往外一穿，「黑虎掏心」劈胸打去。

這麻面大漢手底下也很明白，一晃頭，右掌橫著往下猛切蕭承澤的脈門，口中卻說：「怎麼打人？」蕭承澤一撤招，那毛頭鷹從後面攻過來，突飛起一腳，照蕭承澤腰上踢來。

蕭承澤「鷂子翻身」，身軀陡轉。毛頭鷹一腳踢空。蕭承澤反撲到他面前，「猛虎伸腰」雙掌齊出，砰的一聲，雙掌正擊在毛頭鷹的胸坎上。蕭承澤是轉身遞掌，全身之力全運在兩掌心，把毛頭鷹打出數尺，倒跌在地上。「哎喲」了一聲，毛頭鷹疼得齜牙咧嘴。

這時候，麻雷子一個箭步，到了蕭承澤的背後，奮力向蕭承澤腦後擊來。蕭承澤突覺腦後生風，右腳忙往後一滑，身軀半轉，右掌往上一撥，「摘星換斗」，撲地把麻雷子的腕子刁住。往左一帶，喝一聲：「倒！」

麻雷子倒很聽話，「撲通」，來了個嘴啃地，連門牙全磕破了，跳起來便走。那教頭姚煥章已然如飛趕到，大喝：「好野種，敢來撒野！」四個徒弟也從房後繞過來，要攢擊二人。麻雷子和毛頭鷹見不是路，兩人撥頭便跑，恰被四個徒弟擋住。蕭承澤大叫：「截住他，這兩個小子是奸細！」

四個徒弟怪叫一聲，揮拳擋路。麻雷子、毛頭鷹並肩急往前衝。這才看出人的武功各有深淺。麻雷子二人敵不過蕭承澤，卻敵得過四個徒弟，三拳兩腳，被他打開一條路，衝逃出去；四個徒弟反被打倒兩個。

蕭承澤哪裡肯饒，飛步急追下去。教頭姚煥章連忙叫住，恐怕歹人在前面有埋伏，使的是調虎離山計。一疊聲吆呼，蕭承澤這才止步，與姚煥章四個徒弟，含怒回宅。叫老僕來問時，才曉得麻雷子二人只在門口徘徊了半晌，並沒有叫門。

這時候已經不早了，辦正事要緊。蕭承澤見了李夫人，具說已將李知府的靈柩埋藏，催促僕婦提早打點晚飯。蕭承澤預備要走，把姚煥章和四個護院徒弟都拜託了。老僕張升惴惴地密對蕭承澤說：「這位姚教頭是你的老朋友。這四位年輕小夥子，可跟你認識麼？你老陪著太太小姐走了，這裡又只剩下我們了！萬一這四位有一點不地道……這個沉重可不小，你老請想想。」

蕭承澤聞聽一怔，可不是，這四位年輕人被邀來護院坐夜的，名目上是姚煥章的徒弟，不過和自己曾經在鴻陞客棧把式場中，一塊練過武罷了，一點交情也沒有，更不知道他們的底細。蕭承澤有點後悔了。怔了一會兒，對老僕張升說：「沒有錯。你放心，這都不是外人。我的朋友，錯不了。」口中這樣說，心裡卻打鼓，悄悄地對姚煥章，把自己擔的沉重說了，因問道：「這四位都是朋友，可靠得住麼？這不是我多心，因為，因為……」

教頭姚煥章怫然紅了臉道：「老弟你說這個話，倒也有理。他們雖說是我的徒弟，可是人心隔肚皮，誰知道他們呢？要不然，就趁著天還沒黑，打發他們哥四個回去吧！」

姚煥章顯然是有點惱了，一時仗義多事，代人邀來護院的幫手，卻忘了這裡頭擔著很大的沉重。真是多管閒事，多生閒氣，姚煥章自己也要告辭。蕭承澤連忙陪笑道：「姚大哥，你可別怪罪！小弟太口直，我不過閑問一句，不知道這四位和大哥是怎麼個交情。交情厚，不用說了；交情要是淺，人家幫忙，咱們要好好地酬謝人家。」

蕭承澤懇切地敷衍了一陣，姚煥章方才不說走了，然後才告訴蕭承澤：「這四位都是咱們本街上的人，管保沒錯。老弟你就疑人莫用，用人莫疑好了。出了錯找我，你只管護送李太太去，看家的事全交給我，看我姓姚的夠朋友不夠。」

蕭承澤這才放了心。他從來有個傻人緣，沒有得罪過人。這回真是頭一次，心中不由格外添煩。與姚煥章痛飲了一陣，轉瞬天黑，蕭承澤忙換上短裝，帶好兵刃，預備隨車護送。姚煥章便吩咐邀來的護院，分前後夜，兩個人一班，就在下房坐夜，不時要出來遛看遛看。姚煥章跟老僕張升喝茶閒談，叫老僕守上半夜，姚煥章自己守下半夜，彷彿佈置得很有條理，那樣子也非常盡心。

到定更以後，只聽外面車聲轔轔，蕭承澤道：「別是車來了吧？時候早點。」

果然這車到李府門前停住了，只聽外面有人叩門。蕭承澤忙親自去應門，叫門的果然是青年廚師馬二。他和一個鄉下趕車的，押著一輛車來了。一看這車，不由皺眉，原來沒有借著轎車，是一輛笨重的大板車，帶著席篷。蕭承澤略問了馬二幾句話，知道李步雲公子已平安到了梅宅，他還想折回來，親接母妹，已被梅怡齋勸住了。

蕭承澤放了心，忙到上房，見了李夫人，請他收拾上車。四位女眷，許多東西，一車裝不下，只好分兩趟走。拿這一輛車倒換著，這必得早走。蕭承澤最擔心在店中聽來的那些閒話，請李夫人帶李映霞小姐先行，自己押送；然後姑奶奶和那小丫環做為下趟走。

只是這姑奶奶乃是一個寡婦，無兒無女，寓居在府上，生來有個小性兒。這一回教她末一趟走，彷彿把她看成女僕似的。姑奶奶臉上帶出不悅之色，把身子坐在床上，說道：「我走不走的不吃緊，我給你們看家吧。」

李夫人心忙意亂，倒沒理會。李映霞小姐早看出來，慌忙讓母親陪姑奶奶先行，她自己隨後走不要緊，有丫環陪伴著呢。李夫人搖手道：「霞兒，你快上車吧。這不是鬧著玩的，還你謙我讓的！二姑帶著霞兒先走，我東西還沒收拾完呢，我末趟走。」

蕭承澤道：「依我說，大妹妹應該先走；姑奶奶帶著大妹妹走也好。」但是這寡婦奶奶口中盡說不走的話，李夫人又不放心把女兒離開自己，遂決然對蕭承澤說：「我娘倆後走，姑奶奶先行一步也好，我可以趁空多安排安排。」

這邊還是你推我讓著，蕭承澤發急道：「不管誰走，趕快上車吧，咱們今晚上還要趕兩趟呢！」吩咐丫環快來攙姑奶奶，這才把鬧小性的姑奶奶攙上了車，小丫環也跟著上了車。人已坐定，把衣包箱子繫在車後，又裝了兩個包袱，蕭承澤跨上車沿，吩咐車把式快走。鞭子一搖，馬蹄移動，這輛篷車才開走，那老僕和姚煥章趕緊把大門關上。

由黃家村往柳林莊，不過十幾里路。大車走起來，顛簸得很厲害，姑奶奶摟住了小丫環，被車顛得兩人直碰頭，卻幸路上沒出閃錯。到了柳林莊，車停在梅宅前，叫開門，從裡面走出來梅大爺和梅奶奶，李步雲也出來了，滿以為李映霞先來，不想是姑奶奶。李步雲道：「我母親和妹妹呢？」

蕭承澤道：「下趟車來，我這就接去。」姑奶奶看見李步雲道：「你娘非教我先來。」梅奶奶忙將姑奶奶讓到內宅。

蕭承澤慌忙催著開車，立刻往回翻。這空車狂顛著，往黃家村走。蕭承澤嫌車慢，將鞭子搶過來，「啪啪」地一陣亂打，車像飛似地亂撞。幸喜有月光，才不致翻了車。一路狂奔，將近黃家村口，忽聞村後群犬狂吠，蕭承澤心中一動，急忙馳車來到李府門前，陡見街門大開。

蕭承澤吃了一驚，一竄下車，抽刀邁步往門內闖。搶到內院，廂房下房燈光射窗，卻都門扇大開。蕭承澤一陣酥軟，覺得兆頭不對，急撲奔上房。上房突竄出一個人來，和蕭承澤險些撞個滿懷。急看時，正是那個教頭姚煥章。姚教頭一見蕭承澤，大叫道：「壞了，仇人大夥地攻進來了！」

這姚煥章半個臉是血，拿一塊白布包著，手裡還提著一把刀。蕭承澤頓時面目更色，厲聲道：「伯母呢，李小姐呢？」急撲到屋內，李夫人臥在床頭血泊中，殘息猶存。

蕭承澤一把抓住姚煥章，二目圓睜道：「姚大哥，你守的好夜！」急張眼一瞥道：「哎呀，李小姐呢？」

姚煥章喘著說：「李小姐教他們擄走了！他們來的人太多，我打不過，他們把李夫人剁在堂屋，逼著張昇找李公子……」

蕭承澤惡狠狠唾了一口，把手掌照自己臉上猛摑數下，失聲狂嚎了一聲。急又收淚，如旋風似地在堂屋打了一轉，又撲到李夫人床前。李夫人身被重創，是教頭姚煥章剛給抬到床上的。此時呼吸細微，寂然不動。蕭承澤跪到床頭，連叫：「伯母，伯母！」李夫人遍身血漬，人已垂絕，只把眼珠轉了轉，口中嘶出兩個字來：「救，救！……」再叫時，已然死了。

第廿二章　紅顏被擄

蕭承澤放聲大哭，忽地竄起來，旋風似地又在房中一轉。屋內翻箱倒櫃，銀錢已被眾惡徒打搶，蕭承澤一回身，盯住了姚煥章，銳聲喝問：「姚大哥，你你你……他們什麼時候來的？」

姚煥章吃吃地說：「還沒到二更……」

蕭承澤「啪」地又自己摑了一個嘴巴道：「渾渾渾！我問的是惡徒什麼時候走的？」

姚煥章忙說：「剛剛走……他們先把李小姐搶走，又找李公子。他們人太多了，一共十三四口子。咱們邀來護院的，個個不是東西，全嚇跑了。……」

姚煥章還要表白自己的苦鬥抗賊。蕭承澤一腔悲憤，哪裡聽得入？霍地抓住了姚煥章，掣著那把鋼刀，嚇得姚煥章連連說：「蕭賢弟，你饒恕我，我要不曾拚命拒賊，教我天誅地滅，不得好死！」

蕭承澤使出渾身氣力，把姚煥章抓得徹骨疼痛，不住告饒。蕭承澤連連頓足道：「不是，不是，你好渾蛋！我教你領我追賊去！快快快！我一定要把李小姐奪回來。快說，賊人是往哪條道上逃走的？」邊說邊走，把姚煥章扯著，直搶出大門。

來的這一夥惡徒，一共竟有十三個人。先到了七個人，是火蛇盧定奎、獨角羊楊盛泰、劊子手姜老炮和麻雷子、毛頭鷹、丁樹皮、郭牛兒等人。那個名叫擎天玉虎賀錦濤的，是最後到的。他另外又邀來三個好手，一個叫雙頭魚馬定鈞，一個叫七手施耀宗，一個叫毒砂掌施耀江，此外還有兩個人。其中以擎天玉虎賀錦濤的武功最好，但是作事狠辣，素來看不起麻雷子等人的。那七手施耀宗，倒並不是剪綹小竊，他實是善使飛叉，背後帶著七把鋼叉，所以人家贈了他這麼一個不雅的外號，好像是加料的白錢賊似的。

這些人受了計桐軒的重聘，特來戕害李知府，不意一路跟蹤，趕到了郯城縣境，訪明李建松已然死去。擎天玉虎來到之後，便要把李知府之子李步雲窺隙刺死，回去有個交代也就罷了。

火蛇盧定奎卻是這回行刺的主腦人，盧定奎受了計家重金聘請，替人家戕官報仇，完全是計老二先找的他，他再轉邀別人。除了擎天玉虎，像麻雷子這些人，連計桐軒的面都沒見過。因聞李知府府上有一個蕭承澤，拳技很精，計桐軒為求事之必成，曾再三對盧定奎說：「辦這事要趕盡殺絕。因此才大舉邀來這些人。」

等到一切探聽明白之後，盧定奎食人之祿，忠人之事，必定要做出個樣子來。那獨角羊、毛頭鷹一班匪類，又心涎李映霞芳姿，又想趁機打搶，所以雖李知府已死，還要大大地來一下。火蛇盧定奎也曾囑咐過大家，要辦得機密，要辦得歹毒，不要留餘地。擎天玉虎來得最晚，大家都是這個意思，他也就隨著。他們都是綠林大盜，殺人不眨眼的劊子手，越聽見李府上有能人，越要來得狠些。

於是一次、兩次的窺探，等到麻雷子、毛頭鷹吃虧回來，覺著自己太丟臉了，遂把李府上防備得如何嚴法，護院打手人數如何多法，蕭承澤是如何扎手，兩個人極力形容了一番，為的是給自己遮醜。

眾惡徒聽了，越發著惱，連擎天玉虎也詫異起來。這才各持兵刃，撲到黃家村，隱藏在半里之外，先派兩個人來探。恰巧蕭承澤護送頭趟車剛走，這個探子忙回去報告了盧定奎、擎天玉虎賀錦濤，說是李府上已得風聲，剛走了一輛車，恐怕他們要跑。賀錦濤不悅道：「是誰露出形跡來，教李家看破了？」

麻雷子、毛頭鷹都不肯說出自己教蕭承澤趕跑的話，也跟著詫異裝作沒事人。火蛇盧定奎道：「不管風聲走漏沒有，咱們既來了，就趁此動手！」當下各人拿了兵刃，分兩撥，提早進襲李府。

他們說好，假說是趁夜明火打劫。擎天玉虎賀錦濤暫不動手，專教他對付蕭承澤。賀錦濤使一對鉤刀，算是巡風接應。盧定奎、麻雷子、毛頭鷹進宅打搶。其餘劊子手姜老炮、獨角羊楊盛泰等，都分派好了。至於到李知府停柩之處，開棺盜首，也派定了兩個人，專辦此事。

盧定奎完全主謀。動手的時候，本該在三更以後，才合綠林道的規矩。只是盧定奎要把李映霞擄走，口說把這個活寶獻給計桐軒，必得重賞。實在他另有私心。他有私心，他的夥伴卻也另有私心。

其實計桐軒的本意，是教他們把李知府夫妻和子女全給殺死，並沒有講下要留活的。盧定奎抱定壞主意，覺著三更天動手就晚了，藉口消息走漏，所以公然提前，要在二更天動手。殺家掠財之後，群賊就直奔紅花埠，並且預備了一輛車，把劫來的人和贓物都裝在轎車內。

擎天玉虎不願意劫人，恐怕一路上教官人打眼，或者女子在半路上狂哭亂喊，必致耽誤了事。盧定奎連說不妨：「我這裡預備下了，我有蒙汗藥、迷魂餅，把李知府那個小妮子擄來，你們就不用管了。滿交給我，我會把她治得不能哭嚷。」

群賊在月影下，悄悄地分散開，溜到李府院牆之外，附垣一聽，院內沒有動靜。火蛇盧定奎、雙頭魚馬定鈞、劊子手姜老炮，這幾個人是會輕身術的，便從東面牆上，竄到房脊後。七手施耀宗、毒砂掌施耀江、獨角羊楊盛泰也會上房，就竄到西房背後。往院中一看，北房廂房全有燈光。獨角羊取出一塊問路石子，往院庭一投，「吧達」地一響。值夜的姚煥章正倚刀獨酌，聞聲一驚，忙站起來拿刀。

七手施耀宗從房脊一長身，溜到前坡，衝東房一點手，隨即輕輕一躍下地。東房上火蛇盧定奎也一躍下地。兩個人頗會幾分輕功提縱術，立刻到各屋窗前，舐窗紙內窺。這一邊廂房內，教頭姚煥章正持刀要往外走，忽然似看見有人窺窗。姚煥章到底很在行，急忙將身軀一轉，把油燈忽地搧滅了。

火蛇盧定奎滿不介意，一個箭步，竄到大門前，暗捫門閂，輕輕地把街門開了。大門外埋伏著麻雷子、毛頭鷹和郭牛兒等五個夥伴。盧定奎微一鼓掌，麻雷子五個人一擁而入，這五個人功夫差得太多，撲到院中來，腳步踐踏聲很重。可笑姚煥章邀來的那四個值夜的打手，賊人們在房上、房下，來了好幾個，他們還是沒聽出來。直等到麻雷子五個人撲進院中，四個打手方才吃驚地喝問道：「誰呀？」

麻雷子五個人撲奔正房，「噹」地一腳把門扇踹開。房頂上的賊人只留了一個人瞭高把風，其餘的也都竄下平地，頓時滿院都是賊人。教頭姚煥章挺單刀，搶出院來。這一驚非同小可，振吭大叫：「有賊！」七手施耀宗刷地發出一飛叉，急閃不迭，姚煥章額角上被劃破一塊，頓時鮮血迸流。

毛頭鷹、麻雷子掄兵刃上前，罵道：「欠帳還帳，太爺今晚上沒失信，找你來了，小子！」兩個笨賊鬥一個乏教頭，刀鋒叮噹亂響，倒也殺得難分難解。李府上那現邀來四個護院的也亂喊著：「有賊，有賊！」提刀的提刀，拿棒的拿棒，撲出屋外一看，可了不得！滿院子全是賊人，而且真殺真砍，四個打手不約而同，把刀棒舞動起來，一路瘋打，一溜煙似地奪路搶奔跨院，由房東院內，爬牆頭跑出去了。

賊人一部分闖正房，持刀威嚇李夫人，追問李步雲公子藏在何處。李夫人拒賊大罵，被賊人砍了一刀，踢倒在地上。群賊一直搶進內室。李映霞小姐已聽出情形不對，心知落到仇人手中，必受奇辱。她急切間無法可想，尋了一把剪刀，往咽喉便刺。賊人一掌把剪刀打掉，捉住了李映霞，便往外推搡。李映霞哭罵支拒，她一個弱女子如何抗得過兩三個壯男？竟被獨角羊捆上了雙手，堵住嘴，背起來就走。

負傷倒地的李夫人看見女兒被擄，霍地爬起來，狂喊救命，下死力抱住賊人的大腿，與賊爭奪。麻雷子奔過來，罵道：「臭婆娘找死！」一把扯開，連砍數刀，李夫人頓時血濺堂前，倒地不能動轉。李映霞小姐竟被賊人背負而逃。

那火蛇盧定奎前前後後尋找李步雲公子。這是計桐軒報仇的正對頭，卻前後都沒有搜著。盧定奎捉住了老僕張升，連砸了幾刀背，追問李步雲藏在何處。張升受不住，如實地供出：「少爺已在白天逃到柳林莊去了。」

盧定奎更喝問：「那個蕭承澤，白天還有人看見，現在跑到哪裡去了？」老僕張升戰抖抖地說出：「他護車避難，也逃到梅宅去了。」

盧定奎罵了一聲：「老鬼羔子！」方要尋繩子捆人，不想劊子手姜老炮趕了過來，口中說道：「值得費那個事做什麼？」順手一刀，把張升砍倒在男廁所的門邊。

火蛇盧定奎急翻身，又來到上房套間內。那個毛頭鷹正按著一個使女，欲行無禮。被火蛇盧定奎趕到從背後狠捶了一掌，罵道：「毛頭鷹，不辨正事，幹這沒起色的把戲，耽誤工夫幹什麼！」

毛頭鷹歪著頭嚷道：「二太爺就好這個樂。」

不想此時劊子手姜老炮已經搶進來，鋼刀一揮，道：「教你好這個樂！」噗嗤一下，只聽得一聲慘號，那個使女已被姜老炮一刀，剁去了半隻胳膊，鮮血濺了毛頭鷹半臉一身。把個毛頭鷹嚇得也一哆嗦，直起腰來，和姜老炮瞪眼大嚷道：「劊子手！你娘賣皮的，你真渾賬！」

毛頭鷹掄刀過來要跟劊子手算帳。劊子手姜老炮狂笑著跑開。那毛頭鷹臉上只是滴血珠，引得群賊譁然大笑。火蛇盧定奎連忙攔阻道：「毛頭鷹別胡鬧了，辦正事要緊。劊子手，你這傢伙也太手饞了！」

火蛇盧定奎吩咐群寇：「趕快動手！」群賊立刻翻箱倒櫃，把李府錢財大掠一空。

教頭姚煥章戰不過敵人，已然奪路逃到跨院，也翻牆躲出去了。幸而還鎮定得住，藏在黑影中喘氣，窺伺賊蹤。宅中一個女僕被堵在上房，一個乳娘藏在廂房床底下，僥倖沒遇著劊子手姜老炮，卻落在別的賊人手中。兩個女僕都被逼到套間內，用繩子捆上，拿東西堵住了嘴。盧定奎再找李映霞小姐，連問數人，才曉得已被獨角羊楊盛泰背走了。火蛇盧定奎大惱之下，想不到自己一步落後，教獨角羊占了先著。

盧定奎急催群賊快快收拾，將搜搶來的金銀首飾，各打了小包。群賊個個貪心過重，有的看見貂裘繡襖，有的看見別的值錢之物，也要抓來包走。盧定奎連罵渾蛋：「你們搶些東西怎麼帶法？白天走得了麼！」立逼著放下笨重招眼之物，只取珍飾細軟。

群賊戀戀不捨，被盧定奎和房上巡風之賊連連吆喝催促，這才紛紛出來，直走街門，按照約定的聚齊地點，一路狂奔而去。惹得村犬亂吠，卻沒有人敢來過問。

這一夥賊黨各背著包裹，獨角羊楊盛泰卻背的是人。那個麻雷子趁盧定奎偶一疏神，到底被他也撈著了一個活寶，是丫環春紅。教他從女廁所裡尋著，也效仿獨角羊，先把春紅捆了手，堵上嘴，用一塊大搭包一兜，一伏身背在背後。跟隨眾人，踏夜影，穿過一帶樹林，到一座小廟聚齊。

群賊放下擄掠之物，席地稍歇。獨角羊和麻雷子把李映霞和春紅倒剪二臂，放在地上。兩個人偷偷商量，要將二女反縛著，用蒙藥迷住，外罩女褂，裝在轎車中，就是白天，也可以冒充女眷走路。群賊按照預定的打算，不便回店，恐防教店夥打眼，只要會著了擎天玉虎賀錦濤，立即投奔紅花埠。再由紅花埠動身，翻回安徽，交差領賞。

但是擎天玉虎賀錦濤一見麻、楊兩人，各擄來一個女子。又問明這一番尋仇，不過殺了兩三個下人，砍死李夫人，卻放走了好幾個活口，連正主李步雲也沒有尋著。那尋找停柩之處，要割取李知府屍體首級的兩個賊人，也是兩手空空地走回來，居然連棺材也沒有尋著。擎天玉虎氣惱已極，不由頓足罵道：「你們這群廢物真會辦事，怎麼連李步雲也沒尋著，你們就回來了？可有精神背女娘！」

回頭來厲聲斥問火蛇盧定奎道：「軍師爺，我倒要請教，這還是你親自出馬，那個姓蕭的朋友，你們可會著了沒有？你成天嚷斬草除根，軍師！你到底幹的這是什麼？任憑他們帶這兩個娘兒們，是打算怎麼樣？可是要留活口，等著教她們咬一口麼？好淫貪色之徒，決不能共事！」將手一拍脖頸道：「我這顆八斤半，也不願意隨便教人割掉，你們就不怕女人壞事？」

擎天玉虎聲勢咄咄地鬧，把盧定奎罵得臉通紅，他自己的私心是沒法子出口的。擎天玉虎「嗖」地掣出鉤刀來，便要砍李映霞和春紅。李映霞延頸待死。盧定奎是不想惹賀錦濤的，只得橫身一擋道：「賀大哥別急，你聽我說一說，我正要跟你商量。」

雙頭魚馬定鈞也抓住了擎天玉虎的一隻胳臂，笑說道：「賀大哥，殺不得！你不信瞧瞧，這個女孩子長得太可人疼了。」

擎天玉虎一心要殺死李映霞滅口。他曉得擒虎容易放虎難，當時不綁架則已，既將肉票擄來，無故放回去，前途定然不利。這好像是江湖道上的成規似的。盧定奎忙道：「賀大哥，你別砍。這個瘦些的女子就是李建松的女兒，計老二肯出三千兩買她。咱們留活口回去獻功，足夠咱弟兄一年半載的了。」

獨角羊楊盛泰見情形緩和，也忙解說道：「賀大哥，我老遠地把她背來，就為發一筆小財。這個小妮子長得真夠人樣，就不獻給計老二，賣到娼寮裡，也值幾百。」

擎天玉虎冷笑道：「你們真會打算，她真是李建松的女兒麼？」遂將一個紙燈籠接取在手，走到李映霞身旁。獨角羊和火蛇盧定奎都惴惴地緊隨在後，眼睛看定了擎天玉虎的右手，唯恐他抽冷子真砍一刀。

擎天玉虎借燈光一看，李映霞和丫環春紅倒剪二臂，捆在地上，披頭散髮，玉容慘白。她們被手巾堵住嘴，呼吸悶塞，懨懨欲絕。卻是李映霞那一種秀麗的容色，實在動人憐惜。丫環春紅的姿色也不尋常。

擎天玉虎本是好色之徒，一生好嫖，只是謹守綠林門規，從來只搶不淫。這一提燈照看，驚於李映霞那種被難的神色，另教人看著淒豔可憐。擎天玉虎竟情不自禁地挑著燈籠，看而又看，忘其所以了。獨角羊、麻雷子緊跟在背後，伸長了脖頸，瞪大了眼珠，只提防賀錦濤一怒揮刃，萬沒想到賀錦濤已看直眼了。

忽然，賀錦濤省悟過來，回頭問眾人道：「你們誰把她背來的？」明知故問，早被七手施耀宗、火蛇盧定奎看出形色來，暗地冷笑著，正經回答道：「這是獨角羊、麻雷子兩塊料幹的。我們大夥一陣狂跑，沒把兩個兔蛋累殺。半路上他倆就直告饒，央告我們慢走。他們願意背活寶，誰管他？我們還是腳底下加勁。這一道，反正把兩個東西壓得夠勁了，本來千金小姐麼。喂，獨角羊沉不沉？麻雷子這一個活寶大概是丫頭，不夠千金，也夠五百斤油吧？」群賊哄然大笑起來。

擎天玉虎也笑了笑，到底忍不住，將燈籠信手遞給別人道：「我得問問，是李知府的小姐不是？」將刀插在地上，挨到李映霞身旁，左手一托下顎，解了繩套。使了一個手法，把李映霞的櫻口捏開，從口中掏出一塊手巾來。說道：「喂，你別害怕，你可是李知府的小姐麼？」

擎天玉虎這一問，自覺沒有什麼破綻，卻沒留神群賊十幾雙眼睛都盯著他暗笑。原來他一時忘情，在白天還說李知府的兒子、李知府的女兒，這工夫抵面訊問，不知不覺地動了官稱呼，叫起李知府小姐來了。

李映霞小姐乾嘔了一陣，喘過一口氣來。她睜秀目四面一望，自己是落在仇人手中了，還是落在賊人手中了，自己還不甚明白，可是將來的結局是可想而知的。父親死了，母親是被他們剁了，哥哥逃奔到梅宅，還不知仇人賊黨追尋與否？現在是求死為上著。

李映霞閨門弱質，但在秀媚之中，卻潛具一種剛氣。喘息了一回，啞聲說道：「你們諸位先別問我，你們諸位到底是求財的，還是尋仇的？李知府的小姐早躲了，我不是李小姐，我是他家的使女。我也不求諸位饒我，我只求諸位慈悲慈悲我，給我一刀！我死了，陰魂有知，也感激你們。諸位都是好漢，我不過是苦女子，你們都是英雄豪傑，別留下罵名。你們快殺了我吧，讓我跟我那死去的苦命爹娘一路走好了。」說著，聲淚俱下。

李映霞自稱不是李知府之女，可是末後一句話也漏了底了。群賊都是粗人，都沒有聽出來。但見李映霞一個十幾歲的弱女子，落在十幾個強徒手內，還能這樣侃侃而談，火蛇盧定奎早就先挑大拇指。那麻雷子卻也會看風使舵，嘴裡說道：「咱們也問一問這個女子。」

他也學著擎天玉虎那樣，伸手把他擄來的丫環春紅，也給摘去了勒口的繩套，把口中塞堵之物掏出來。使女春紅一張得嘴，就嘔地一陣嘔吐，跟著「哇」的一聲哭起來，叫道：「饒命呀！小姐，救救我吧，沒有我的事呀。」

劊子手姜老炮哈哈笑道：「好麼，小姐！這一個女子可是你們的小姐麼？說！」把眼一瞪，裝起面孔，拿刀對著春紅一晃。春紅只能往回縮脖頸，一閉眼而已，又嚇了個臉白，連聲叫道：「她是我們小姐。我不是小姐，我是使女春紅呀。」

群賊的眼珠子都集中在李映霞身上，由頭看到腳，由腳看到頭，恨不得蘸白糖把她吃了。

麻雷子把手一拍道：「如何？她一定是李家的女兒，你瞧那神氣，就像個知府千金。獨角羊，你小子眼力真高，沒白挨壓，我卻背了這麼一個丫頭。」

麻雷子心中另自高興，他想：「只要擎天玉虎不殺，丫環春紅總可以落在自己手內。李映霞卻真正是活寶，說真格的未必能行，紅眼的太多了。獨角羊傻了，搶頭一口，未必得實惠。到底還是我麻雷子合算。」

麻雷子是這樣盤算，獨角羊果然有些著急，怕別人拿出大道理來，奪他這到口之食。獨角羊忙說：「你別聽她胡指亂說。你問她們，她們一定全說自己不是小姐，這哪裡靠得住？」說著搶過來，把丫環春紅擰了一把，手指李映霞道：「她到底真是你們的小姐麼？你不許胡賴，我瞧你像小姐呢。」

春紅急得要哭，一疊聲說道：「是小姐！我不是小姐呀，我是春紅。小姐，你是小姐！小姐你快說了吧。」

一片喧笑得意聲中，群賊面問李映霞道：「你一定是李知府的女兒，快說實話。」李映霞把心一橫，翻秀目向眾人一看，厲聲說：「眾位好漢，你別管我是誰。我只求一死，你們行好積德！」

群賊一齊說道：「好好好，一定是她了。」

火蛇盧定奎大笑道：「這可是活寶，獨角羊，真難為你小子！賀大哥，依我說，這兩個女子都殺不得。」

麻雷子、獨角羊急從背後，暗把火蛇捏了一把，不教他再提「殺」字。不想擎天玉虎這時候的心情早已變了卦，雙眸看定了李映霞，眼珠亂轉，心中盤算，該當說什麼話。

獨角羊自己把李映霞背來，就彷彿放了「定禮」似的，分開眾人，搶到李映霞身邊，口角流涎地說：「你別害怕，李小姐，你不是李知府的小姐麼？你父親得罪了仇人。咱們可是沒仇，我們不會殺你的。你放心，我老遠地把你背來，你要心裡明白，你這是走運。落在我們手裡，我們從來不肯傷害姑娘們的。我說你今年十幾了？這位是賀大爺。賀大爺別看那麼說，他是嚇唬你玩。他也不會殺你的，你來謝謝他。……」一邊說，一邊做出萬分溫存的樣子，要來摸李映霞的臉，又要給李映霞解縛。

李映霞氣得滿面流淚，極力地掙躲，如何躲得開？不意火蛇盧定奎、擎天玉虎賀錦濤這時全炸了。擎天玉虎「刷」地伸出手掌，只一磕，把獨角羊的手腕磕開，怒罵道：「獨角羊，你鬧什麼！你怎麼……怎麼連我的姓也叫出來？」

盧定奎瞪著眼，從背後把獨角羊的脖頸一掐，伸手掌照項窩砍了一下，罵道：「獨角羊，少耍貧嘴！這個女子既然是李知府的女兒，你背來，算你的大功，可總得把人交給我。你不要信口胡嚼，亂泄自己的底。我說賀大哥，對不對？咱們趁早走，把這兩個女子都裝上車，到紅花埠再講。」

七手施耀宗、雙頭魚馬定鈞、劊子手姜老炮，看見眾人著魔，三個人冷笑道：「你們還沒忘了走，難得難得！這不就快雞叫了，還早著呢。不過這兩個小丫頭片子，你們一群大小夥子，一人一口也分不過來。依我說，還是切碎了吃吧。」

劊子手「嗖」地掣出刀來，七手施耀宗也惡作劇地把刀抽出來。火蛇盧定奎發急攔阻道：「你們別亂，別亂，這就走。好容易捉來活的，你們給砍了，怎麼對得起挨壓的獨角羊、麻雷子？」

施耀宗「嗤」地笑了，說道：「這不是兩位嫂子麼，我敢砍誰？」

獨角羊滿面通紅地說道：「別開玩笑，倒是留活的好。」

劊子手姜老炮是有名的殺人不眨眼的魔王，眾人儘管說玩話，他卻冷不防刷地遞過一刀，半真半假，直向李映霞砍來。獨角羊喊了一聲。擎天玉虎手疾眼快，一側身，倏地飛起一腳。劊子手「哎喲」一聲，嚷道：「你怎麼真踢？我又沒有真砍，礙著你什麼事咧？」

擎天玉虎賀錦濤順手抓住了姜老炮的腕子，斥道：「姜老炮你敢！你專會這一套，抽冷子就動刀。不管挨著人沒有，濺人一身血，你才高興，是不是？」手指一攢勁，把個劊子手姜老炮攢得咧嘴直叫疼。

然後擎天玉虎對眾人正色說：「這兩個女孩子，既然大遠地背來了，就不必殺了。就依著盧三哥的話，先帶到紅花埠再講。……可有一節，那李知府的兒子，你們打算怎麼個交代？盧三哥，不是說斬草除根？……」說到此，看了李映霞一眼，把話咽住，改口道：「好在他也是一個文墨人，也沒什麼了不得，就丟下他也罷，咱們趕快走吧。」

群賊立刻將早預備的轎車趕過來，把李映霞、春紅都倒剪二臂，裝在車內。盧定奎還要把她們的嘴堵上，春紅央告道：「我們不敢言語。你們老爺們行行好吧，我們都要憋死了。」麻雷子果然不堵嘴了。

七手施耀宗道：「這可大意不得，萬一她們喊一聲救命，路上就許有人過問。來，快給堵上點。」李映霞、春紅眼中都帶出求免之色。擎天玉虎忽然說道：「不用堵嘴，我看著她倆。」臉上紅紅的，一偏身跨上左車沿，親自給二女駕車。

獨角羊向麻雷子做了一個鬼臉，剛要搶跨右首車沿，不想火蛇盧定奎將手中刀一順，一竄身跨上車去，口中說：「這總得看著點，萬一喊一聲，不是鬧著玩的。」

群賊把搶來之物也裝在車上，大家這就要走。七手施耀宗瞅定了盧定奎，冷冷地說道：「軍師，你真個就跨車沿走了，你走得乾淨麼？俐落麼？」

盧定奎道：「怎麼呢？」

七手施耀宗很鄙夷地說：「一個李知府的兒子是文墨人，不要緊；一個蕭承澤是粗人，大概也不要緊。哥們可就忘了計老大、計老二了。他倆難道是什麼了不得的人物？他可會鑽門路，把李知府參倒。也會邀朋友，替他報仇。你們瞎亂一陣子，你們還留了好幾個活口，你們真放心，真大膽！依我說，這不該派幾個人，搜搜他們去麼？你們不願去，不敢去，我七手施耀宗是廢物蛋，有哪一位跟我去一趟？」

盧定奎還沒開言，劊子手姜老炮搶先說道：「我老子同你去一趟。他們發了財，得了兩個女娘，什麼也不管了。走，還有哪一位跟我們辛苦一趟？把小李的腦袋砍來，也可以弄一筆小財。我還想會一會那一個姓蕭的朋友哩！」

立刻有雙頭魚馬定鈞等三個賊人應聲願往。盧定奎順坡而下地說：「你們五位多辛苦吧，咱們還是在紅花埠仁和店見面。」這五個賊人持兵刃，復往尋仇。擎天玉虎和盧定奎等揚鞭驅車，直往紅花埠而去。

這輛車開得飛快。擎天玉虎在月影下驅車而行，不時地回頭想和李映霞攀談。那火蛇盧定奎卻更得勢，他跨在右車沿上，不用照管車，把全部心神都放在李映霞身上。動手動腳，不住地囉唣，拿話挑逗李映霞，暗示著她的生死全須由他決定。

李映霞情知自己的生命貞操，都陷在敵人的掌心。在這生死呼吸的時候，她已打定主意，要想法子尋個自絕的機會。遂大聲對盧定奎說：「好漢們，你不要動手。我落在你們手中了，你們要我怎麼樣都行，可是我到底是聽你們誰的話呢？你們哪一位是頭兒？你這位好漢貴姓？你們為什麼要打搶我們？你們說姓計的，姓計的可是那個巢縣獻糧莊的計百萬？是他打發你們來的麼？」

盧定奎和李映霞在這裡閒談，擎天玉虎賀錦濤卻在那裡想心思，不由發怒道：「盧三哥，不要說話。你敢說路上遇不見打眼的人麼？」回頭來對李映霞說道：「我告訴你實底，不錯，我們是計百萬聘請來報仇的。可是你落在我們手裡，我們也犯不上替別人做惡事，毀壞你們女子。我回頭一定想法子，想法出脫你。」

盧定奎忙搶過來說：「李小姐，要想救你，這全在我和這位賀大哥身上。……」

盧、賀二人你爭我搶，你一言我一語地對李映霞說話，可就忘了當心車路了。「咕咚」一聲響，車輪碰上巨石，險些把車弄翻。李映霞和春紅都震得往前一倒，倒在盧、賀二人的背上。又走了一程，到了一個地點，已將近紅花埠地界。這時候已在三更以後了。這些人，這等慌促的神情，要直投紅花埠住店尋宿，群賊也覺不穩當。於是臨時改計，要在曠野外尋個宿處。

經群賊派出三個人，到附近探路。就在距離紅花埠二三里外，找到一家菜園，四外空曠，並無鄰舍。群賊破門而入，將看菜園子老頭，從土炕抓起來捆上。旋又釋放了，逼著老頭子燒水做飯。

火蛇盧定奎、擎天玉虎賀錦濤，將李映霞、春紅全攙下車來，安放在土炕上。群賊告誡二女：「我們不殺你們。明天白晝，就把你倆帶離此地，一定把你倆放在一個安穩快活的地方。你倆別害怕，在路上別嚷。只要一嚷，我可要對不起，立刻把你們處死。」立逼二女答應了。又教給了路上遇見盤詰的人，應該怎麼答對。

「如果你們走了嘴，那可是自找死路，我們決不能教你們好死。」

群賊一面忙吃夜飯，一面七嘴八舌地亂講。有的嚇唬二女，有的向二女鬥舌調戲，有的盤算明天的走法。

內有一個賊道：「咱們總得把話全編好了。就是她倆不嚷，可是咱們一群男子漢，不倫不類的，跟著兩個小丫頭一路走，別說官面，就是我看著也很扎眼。若教我說，還得分道走。」

另一個賊人連連稱是道：「這對極了。一群男子，兩個女子，在路上走，太扎眼了。使蒙藥也不行，行家一看，就看出來了。」

內有一個賊人連忙插言道：「我倒想了一個好法子，分途走很對。咱們從中挑出一個人，年貌相當的，和這個李小姐喬裝夫妻，帶丫頭投親。再找一個人裝車夫，一個人裝長隨，這就萬無一失了。咱們這裡頭，數誰年輕呀？」

原來這出主意的人年紀最小，今年才二十四歲。他一出這主意，立刻有人反對。麻雷子搶著說：「那可不行，那真便宜你小子了。誰不知道你是倪老么？教我說，走幹什麼？往哪裡走？兩碗粥，十來個和尚，分得過來麼？咱們也不用獻給計老二，就獻給他，也犯不上給他頭口肉，一定交給他紅籽紅瓢做什麼？咱們太冤了，給他破貨，他就不要了麼？他是要報仇，不是搶親呀。老實講，咱們誰受累，誰得……」

盧定奎罵道：「滾你的蛋吧！」

又一賊人接聲道：「這沒有放下定禮，是誰許給你獨得？依我說，兩塊肥肉咱們不能白瞪眼看著。咱們抽籤，誰先抽著，就教她倆先陪誰睡。」一面說，一面就來擰春紅的嘴巴道：「……小寶貝，今晚就是你倆大喜的日子。咱們誰先當新郎呀，快抽呀！」說著就要做紙鬮。

這話一說出，立刻就有人喝采道：「好主意，真公平！咱們哥十三個，去了五個，算是下一撥。這頭一撥一共八個人，四個人占一個小娘兒們，人人都要嘗一口。……」直說得口角流涎，把眼盯著那面無人色的李映霞，過來動手道：「我說我們大家伙的小姐呀，你瞧這主意高不高，新鮮不新鮮？回頭我就鬮著你，咱們做個抓鬮夫妻，你別沖我飛眼呀。……」正說處，忽然怪叫了一聲，被擎天玉虎一掌打開，怒罵道：「丁樹皮，你你你……」

丁樹皮一縮脖道：「我不過說一說，嘴快活。」

一人就笑道：「丁樹皮渾蛋，人家是大閨女，四個爺們，末一個準挨不著，就死了。」

一人道：「管她呢，你還要積德麼？」

一個賊忽然想出高著，道：「八男對二女不行，我卻想了一個法子，有老婆的暫且靠後，今晚上得讓光棍兒佔先。盧三哥有三嫂子，麻雷子有麻大姐。賀大哥是光棍漢，我是曉得的，我也是個光棍兒。……」

這個主意，立刻被那有妻子的賊人推翻道：「這不行，你說這話有私心。待我說句公道話吧，誰背來，算誰的。」

這話大家更不願意，立刻又有一個人再拿出年貌相當的理由來，可是大家更不以為然。擎天玉虎心中已打好主意，只是說不出口。盧定奎主張把二女好好地送到獻糧莊，群賊明知這話不啻是送給盧定奎先嘗頭一口，大家又都不肯。

後來一個賊發壞主意道：「咱們別儘管瞎吵了。招兵買馬，得要兩家情願。依我說，咱們別自打如意算盤，莫如教二女挑。她願意跟誰，就教她跟誰。反正這不過是路上走著方便，到了獻糧莊，再想正經法子。」

盧定奎、賀錦濤暗暗點頭，因為他兩人已與二女在路上說了好些話，自覺有點把握似的，便問二女道：「你們聽明白了沒有？我們不願殺你倆，現在就教你倆從我們這夥人中各挑一個，就嫁了他，也好救你們。你們不要把我們看成殺人不眨眼的強盜，我們都是江湖上的好漢，你嫁了我們，我們不會錯待你的。你兩人看明白了，各挑一個吧，不要害臊。你要是不說，那可就落在大夥手裡，焉有你的命在！」

春紅惴惴地聽群賊講究處置她們的法子，本已嚇得縮成一團。現在要教她從群賊中擇婿，這豈是女孩兒立刻能出口的？不意李映霞卻脫口說出來，道：「眾位好漢，你們誰有本領，誰的武藝強？你們比一下子吧，我就挑那個頂厲害的。……」

擎天玉虎哈哈大笑道：「好主意，對！」

不想立刻就有一賊喝罵道：「好歹毒的婆娘，別看你人小，你倒會坐山看虎鬥，教我們火併給你看，你這小婊子！」過去照李映霞臉上一掌。

盧定奎伸手攔住道：「郭牛兒，你先別急。知道你的功夫稀鬆，你就急了。這個女人說的話也是人情，她要嫁個綠林，自然願嫁個有本領的綠林，她還要嫁屎蛋不成？不要緊，你不是怕咱們為她比武，弄成自相殘害之局麼？這一點干係也沒有，咱們只管比量武技，咱們誰也不許傷誰，這不就結了麼。哪一位願意要老婆，哪一位就下場比。不願意要老婆，就袖手旁觀。可是誰算主考呢？」

麻雷子、獨角羊正惱恨眾人，立刻發話道：「誰算主考？自然是盧三哥、賀大哥算主考，想爭老婆的，就和盧、賀二位較量。較量不過，就沒有老婆的盼望，都較量不過，這兩個老婆還得讓給我們，誰教我倆白挨壓了呢！」

麻雷子和獨角羊的主意，便是料定無人能勝過盧、賀二人，那麼春紅和李映霞還可以落在自己手中。但是擎天玉虎和盧定奎豈肯上這個當？立刻冷笑道：「我們兩個怎的這麼冤枉呢？還是你倆下場，願意奪老婆的，就跟你們兩位過招。你們哪位過來打麻雷子、獨角羊來呀？」

立刻有幾個人過來揪麻雷子，拉獨角羊，要跟二人動手。麻雷子連連擺手道：

「不行不行，這可不行！你們六個人挨個打我們兩個人，饒挨了打，還落不住老婆，我幹什麼這麼寃呢？還不如把這兩個女的拱手奉送給你們，你們還得承情。反正說吧，我和獨角羊，是白挨壓就結了。」

這話引得大家哄然嘩笑。一個人伸手過來，照麻雷子後項窩，比劃著說：「咔嚓咔嚓，老麻白挨壓！」

麻雷子捂著脖子，跳上炕去說道：「你們爺們別鬧了，饒了我吧！我說真的，不管後事如何，現在先教我倆痛快痛快，可行了。」說著，就伸手向春紅囉唕。獨角羊也就隨著學樣，也向李映霞動手。群賊看著眼紅，也跳上炕去打攪，亂作一團，把麻、楊二人又逼下來了。

擎天玉虎賀錦濤一臉的怒容，對火蛇盧定奎道：「這個亂法，在這裡還不要緊，到了路上那是一準出差錯。這決不行，咱們還得想法子。……」

盧定奎點頭道：「可不是，真應了那句話，一有女的就亂了。分兩撥走很對，咱們還是分開走吧。」

擎天玉虎按納不住，就正色對盧定奎說：「反正是為路上走著方便，他們哥幾個都像凶神一樣，要跟這兩位姑娘裝作眷屬，太不像了。還是你我裝一裝吧，並且你我也都有長袍馬褂。他們就有袍子，也都是江湖上的短袍，只及磕膝蓋，那是看不下去的。」

盧定奎大喜道：「著！這對極了。」

群賊說：「好差事！」正要再說俏皮話，瞥見擎天玉虎板著面孔，都不敢說了。

擎天玉虎看了看麻、楊二人，神氣更是不忿，遂說道：「就教麻雷子裝車夫。喂，我說老麻，你不是會趕車麼？」

麻雷子大喜道：「會。」

獨角羊也搶著說：「我也會，誰還不會趕車呢，我來趕。」

盧定奎忙說：「老楊別急，就教你裝跟班。咱們一共四個人作一路，別位做一路。可是在一道走，誰也別理誰。回頭姜老炮和馬定鈞、施耀宗回來了，就叫他們五個人另作一路走。」

於是賀、盧二人，重新教給李映霞、春紅一番話，教二女冒充女眷，萬一路上有人問，就說姓紀，由山東起程回南。麻、楊二人裝車夫、長隨，也都編好了話。群賊嘖嘖噥噥，還有不願意、說閒話的，都懼著擎天玉虎，敢怒而不敢爭。

群賊草草吃完夜飯，擎天玉虎把一塊餅拿在手裡，送到李映霞的嘴邊道：「李小姐，你吃點餅。不要著急，不要害怕，我決不教他們作踐你。」

李映霞含淚抬頭，見這擎天玉虎賀錦濤，神氣與眾不同，生得身量很高，闊肩細腰，兩道重眉，一雙大眼，卻生得雪白的面孔，唇紅齒白，與群賊那種兇悍粗狂之氣截然不同。李映霞孤立無援，向擎天玉虎看了一眼，將頭搖了搖，表示食不下嚥。

擎天玉虎再三勸食，李映霞只是不吃。麻雷子也想起來了，忙著也撕了一塊餅，來餵春紅。獨角羊一見，也立刻紅了眼，忙找了一只粗碗，盛了一碗熱水，給李映霞送來，說道：「喂，是我把你背來的，你記得不？我說你喝點水吧。」順手來摸李映霞的臉。

李映霞秀眉一皺，面含嗔怒，急扭頭一閃，咬著牙連聲說：「不喝不喝，我謝謝你。」引得群賊譁然而笑，學著細腔細調說道：「不喝不喝，我謝謝你！」

擎天玉虎眉峰一皺，回頭向眾人橫了一眼，又緩聲對李映霞說：「別害怕，你吃不下，總可以喝一口水。來，我給你鬆開繩子，你自己端著喝。」將李映霞倒剪的二臂解放開了。暗暗把李映霞的手捏了一下，口中說：「你不要耽心，不要緊。」

盧定奎向眾人看了看，吩咐一個賊人：「別顧自己吃飽，快餵餵牲口。」又將菜園子前後看了看，教大家輪流歇息。把那個看菜園子的老頭照舊捆上手，拘在屋內。

擎天玉虎在屋心轉了一圈，說道：「咱們該歇歇，明早摸黑好走，不要等天亮。」群賊立刻各尋宿處，倚刀而眠。獨角羊進去出來兩三趟，向裡間望了望，也睡下了。

八個賊人值夜的值夜，歇息的歇息。李映霞和使女春紅被拘在菜園子兩間草舍的裡間內。李映霞自視手腕，已被繩子捆得紅腫，磨擦破了兩塊油皮。李映霞一陣心酸，睜著兩隻秀目，不時偷看各處，惴惴地看著守夜賊人，唯恐他或行無禮。

使女春紅年歲很小，到這夜深的時候，更是害怕，低低地叫了一聲：「小姐！」李映霞看了她一眼，心如刀絞，眼中流下淚來。兩個弱女子緊挨著坐在土炕裡面，誰能挽救誰呢！

屋中一盞油燈半明不亮，值夜守崗的正是擎天玉虎賀錦濤。他將手中一把刀放在膝前，倚牆而坐，雙目微闔，不言不動。看外表好像入睡，又像閉目養神，哪知他正偷窺李映霞，心中盤算主意。擎天玉虎心知此時若跟李映霞說話，群賊必定不放心，也要不肯睡了。擎天玉虎遂倚牆置刃，在那裡佯睡。

外面鋪上臥著四個賊人，麻雷子輾轉不寐，獨角羊卻打起很重的鼾聲。火蛇盧定奎持刀守門。菜園子柴扉，另有一賊守著，是盧定奎硬派去的，就是那個郭牛子。約定了只守一個時辰，便有人換班。

麻雷子翻了幾個身，於是說道：「不對！這裡點著燈睡覺，萬一教人看見燈光，那是不對勁的。」說著爬起來，撲地一口將燈吹滅，兩間草舍立刻漆黑，對面不能見人。外面月光也已橫斜過去，裡外昏沉沉，是四更時分。

李映霞在黑影裡坐著，口乾舌焦，兩眼枯疼，一陣陣暈眩，恨不得立刻求死，但是並無死法。賊人對她們很放鬆，竟沒有倒剪雙手，李映霞慢慢地在黑影中伸了伸腿。春紅聽出李映霞動彈來了，忙一把抱住李映霞的腰，驚慌地低聲說：「小姐，要走帶著我。」

李映霞急捫住春紅的嘴，附耳說：「別說話，走不脫！我要下地小解。……」把春紅穩住了，慢慢地蹭，想要蹭下地來。她記得擎天玉虎那一把刀是放在膝蓋上，李映霞心頭撲登撲登地跳，她要摸著黑，過去奪刀。

李映霞於倉皇危難之中，定下了主意，想慢慢地溜下炕沿。她才溜到炕沿，忽然黑影中，聽見一種響動，嚇得李映霞一抖。彷彿一個巨大的黑影，簌簌作響，向自己這邊撲來。李映霞急往後縮，不禁喘息有聲。那黑影也發出重濁的呼吸來，已有一股氣味夾鼻撲來。頓時兩隻鋼鉤似的手，在暗中一摸，正摸著李映霞的胸口和肩膀。

這兩隻生硬的毛手往上一探，摸著李映霞的下頦、腮、頰、鼻、眼。李映霞噤不敢吭聲，伸雙腕來支拒。這兩隻手力量很大，支拒不得，把李映霞由上到下捫摸著，直摸到兩隻纖足，彷彿是摸對了，沉著地呼出一口氣。這雙手便一按勁，竟把李映霞仰面按倒，順手便來撕她的衣裳。李映霞拚命掙扎，失聲叫了一聲，炕裡邊的使女春紅也失聲叫了一聲。

陡然聽見一聲哼，跟著「刷」地一聲響，那兩隻鐵硬的毛手突然撤去一隻。黑影中，似見寒光一閃，猛然聽見破鑼似地狂喊：「哎呀！是我，是我！」跟著聽「嗤」的又一聲，李映霞身上的重壓猛然地離開。

就在同時的一剎那，「撲登」一聲重響，如倒了半堵牆，滿屋的一陣撲撲、呻吟、呼罵之聲：「你扎殺我了！」同時又聽見一個悶啞的聲音喊道：「並肩子，空子摸進窯了！亮青子，別教秧子泚了。」

第廿三章　群寇涎色

草舍內外，一陣騷亂，李映霞脫開毛手，拚命地爬到炕裡去，恰巧一頭撞在使女春紅的懷裡，春紅怪叫起來。緊跟著，人縱竄迸之聲，驚吒之聲，兵刃磕碰之聲和受傷的痛詈之聲，亂成一片。

火蛇盧定奎本守屋門，一聞動靜，卻不奔裡間。他摸著兵刃，霍地一頓足，反竄出屋外，大呼道：「並肩子，不要亂，沒有進去人。快快住手，睡下睡下，看誤傷了自家人！」

但是，他喊得似乎遲了，八個賊人除了盧定奎自己和守園門的郭牛子，其餘六個人都竄起來，竟在草舍內亂打一鍋粥。

盧定奎連聲地吆喊，郭牛子奔過來，便要進屋，被盧定奎一把拖住。屋中人叮噹地亂打，黑影中還在自相殘殺。展眼間，忽又竄出兩個人來，是獨角羊楊盛泰和倪老么。

火蛇盧定奎急問郭牛子，郭牛子也沒看見有外人進來。盧定奎大為著忙，倉促間不能進去點燈，也無處覓火，他忙探百寶囊，將自己的獨門秘製的飛蝗火筒拿出來。他掩刀到草舍門口，將繃簧一按，「嘭嘭嘭」響了數聲，連打出幾個火球來，從屋門直打入屋山牆。又忙到窗前，撕破窗紙，再一按火筒繃簧，兩個火球打到草舍裡間。藍色的火焰一閃，照見屋內情形，歷歷在目。

屋中人也看清楚了，竟是自己人跟自己人動刀。堵著裡間屋門，地上躺著一個人，兩手捫胸，還在呻吟。另外還有一個人，在裡間屋地上打滾。

眾人駭然相視，火光已滅，頭一個便是擎天玉虎賀錦濤，揚著那把刀，發出驚訝之聲道：「哎呀，怎麼都是自己人，打錯了，打錯了！」

群賊這才住了手。火蛇盧定奎吆喊著：「別動手，別動手！」提刀重走進屋來。

那郭牛子已從身上取出火鐮火絨，敲出火來，把火摺子點著，再把油燈點上。這燈光一照看，簡直糟不可言。裡間屋門口躺著的人，叫王洛椿，胸口刺傷一個洞，血突突地冒，人還在掙命。屋當地躺著打滾的正是麻雷子，在軟肋中被扎一刀，深入數寸，半身血染，也是致命傷。

那跑出來的兩個人，一個是獨角羊楊盛泰，肩頭挨了一下；一個是倪老么，手背上也劃破一大塊。屋中的別人只是聞警跳起來，貼牆舞刀自衛，所以沒傷。那擎天玉虎賀錦濤提著的那把刀，血槽上漬著熱血，右邊身上也濺了好些鮮血。

群賊瞠目相覷，茫然失措。火蛇盧定奎連連頓足道：「吹燈吧，吹燈吧，這都是吹燈的好處！」側轉身，看了看地上兩個負傷人，嘆道：「這是怎麼說的，我把門，就沒看見進來人。」

郭牛子也道：「我在外面，也沒見有人進來。這是誰炸廟，硬說空子進窯了？」說時，眾人的眼光都移到擎天玉虎身上。

擎天玉虎臉色一變道：「是我，怎麼著！我正守著兩個肉票，不意黑影中撲進一個人來，伸手就奪我的刀！……」

麻雷子在地上哼道：「好你玉虎，你屈心吧！你好……你官報私仇，你扎死我了。……咱，哪輩子算賬。你安心要我的命，我怎麼你了？相好的，你們可防著他點！……」

盧定奎俯下腰，看了看麻雷子，抬頭翻了擎天玉虎一眼，眉峰一聳道：「哦，唔，是了。」

擎天玉虎面含秋霜，把眼一瞪道：「是什麼！教我守肉票，屋裡進來人影，黑燈瞎火的，我知道是自己人，還是外人啊？又不言語一聲，硬來摸我的兵刃，我能不動手麼？麻雷子，我怎會知道是你，你都睡著了，摸黑進來做什麼？我只當是肉票要跑呢？」說著把眼一瞥，瞥見李映霞衣裳凌亂，蜷伏在土炕盡裡頭。

擎天玉虎道：「還好，肉票沒有走。喂，剛才你可是下地沒有？沒有吧？」

李映霞抖抖地說：「我，沒有下地。」

群賊也不禁把眼光都集中在李映霞和春紅身上。

麻雷子身負重傷，臉上已沒了人色，頭上冒出豆大汗點來，兩隻毛手血淋淋的，自己按著自己的創口，血從指縫溢出來。

麻雷子咬牙掙扎著坐了起來，仰著臉對眾人很淒慘地說：「咱們哥們相好一場，哥們可別忘了我死得太冤。盧三哥，倪老弟，我叫賀玉虎王八羔子暗算了！賀錦濤，你好狠毒！你為女人，下這毒手，你對不起朋友！你扎我，你真不知道是我？老天爺在上，你可別屈心，你提防要遭報，我等著你！哥們，相好的，你們看著我掙命麼？我受不住了，哪位行好，快給我一刀，疼死我了。」這話很慘，這景象更慘。

群賊束手搔頭地說：「這怎麼好！事情挺順手，偏偏臨完出這岔頭，咱們快救救看。」倪老么和麻雷子最好，郭牛子是麻雷子的同鄉。倪老么把自己手背的傷綁扎好了，便來救麻雷子。

擎天玉虎很掛火，瞪著眼，拄著刀，反覆只說：「誤會了，誤會了！」可是，這事瞞不過盧定奎。他素知擎天玉虎手黑心辣，又素常瞧不起麻雷子。

盧定奎冷笑一聲，道：「這叫做冤孽！」俯下腰來，先看了看門口躺著的王洛椿。此人胸口受了致命傷，匕首還在胸口插著呢！兩隻手捧著心口，攢眉咬唇，似乎也想說話，一張嘴竟從口裡冒出血來，只哼了一聲。

盧定奎搖搖頭，伸手來拔匕首。這匕首一拔出來，胸口忽竄出一股血。王洛椿喊了一聲，滿嘴噴血，腿登了登，死了。

這把匕首卻是麻雷子的。盧定奎把匕首看了又看，道：「真糟心，誤傷了這些人。不吹燈，哪有這些事！」一把匕首放在炕沿上，回頭又看麻雷子，麻雷子軟肋上足有四寸長通道血口，皮肉已翻出來，血液流離，明知也是無效了。歎氣道：「麻兄弟，你準是吹了燈，進去摸女人去了？冤家道狹，碰上刀了。」

麻雷子疼得眼都直了，將頭點了點，呻吟道：「我不行了！倪老弟、盧三哥，咱們相好一場，你們不管誰，給我一個痛快吧！我疼，我受不住啦。……」說到末了，聲音慘厲，伸手向盧定奎要那把匕首刀。

眾人那裡下得去手？只將刀創藥大把抓來，扯塊衣襟，想給他縛上傷口。但血流很多，立刻滲透。麻雷子神色越變越不像樣，斷斷續續地哀告眾人，快給他一刀。又恨恨地毒罵擎天玉虎，大睜著失神的兩隻眼道：「小子，老子二十年後找你算帳！你夠朋友，再給我一下。我死了，也少罵你兩頓。」

把個擎天玉虎罵得心頭冒火，手中刀動了動，當著眾人，又不好重下絕性。把刀「啪」地往炕上一拍，道：「麻雷子，我誤傷了你……江湖上的好漢，臨死也是好漢，你別洩氣了。我誤傷了你，你卻把人家王洛椿了結了，他跟你也有仇麼？你摸黑進來，我只當是救李小姐的人進來了。……」

忽然，聽窗外狂吼一聲道：「好惡賊，救李小姐的來了，趁早給我獻出來！」一聲未了，當門處，聽一聲狂號，跌進一個人來，是郭牛子。緊跟著李映霞銳聲叫道：「蕭大哥，快救救我，我在這裡呢！」群賊頓時一陣騷亂。

擎天玉虎手疾眼快，霍地一轉身，「刷」地提起刀來，刀光一閃，把油燈砍掉，房中立刻黑洞洞。六個賊人磕頭碰腦地亂撞，擎天玉虎冷笑道：「並肩子，留神，不要誤傷自己人！」徑要順刀外闖。

火蛇盧定奎身手也很麻利，信手一摸，把匕首拔出來，大聲發話道：「外面什麼人？報個萬兒來。」

外面人喝道：「狗賊，太爺蕭承澤！你膽敢成群結夥殘害官眷，劫擄貴女，快滾出來受死！」

又一人隨聲喝罵：「狗賊萬惡滔天，太爺連珠彈楊二爺，要會會你們這群無恥的賤賊。」

盧定奎貼牆往外走，那獨角羊早將屋門忽隆地虛掩上，持刀在旁守住。群賊忙亂已極，正不知來的有多少人，卻幸有剛才一陣誤會，此時特加小心。群賊各各貼牆蹲身，看定了門窗，先不敢忙著動手，都隱住身形，一齊攏眼光，辨察外面的情形。擎天玉虎身法非常地迅快，眼光略一攏住，便提刀要搶出去；忽一望土炕，心中轉念，卻去輕輕一竄，竄上了土炕。

這時候，火蛇盧定奎、郭牛子、獨角羊楊盛泰，這幾個人已陸續竄出去，跟蕭、楊二人動起手來。

蕭承澤追救李映霞，逐犬吠，辨輪聲，晃火折，驗轍跡，一路拚命狂奔，轉眼間把教頭姚煥章甩落在後。蕭承澤口角噴沫，鼻竅生煙，舉步如飛，在林邊遇著舊友玉旛杆楊華，一度動手。訊明了緣由，玉旛杆慨然拔刀相助。兩個人便結伴狂奔，邊走邊說，且奔且尋。

荒徑無人，遙聞犬吠；登高遠望，似見火光。這麼晚的時候，這麼野的地方，村戶人家那裡來的燈亮？而這菜園子裡面竟有燈光閃爍。蕭承澤、楊華便撲奔燈亮，跟尋過來。

兩人分從兩面掩過去，抹牆角，繞牆頭，向內一望，一輛轎車，一匹牲口，不倫不類地停在菜園子當中，任那匹駕轅的騾子啃嚼成捆的青菜。兩間草舍微聞人聲，柴扉虛掩著。蕭承澤衝楊華一動手，向轎車一指，又向草舍一指，兩個人悄悄湊在一處。楊華道：「蕭大哥，這轎車卻怪。」

蕭承澤喘吁吁地道：「且到草舍探一下。」

兩個人彎著腰，鴨行繞步，借物障身，繞到草舍後，兜到草舍前。草舍裡面，群賊正在吵鬧，一口鄂北方言。就是楊華已聽出不對。蕭承澤卻早變了臉，「刷」地抽出刀來，啞聲說：「準是他們，咱們攻。」說話時，已然怒不可遏。

楊華握住蕭承澤的手道：「大哥先別忙，他們一共多少人？」

蕭承澤道：「大概十來個。」

楊華道：「人數可不少，扎手不扎手？」

蕭承澤著急道：「不扎手！就扎手，難道罷了不成？」

楊華忙說：「不是不是，若是扎手的話……」將彈弓卸下來道：「我就用彈弓打他們，不跟他們力敵。大哥要小心，咱們只兩個人，須防他們一湧齊上。咱們萬不能教他們圈住了，怕他們分兩撥對付咱們。一撥圈咱們，另一撥驅車劫人先走，咱們就上當了。小弟從前吃過這種虧。」

蕭承澤聽了這話，非常佩服，想不到十數年未見，楊華竟有這等見識。不想楊華去年在黃河渡，路遇群賊，救護蘇楞泰的大小姐，曾經上過當，現在便學了乖。蕭承澤依言，便教楊華堵門揮彈，他自己奮然持刀，貼窗溜到門口。把窗紙弄破，略往內一窺，不由怒焰橫發，暴喊了一聲，賊人突然把燈打滅。

當下屋內群賊只剩下六個人，郭牛子向外一探頭，被玉旛杆楊華「刷」地打了一彈，「吭」的一聲，跌入屋內。火蛇盧定奎伸手把郭牛子拖開，免得礙路。獨角羊楊盛泰、倪老么一股急勁，跟著要往外闖，火蛇盧定奎忙喝道：「並肩子，招子放亮了，窯口安著椿子呢！」（這句話是說眼睛放亮了，門口有埋伏）火蛇把兩賊攔住。

盧定奎攏了攏眼光，伸手把門旁一條板凳抄起，抖手砍出去，立刻一個箭步，跟縱竄出屋外。將手中刀一展，夜戰八方式，照四面一晃，防人暗算，他眼光一掃，已瞥見蕭承澤把在門旁，身軀還未容站穩，蕭承澤早惡狠狠掄刀砍來。

火蛇盧定奎目力充足，腳尖一點地，往旁滑步，讓過這一招，右腕一攢勁，往前探步，遞刀便扎，把整個身子直欺過去。蕭承澤立刻抽身撤步，用刀一剪盧定奎的腕子，下盤卻往右一展，退出七八尺。

這一來，草舍屋門的出路，已被火蛇犯險打開。火蛇的手腕卻收不迭，教蕭承澤的刀尖貼肉皮劃破了一道。火蛇盧定奎罵道：「娘賣皮的！並肩子，快出窯！」一語未了，蕭承澤又一刀砍到，「刷」地一聲響，黑影中又打來一粒彈丸。火蛇急急竄開。

趁這夾當，獨角羊、倪老么各掄兵刃，搶出屋門。其餘賊人也躍躍欲動的，要跟竄出來。他們「賊人膽虛」，不曉得來了多少人，只怕把他們堵在屋內，逃不出去，齊往暗影中注視蕭承澤，並不知那邊還有個玉旛杆。

玉旛杆楊華掌中扣著一把彈丸，立刻將腕子一翻一甩，一甩一翻，「啪啪啪」，流星趕月，連打出數粒彈子。倪老么剛剛照面，肩頭上挨了一下。獨角羊急橫刀磕擋，措手不及，也著了一彈。兩人怪叫起來。

頓時又從屋中竄出二賊：一個叫雙鉤莊延綬，那一個便是郭牛子，雖然負傷，並不甚重。兩人四面一尋，見只來了蕭承澤、楊華兩人，立刻膽壯，大罵著分頭向楊華、蕭承澤撲來。

楊華展開了連珠彈法，獨戰三賊。三個賊人都不能上前，立刻漫散開，從三面來攢攻楊華。楊華把彈弓不住手地打，阻住賊人，不令近前。轉眼又打傷了二賊，賊人連喊風緊，也將暗器掏出來，金鏢、袖箭、飛蝗石子，遠遠地照楊華打過來。

那一邊，蕭承澤卻逢勁敵。火蛇盧定奎是鄂北有名劇盜，久經大敵，那一路七星刀招數非常狡猾。起初不曉得蕭、楊一共來了多少人，他只是橫刀招架，兩隻眼不住地照顧四面，恐被包圍。

連走了十幾個照面，沒見再有人來，火蛇這才放了心。把刀法一變，緊緊攻擊過來。一面打，一面喝問蕭承澤，是鷹爪，還是李家護院的姓蕭的朋友。蕭承澤破口大罵，也不報名，只要他獻出李小姐來。手中刀上下翻飛，力敵盧定奎和莊延綬。蕭承澤施展老更夫傳授給他的六合刀法，崩、扎、窩、挑、刪、砍、劈、剁，招招緊湊，刀刀兇狠，意在拚命殺人。

盧定奎將七星刀遮攔招架，沉機觀變，不求有功，只等敵人的破綻。那雙鉤莊延綬，舞動了虎頭鉤，力猛招熟，打得也很厲害。

這時候，玉旛杆楊華展開連珠彈，力拒數賊，百忙中還乘隙照盧定奎、莊延綬發出幾粒彈丸來，幫助蕭承澤。盧定奎左閃右竄，躲避彈丸。蕭承澤力鬥二寇，恨不頓時制勝。趁這機會，略向莊延綬虛冒了一招，「刷」地將刀鋒一轉，照盧定奎斜掃過來。不意盧定奎功夫很穩練，霍地一擰身，閃過這刀，卻將身軀一偏，「白鶴展翅」，七星刀向蕭承澤下盤斬來。

莊延綬的雙鉤也一合，直向蕭承澤上三路剪去。蕭承澤像應付不暇，喊一聲：「不好！」驀地一擰身，腳尖一點地，向後倒竄出一丈多遠。腳下似登滑了，身軀不由一栽，分明栽倒地了。玉旛杆楊華從旁瞥見，吃了一驚，道：「嚇！」

火蛇盧定奎眼光注定，哪肯放鬆？急往前一縱身，疾如飄風，直竄過來，七星刀刀尖向下便扎。莊延綬的雙鉤也緊跟著豁下來。卻不防事出意外，蕭承澤「犀牛望月」，伏臥著身軀，陡喝了一聲：「打！」戛崩一響，嗤嗤嗤，三枝袖箭直向敵人中三路打過來。

這一招險極、快極，火蛇盧定奎將刀鋒一橫，將腰身一閃，只避開兩支，末一枝袖箭竟打在左胯上。

這一招乃是蕭承澤的絕技，叫做「臥看巧雲」，迎門三不過，敗中取勝，非常的驚險，出人意料之外。這倒嚇了玉旛杆一跳，慌不迭地發出一彈，遙阻敵人。頓時擎豹尾鞭，暴喊一聲，飛奔過來救援。

火蛇盧定奎一時地疏失，身受箭傷，一聲不哼，咬了咬牙，喝采道：「好箭！」一疊腰，竄出一丈多遠，將箭拔出來，已經沒鏃及杆，深入二寸許。莊延綏也驀地竄出好遠，原來，後腦項窩上冷不防挨了玉旛杆一彈，打得失聲怪叫了一聲。

兩人撥轉頭，不奔草舍，竟向園子空地敗下去。敗到分際，火蛇盧定奎將七星刀交在左手，他滿想敵人必來乘勝追趕。卻不曾料到，蕭承澤動手時志在拚命，爭勝後急想救人。蕭承澤揚刀對楊華打了一個招呼，不管群賊逃竄，竟鼓勇奔草舍，急叫玉旛杆守門，蕭承澤自己要搶進草舍，去搭救義妹李映霞。大聲喊叫道：「大妹妹，大妹妹，我蕭承澤來了。」可是，草舍中還沒等有人答應，草舍外，火蛇盧定奎又追襲過來。

盧定奎悄取暗器在手，本盼蕭、楊二人追趕，偏偏蕭、楊二人不肯戀戰，竟要奪門。火蛇盧定奎便忍不住，一個箭步，倒竄過來，厲聲喝道：「相好的，看傢伙！」

蕭承澤、楊華回頭一看，火蛇盧定奎早將飛蝗火筒的綳簧一按，突然一抬，首照蕭承澤打來，一道藍焰，似旗火掠空。

蕭、楊二人吃了一驚，倏地往旁一竄，藍焰直射到草舍窗上，「嘭」的一爆，火星四射。蕭承澤不禁駭然，他從來沒見過這個暗器。突然又有兩道火焰打出來，急閃不及，正打在蕭承澤胸口上，烘的發火，將衣衫立刻燒著。

火蛇盧定奎又將火筒一按，藍焰奔玉旛杆打來。玉旛杆楊華急將彈弓一甩，一粒彈丸照火焰打去。只聽「啪」的一聲暴響，兩彈相碰，「嘭」的爆開來；火花亂迸，立刻澌滅了，倒把盧定奎嚇了一跳。

這飛蝗火彈，一個火筒只能發出一個火彈。火蛇盧定奎不肯多打，急將七星刀一展，竄過來，摟頭蓋頂，搶向蕭承澤劈下。蕭承澤連連迸跳，身越動，火越旺；急得他用手亂撲，火未滅，手卻灼傷了。楊華大喊道：「蕭大哥躺下！」這時盧定奎業已趕來，蕭承澤忙撲身倒地，就地施展「燕青十八翻」，連翻幾個滾，將火略略壓熄，胸前燎傷幾處。

盧定奎惡狠狠挺刀已迫面前，獨角羊也趁勢追過來。蕭承澤手忙腳亂，左手捫胸，右手舞刀，往旁倒退。玉旛杆一見，暴喊一聲道：「惡賊看彈！」

盧定奎眼看一刀就要取勝，不防「啪」的一彈，打在肩頭，猛然掣回刀，怒罵一聲，轉向楊華撲來。

此時群賊因抵不住楊華的連珠彈，呼嘯一聲，分散到菜園子各處，互相招呼著，要大家協力攢攻楊華。火蛇盧定奎對著草舍，連聲叫喊，催擎天玉虎出來。就在這時候，擎天玉虎突然地穿窗出現，左手卻挾定李映霞，右手舞刀，要奪路逃走。李映霞拚命叫喊：「蕭大哥，救命！……」這一聲已跟著擎天玉虎的身形，撲奔菜園子西南角去了。

原來，當蕭、楊始到，群賊紛紛撲出拒敵之時，擎天玉虎揮刀欲出，忽復轉念，竟竄上炕頭。約略著方位，摸到李映霞的跟前，使個拿法，捉住了雙手，低聲附耳道：「別害怕，我先救你出去。我把你背出去，你千萬別嚷。」便來俯身，要背李映霞。李映霞是個聰慧女子，擎天玉虎的心，她已經猜透，忙變著嗓音低聲道：「謝謝你，我是春紅，只怕走不出去。」

擎天玉虎不由一怔，但是立刻恍然，急一摸李映霞的腳。李映霞連忙把腳縮在腿底，但已被玉虎摸著。

春紅是大腳，李映霞是纖足。擎天玉虎暗笑道：「你這女子，倒有急智，還想騙人哩！」不聽那一套，把李映霞的嘴一堵，展左手一夾。

李映霞急想掙扎，如何能夠？拚命喊出來一聲，已被擎天玉虎挾起，突飛起一腳，踢落窗格，賈勇冒險，破窗竄出。

跳到院中，被蕭承澤一眼瞥見，蕭承澤眼都紅了，大叫一聲，不顧死活，橫截過去。對玉旛杆狂喊：「楊賢弟快追，這就是，快開弓打，打！」

玉旛杆不待招呼，早扭身一彈，照擎天玉虎打去。擎天玉虎微聞弦響，霍地側身，右手揮刀一格，蕭承澤已然趕到，一刀刺過去。

這時候，火蛇盧定奎、倪老么等人，從後面反轉來追楊、蕭二人。獨角羊楊盛泰一眼看見擎天玉虎，肋挾一物奔出，獨角羊暗罵自己渾蛋，也火速地從窗洞竄到草舍間，向土炕上連撈數把，將使女春紅撈著，往肋下一挾，也穿窗竄出來，一徑地撲奔園門逃去。

那擎天玉虎自恃藝高，不走園門，挾定李映霞，奔到菜園子西南角，將近牆根，兩腳攢勁，往上一縱。李映霞狠命地往下一墜，擎天玉虎竟沒有竄過牆去。賀玉虎怒喝道：「好好的，再亂掙，我可要殺死你！」只說了一句，再想攢力上竄，已來不及，被楊華展開連珠彈，追趕過來。

楊華喝罵賊人：「放下李小姐，饒你逃生！」話到弦鳴，一彈打去，擎天玉虎側身閃開，挾定李映霞，回衝過來。

楊華放開了弓，蕭承澤連連吆喝：「不要打錯了，不要打錯了！」

擎天玉虎橫鉤刀一衝，奪路搶向菜園門。楊華「刷」地又一彈打去，擎天玉虎挾著人一閃。楊華又一彈打去，獨角羊怪叫一聲，挾著使女春紅，負傷如飛逃去。

當下蕭承澤橫身過來，截住了擎天玉虎，玉旛杆楊華展開彈弓，上上下下，從擎天玉虎背後襲來。擎天玉虎傲然不懼，挾著李映霞，揮刀亂舞。儘管李映霞拚命掙喊，擎天玉虎遠防連珠彈，近拒蕭承澤，仗身法迅速，左閃右閃，且戰且走，如水蛇掠波，曲折奔竄，居然搶到菜園門。

火蛇盧定奎率領群賊，一看見擎天玉虎這番舉動，心知有異，也跟蹤追過來，一疊聲喊叫：「玉虎不要走，快來拒敵，大家合起來，把這兩個來人料理了。」

擎天玉虎回頭一望，卻說：「兩人的來意是奪人，你們拒住他，我先把人背走。」

群賊不是傻子，越發譁然不忿起來，這樣，倒便宜了蕭、楊二人。

擎天玉虎說了這幾句話，依然邁步如飛。蕭承澤縱步趕上去，大罵：「賊子哪裡走！」任憑玉虎武功矯健，挾著一個人，自然減色。蕭承澤趕上來，橫身將園門擋住，照擎天玉虎一刀扎去。擎天玉虎把牙一咬，猛翻身，橫鉤刀一架，喝一聲：「著！」將刀一撥，又順刀鋒，來切蕭承澤的腕子。

蕭承澤躲也不躲，架也不架，六合刀一探，反奔敵人劈來。擎天玉虎慌忙一閃，立刻還招。蕭承澤全身欺過來，又是不招架，又是一刀奔玉虎剁來。玉虎這才曉得，敵人並不是以攻為守，簡直是拚命來了。

擎天玉虎罵了一聲，猛撤刀往後一退，厲聲道：「失陪！」「嗖」地躍出數步，一扭腰奪路前闖。蕭承澤橫身揮刀阻門，不放擎天玉虎。

那一邊，獨角羊楊盛泰一步搶先，已奔出園外，走上荒徑。使女春紅連聲哭喊，獨角羊威嚇她，她越發哀叫。獨角羊想堵住她的嘴，稍一猶疑，被玉旛杆追來。人未到，彈先發，叭叭叭，一連三彈，獨角羊躲不開，「哎喲」一聲，兵刃出手。玉旛杆大喊道：「哪裡跑！」飛身一躍，直追過來。

獨角羊忙把春紅一拋，俯身拾刀，欲要再戰。哪知楊華連受打擊，已曉得捨短用長，再不肯輕離弓彈了。人雖撲過來，鋼鞭不動，弓弦輕曳，「嗖」的又是一彈。獨角羊怪叫一聲，幾乎跌倒，掩面拖刀而逃。玉旛杆奔過去，伸手扶住春紅，忙問道：「你可是李映霞小姐麼？」春紅哭道：「我不是小姐呀，我是春紅。」

玉旛杆顧不得搭救，吩咐道：「你快藏起來！」回身直搶向園門黑影中。園門前，忽見藍焰一閃，玉旛杆又吃一驚，大叫：「蕭大哥！」蕭承澤追趕擎天玉虎，重撲回菜園子去了。

擎天玉虎挾著李映霞，循牆而走，尋見東牆較矮，似可越過，立刻心生一計：火速地奔過去，把李映霞先摺過牆頭，不容她跑，自己急忙挺身一躍，立刻竄過去。就在這時候，蕭承澤又已追趕來到，恰從火蛇盧定奎身旁馳過，火蛇發了一火彈。蕭承澤急忙閃開，飛身一竄，竄上牆頭，大叫：「楊賢弟快來，賊人跳牆跑了！」

楊華大聲回問：「跳哪一邊牆？」

蕭承澤道：「東邊。」

楊華立刻撲出菜園子，從牆外繞過去，打算邀截玉虎。這卻湊巧，幾個人影迎面奔來，頭一個是擎天玉虎挾著李映霞，後面一個是蕭承澤，再後面卻是盧定奎等。

玉旛杆已然辨認出來，便要開弓發彈。但是追著打和迎面打不同，楊華恐怕誤傷了李映霞，急一伏身，把彈弓一開，照對面敵人下三路打去。擎天玉虎連連閃躍，忽聞李映霞失聲叫了一聲。楊華道：「糟了！」急忙停手，掛弓抽鞭，迎擊上前。

那擎天玉虎賀錦濤既窘且怒。火蛇盧定奎等眼看著擎天玉虎被蕭、楊二人追逐，就想過來援手。倪老么等惱恨著賀玉虎，暗暗地攔阻，幾個人竟虛張聲勢，袖手不肯上前。

擎天玉虎恚極，定要脅走李映霞，才不算栽跟頭。擎天玉虎應該刺殺了李映霞，丟開手一走，但是他捨不得。他怒吼了一聲，肋下仍挾定李映霞，仗一身功夫，直衝過來，大喝：「閃開，擋我者死！」

玉旛杆楊華倉猝間橫鞭截住，「刷」地一鞭打去。擎天玉虎將右手鉤刀一翻，照鞭一磕，又一削，突然把李映霞丟在地下，一墊步竄上前，雙鉤刀照楊華猛砍。

玉旛杆楊華揮鞭招架，不放敵人過去。刀鞭對舉，只數合，被擎天玉虎一錯身，喝一聲：「著！」刀光一晃，欺過來突飛起一腿，玉旛杆猝不及防，急一擰身，正踢著左胯，直搶出數步，將鞭一拄地，幸未跌倒。

擎天玉虎毫不放鬆，刀光又一閃，趕上來，挺刀尖，照後心便刺。玉旛杆一側身，刷的一鞭。擎天玉虎早撤回刀來，招數一變，突又襲擊玉旛杆下盤。玉旛杆頓足躍開。擎天玉虎手法很快，嗖嗖嗖，連砍數刀，把玉旛杆直砍得應接不遑，連連倒退。蕭承澤已從後面跟蹤追到。

擎天玉虎眼光一閃，突又向玉旛杆衝來，玉旛杆揚鞭招架。擎天玉虎煞是了得，忽地一撤身，不待蕭承澤趕到，勢如狂風，翻回來，竟來搶捉李映霞。眼看李映霞第二番又被擄走。蕭承澤拔步如飛，怒喊如雷，大罵道：「賊子看箭！」刷刷刷，一面跑，一面連打出三個蝗石。擎天玉虎把手一鬆，急忙縮項藏頭，蕭承澤早已一躍丈餘遠，揮刀猛砍過來。這一刀力量十足的沉猛，擎天玉虎霍地翻身，往旁一讓，手中刀順勢一掃，斜劈過來。

蕭承澤一股急勁，從李映霞身旁直竄過來，要想收招止步，已來不及。百忙中也將刀一掄，叮噹一聲嘯響，刀鋒磕刀鋒，激起火花來。蕭承澤震得虎口發熱，直搶出兩三步，才得站住。擎天玉虎賀錦濤大喜，跳過來，一俯身，便來抓李映霞，不意黑影中「嗖」地打來一彈。

那玉旛杆楊華造次吃了虧，輸了招，又羞又怒。他急將鋼鞭收起，順手摘弓，從彈囊抓起一把彈丸，重又展開連珠彈法，叭叭叭叭，叭叭叭叭，咬牙切齒，如驟雨驚雹，一陣暴打。這陣彈丸圍著擎天玉虎上三路、中三路、下三路亂迸。擎天玉虎賀錦濤，猛然一閃，倏然一竄，「刷」地一伏身，「嗖」地一頓足，使盡身法，要想躲開彈丸，再趁勢進攻。

哪曉得任你武功高強，黑影中要想抵擋楊華這一手連珠神彈，卻煞非容易。而且李映霞已然脫出敵手，楊華更不必投鼠忌器。玉旛杆放膽張弓，手腕一翻一甩，一甩一翻，把十幾粒彈丸連續地打出來。

擎天玉虎到底在手腕上、大腿上挨了兩彈，一個來不及，末後一彈，撲奔面門而來。擎天玉虎一偏頭，彈丸打著耳輪，血流及肩。擎天玉虎情知把一番心計弄拙了，恨恨地叫道：「相好的，算我栽了！人讓你們奪回去吧，咱們後會有期。」竟一翻身，撲奔曠野而去。

玉旛杆的連珠彈居然奏功，眼看著擎天玉虎飄然遁去。蕭、楊二人一夜的奔波，已然沒力量追賊，而且忙著救人要緊。蕭承澤趕來叫道：「大妹妹，大妹妹！」李映霞跪在地上，兩手據地，人已半死似的了，哭著叫道：「蕭大哥，我還能活麼！」

蕭承澤不遑安慰，急急地把她攙扶起來，對楊華說：「楊賢弟，多謝你幫忙，我感激不盡。你來斷後，咱們快走，賊人還有餘黨。好在快天亮了，一到白晝，就可以脫過去了。」楊華依言，持鞭保護著便走。

擎天玉虎已然氣走，火蛇盧定奎和一般賊黨也沒追來。雖則如此，蕭、楊二人依然惴惴。

李映霞道：「蕭大哥，還有使女春紅呢，蕭大哥可能找找她麼？」

蕭承澤頓了頓道：「顧不得了，不必管她了。」

李映霞掩面悲泣道：「只因小妹是同春紅一塊教賊人架走的，尋著她一路回去，將來也好。……」

蕭承澤只是搖頭，攙定李映霞急走。

楊華忽然說道：「蕭大哥不忙，我知道那個使女，她大概藏在園門東邊呢。」用手一指道：「那個黑影就許是她。」過去一尋，居然把使女春紅找到。

當下蕭、楊二人，每人攙著一個女子，打算尋路奔回柳林莊去。因為蕭承澤心裡明白，黃家村已非安身避禍之地了。但是二男二女才走出幾步，便覺得不行。李映霞和使女春紅都像癱了似的，弱質纖足，劫後殘喘，幾乎半步也走不上來。兩個壯男當真背著兩個少女逃難，蕭、楊二人又都不好意思，只能攙扶著罷了。

蕭、楊二人很是焦灼，記得菜園子裡面，有一輛轎車。若把這輛車弄來，就可以保護著二女，驅車回去。無奈菜園子裡，說不定還有賊黨。

蕭、楊二人相顧為難，要想奪車，還得冒一回險。二個人又不敢分開，恐怕人單勢孤，二女再被擄去。只好由楊華持鞭保護二女，蕭承澤裝好袖箭，挺著單刀，一齊掩到菜園門前。只見那輛轎車，居然還停在菜畦中呢。

楊華命二女跪伏在地上，自己持鞭握弓，兩眼向四面張望。蕭承澤揮刀撲過去，硬要奪車代步。奪車的打算，太已行險僥倖，群賊雖被連珠彈打傷，卻並未逃散，不過惱著擎天玉虎，一時袖手觀望不前罷了。但一見擎天玉虎擋不住蕭、楊二人的攢擊，以至棄女而逃，李映霞竟被來人奪回。火蛇盧定奎等立刻又動了敵愾之心。蕭承澤二次進園，未免是太歲頭上動土。

盧定奎、倪老么、莊延綬、郭牛子，暗打招呼，跳牆進園，潛襲過去。分出兩個人，與蕭承澤動手，攔住他奪車；另分出兩個人，循著牆溜過來，暗算玉旛杆楊華。

雙鉤莊延綬和倪老么，記恨著楊華一彈之仇，一個從鏢囊中拿出兩支鏢來，一個掏出三個飛蝗石子來。

玉旛杆楊華二番進園奪車，本已提心吊膽，兩隻眼東瞧西看，忽然見牆頭上冒出兩個人影來，跟著聽見暗器破空之聲。楊華急忙一閃身，喝道：「好大膽的賊，看彈！」把弓弦一曳，「啪」的一聲，嚇得倪老么把飛蝗石子信手一發，跳下牆，撥頭便跑。

這二賊吃過虧，中過彈，已成驚弓之鳥。倪老么一跑，玉旛杆弓弦連響，莊延綬也慌了，把第二支鏢陡地發出來，也嚇得退回去。玉旛杆彎著弓，扣著彈，旋身一轉，搶行數步，撲到菜園子門內。

菜園子裡面，蕭承澤與盧定奎、郭牛子已然交起手來。只走幾個照面，火蛇盧定奎暗對郭牛子打了個招呼，郭牛子揮刀拚命向前。蕭承澤刀光揮霍，郭牛子招架不迭，依然勉強支持。火蛇趁勢急忙退出，又把飛蝗火筒取出一支，將繃簧一按，「嘭」的一聲響，「刷」地打出一道藍焰，一粒火彈直向蕭承澤上身打來。這蕭承澤也是吃過虧，中過彈的，一見藍焰，嚇得翻身便跑，火蛇盧定奎、郭牛子持刀便追。

蕭承澤大叫：「楊賢弟，快開弓。」

玉旛杆應聲跨進一步，叫道：「賊子休要張狂，看彈！」

「看彈」二字比咒語還靈，郭牛子抹回頭便跑，火蛇盧定奎也立刻止步不追。玉旛杆這一把彈弓，竟扼住四賊。四個賊人擋不住連珠彈，呼嘯一聲，紛紛逃走。

蕭承澤乘機搶過去，把騾子一帶，狠狠拍了一刀背，將轎車驅出園外。大叫道：「大妹妹快上車。」立刻將李映霞和使女春紅，攙扶上車。蕭承澤拿刀背當馬鞭，玉旛杆楊華就持弓跨轅，兩個人一個照顧前面，一個留神後面，轎車軲轆轆地順著荒徑，奔向大道。

蕭、楊二人戰退群賊，救回二女，心中都很高興。李映霞落入匪人手內，雖說是當晚遇救，並未失身，一回想到被擄時，遭群賊輕薄調戲，心中很是難堪。又記得被擄之初，自己的母親拚命奪救，曾被賊人砍倒。自己的哥哥僥倖逃到柳林莊，賊人聲言斬草除根，也不知賊人尋著沒有，正是生死難保。

李映霞在車上，抓著使女春紅，欲哭無淚，因向蕭承澤打聽母兄的吉凶。蕭承澤卻全副心神都注意著前途的艱險，提防著賊人的追趕，更顧不得答言。玉旛杆楊華也是兩眼注視著沿途的黑影，恐防賊人潛伏邀截，也是一語不發。

李映霞偷窺著楊華的背影，不知他是幹什麼的，或者就是蕭大哥邀來的護院拳師吧？他的彈弓打得真準，自己得救，與其說是蕭大哥的功勞，還不如說是這個人的力量。李映霞心緒紛亂如麻，坐在轎車裡面，也看不見路上的情形。就是看見了，她也不曉得路程，只覺得車行甚疾，一路顛頓得很厲害罷了。

蕭、楊二人驅車疾走，只盼望立刻天亮，路上一有行人，就不妨事了。只是天公惡作劇，覺得經過工夫很大，可是夜影依然很濃。單車馳行荒郊，但聽得車聲轔轔。走了一會，已將到那樹林前邊。也是李映霞紅顏薄命，車行拐角處，玉旛杆楊華驀地一伸手，把蕭承澤推了一把，低聲說：「蕭大哥你看，後面有人追來了。」

蕭承澤扭頭剛往後面一望，不防前面林叢裡火光一閃，突然從荒徑中竄出好幾個人來。蕭承澤忙道：「不好，留神前面！」急挺身跳下車來，教玉旛杆護車，自己持刀迎上前去。

林中竄出的人頓時撲過來。相隔已近，隱約辨出是六個人，全都是穿短打，持兵刃，分為人字形，把路擋住。內中兩個人發話道：「前面的車站住！」

蕭承澤生就魯莽的性格，早厲聲喝道：「你們是幹什麼的？快快閃開！」前面的人忽然大笑道：「哈哈，千里有緣來相會，踏破鐵鞋沒處尋。並肩子，這就是那個姓蕭的！……呔，相好的，快快把李知府的女兒獻出來。」

蕭承澤罵道：「放你娘的狗屁！」躍過去一刀，立刻與賊人打起來。就在這時候，後面追來的人也遠遠地奔過來，人影俐落，一共是四個人。

這林前的攔路之人，正是從柳林莊回來的七手施耀宗、雙頭魚馬定鈞、劊子手姜老炮等五個賊人，另外一個卻是擎天玉虎賀錦濤。那後面追來的，便是火蛇盧定奎、雙鉤莊延綬、郭牛子、倪老么。麻雷子和王洛椿，是自相殘殺死了，獨角羊眼珠被打瞎，逃到紅花埠去了。

這一夥賊人分為兩撥替計松軒弟兄報仇，一撥擄李映霞；一撥尋李步雲，恰巧在此地相會。偏偏蕭、楊二人搭救李映霞，驅車而逃，必經此路，竟被夾在中間，成了腹背受敵的形勢。

蕭承澤曉得賊人若全來到，往上一圍，一定逃不開。當下不顧死活，掄刀奔賊人亂砍。七手施耀宗、雙頭魚馬定鈞、劊子手姜老炮，立刻動手，三人戰蕭承澤，餘賊便來奪車。

玉旛杆楊華看得明白，曳開彈弓，先下手為強，叭叭叭叭，只發出四彈。這幾個賊人初次領略到玉旛杆的連珠彈，猝然大意，有三個賊人呼痛喊罵，掉頭退下來。

擎天玉虎冷然大笑道：「姓蕭的朋友，我佩服你！但是你們別想走了。使彈弓的朋友，有膽的留下萬兒來，咱們再鬥鬥。」

楊華怒罵道：「太爺玉旛杆，你有什麼招，趁早施出來！看彈吧！」一躍上前，開弓便打。

擎天玉虎霍地跳開，左手拿著一塊氈，做了盾牌，右手揮刀來攻楊華。楊華往後退了兩步，張弓暴打。擎天玉虎仗著氊子護住了上身，玉旛杆一連數彈，打在氊子上，「嘭」地一響，擎天玉虎趁勢又趕上前。玉旛杆慌忙又退回數步，切齒罵道：「讓你擋！」彈弓一曳，彈弓照下三路打來。

擎天玉虎仗著自己飛縱功夫不壞，滿以為上盤用氊子擋著，下盤總可以閃得開，攻不上。他卻小覷了楊華的手法，只幾彈，「啪」的一彈，打著擎天玉虎的脛骨，一陣奇疼，身形一晃。

玉旛杆突又一彈，改取上身，擎天玉虎忙用氊子來擋，「啪」的一聲，彈丸打在手指骨節上。擎天玉虎一陣奇疼失手，氊子墜地。

楊華大喝：「惡賊，再看這一彈！」刷刷刷，流星趕月，彈丸橫飛，直撲擎天玉虎。擎天玉虎抵擋不住，撤身躍走。楊華張弓就要追，蕭承澤忙喝道：「楊賢弟看住車！」楊華立刻止步，守住轎車，持弓伺隙，幫助蕭承澤。

蕭承澤力戰七手施耀宗和雙頭魚馬定鈞、劊子手姜老炮，他唯恐後面的賊人追到，更沒法抵擋了。胸部灼傷雖然陣陣疼痛，他卻咬著牙，打得格外賣命。輾轉苦鬥十數合，玉旛杆楊華抓著一個破綻，「嗖」地一彈打來，姜老炮「哎呀」了一聲，兵刃脫手。才待逃走，被蕭承澤竄過來，一刀砍著後項，死在路旁。

七手施耀宗急救不及，勃然大怒，一回手，取出暗器來，七支飛叉照蕭承澤連打出兩支，一取中路，一攻上路。蕭承澤一側身，揚刀磕開一支，躲開了一支。不防施耀宗左手還藏著一支，右手把兵刃一晃，佯作進攻；左手發暗器，抽冷子照下盤鏢打過來。

蕭承澤進攻過猛，猝不及備，急忙一頓足，飛叉刮著腳脛骨打過去，雖是串皮傷，卻也襪破血流。

蕭承澤怒吼一聲，往前猛攻，才一接觸，刷地一個敗勢，「撲」地跌倒在地。七手施耀宗大喜，趕上一步，挺刃待往下扎，忽聽林中同黨叫道：「留神！」

蕭承澤果又使出他那「犀牛望月」的招來，巧打浮雲，突地射出一枝袖箭。七手施耀宗托地往後倒竄出一丈多遠。

就在這一剎那間，玉旛杆楊華把彈弓一曳，刷的一彈，乘虛打到。七手施耀宗吃了一驚，雙手撲地，剛剛躲開。

這時候，後面的人影飛奔前來。施耀宗瞥了一眼，不敢戀戰，收刀而退，一伏腰，竄身沒入林中。因為認不清來者是仇是友，綠林中不能不格外小心。後面人影已將撲到，蕭、楊二人也是心驚。

一見迎面的群賊相繼敗入林中，蕭承澤急叫道：「楊賢弟，趕快奪路往前闖呀！」

玉旛杆楊華往後瞥一眼，與蕭承澤連忙竄上轎車沿。不敢穿林而過，立刻把牲口亂打，繞林落荒而走。遙見西北面黑影甚濃，似是竹林，便向斜刺裡飛馳而過。

群賊在樹林中隱伏窺探，不一刻後面人影已然趕到。相離至近，群賊試打一暗號，才知是自己人。

那擎天玉虎被玉旛杆連彈逐走，一直敗回。竟在柳林莊前，路遇七手施耀宗、雙頭魚馬定鈞、劊子手姜老炮等人，搜尋李步雲回來。雙方會面，擎天玉虎未肯說出自己的舉動，他自己也覺得很丟臉。此時這兩撥人會在一起，再找擎天玉虎，又已不見。

這後面趕來的四個人，火蛇盧定奎、雙鉤莊延綬、郭牛子、倪老么，都對擎天玉虎大抱不滿，口出怨言。說是李知府的女兒，生生由他手內被人家奪去。擎天玉虎滿口的不貪淫，守戒規，編派別人許多不是。誰知臨事時，反是他一個人先做出對不起人的事來。他竟趁眾人搏鬥時，挾著李映霞跑了，又沒有跑好，被人家劫奪回去。而且麻雷子分明是他妒情刺殺的，更不夠人物了。大家一齊亂罵。

七手施耀宗卻和擎天玉虎交情甚好，忙攔勸眾人：「過去的話不要說了，辦正事要緊。咱們十三個人，教人家兩個人打了個落花流水，太丟人了。若再教他們把人奪回去，未免太顯得無能。我不知諸位怎麼樣，我卻真覺得無面目見江湖同道了。剛才那個打彈弓的，也不知是誰，好生厲害，簡直挨不近身。」

火蛇盧定奎冷笑道：「那個傢伙叫什麼玉旛杆，也就是那一手彈弓很麻利，別的功夫稀鬆平常。有了，我有對付他的招了。」

郭牛子忿忿地說道：「有招咱就快使出來。咱們憑白自相殘殺死了兩個人，都是這女人害的，又教人家奪回去，簡直太洩氣。走！咱們還是追。那小子的彈弓總有打完的時候，豁出去挨打，也得跟他拚一拚。不管怎麼樣，人不能白教他們奪去。咱們奪不回人來，難道不會想法子給弄死麼？也給死去的麻雷子出口怨氣。」

群賊議論片刻，立刻又追下去。

請續看《十二金錢鏢》四 步步凶險

近代武俠經典復刻版

十二金錢鏢（三）紅顏之劫

作者：白羽
發行人：陳曉林
出版所：風雲時代出版股份有限公司
地址：10576台北市民生東路五段178號7樓之3
電話：(02) 2756-0949
傳真：(02) 2765-3799
執行主編：劉宇青
美術設計：吳宗潔
業務總監：張瑋鳳

出版日期：2023年11月
ISBN：978-626-7303-96-2
風雲書網：http://www.eastbooks.com.tw
官方部落格：http://eastbooks.pixnet.net/blog
Facebook：http://www.facebook.com/h7560949
E-mail：h7560949@ms15.hinet.net
劃撥帳號：12043291
戶名：風雲時代出版股份有限公司

風雲發行所：33373桃園市龜山區公西村2鄰復興街304巷96號
電話：(03) 318-1378
傳真：(03) 318-1378
法律顧問：永然法律事務所 李永然律師
北辰著作權事務所 蕭雄淋律師

行政院新聞局局版台業字第3595號 營利事業統一編號22759935

定價：320元

國家圖書館出版品預行編目資料

十二金錢鏢 / 白羽著. -- 臺北市 : 風雲時代出版股份有限公司, 2023.08　冊 ; 公分

近代武俠經典復刻版
ISBN 978-626-7303-94-8(第1冊 : 平裝). -- ISBN 978-626-7303-95-5(第2冊 : 平裝). --
ISBN 978-626-7303-96-2(第3冊 : 平裝). -- ISBN 978-626-7303-97-9(第4冊 : 平裝). --
ISBN 978-626-7303-98-6(第5冊 : 平裝). -- ISBN 978-626-7303-99-3(第6冊 : 平裝). --
ISBN 978-626-7369-00-5(第7冊 : 平裝). -- ISBN 978-626-7369-01-2(第8冊 : 平裝). --

857.9　112012216